JN195946

さいわい住むと人のいう

菰野江名
Komono Ena

ポプラ社

さいわい住むと人のいう
菰野江名

装画　EMI WEBBER

装丁　岡本歌織（next door design）

目次

全身が心臓になったかのようだ。胸から腕、手首、腹部、そして足の付け根からつま先まで、身体のすべてが脈打っている。

ベッドに横たわる私にはもう、縦横無尽に移動して不規則に脈打つ自分の心臓を、どうすることもできなかった。

いつからここに寝ているのかも、さだかではない。

「なあに……百合」

呼ばれた気がして、返事をした。なにか聞こえるが、判然としない。

妹の百合は、部屋の冷房を付けていったが私には寒すぎる。今はお彼岸の季節ではなかったか。百合が大きなおはぎを作る、秋。

ああでも、百合にさやえんどうの筋を取ってと頼まれたんだった。だとすると、今は初夏か。

もう、季節もわからない。

なにもわからないということは、存外、楽だった。

忘れて、手放して、失って、なにもかも持たない自分になると、すべて許されたような心地がする。年をとるのも悪くないわね、と思える。

家の呼吸が聞こえる。大地のように、私とまさに息を合わせ、かぼそく鼓動を打っている。

この家は、私そのものだ。

見てくれればかり大きくて、偉そうで、でも中に住んでいるのは老いた女が二人だけ。

それでも他人は知らない。私たちが、何を積み上げてきたのか。この大きな家に守られるだけの力を得るために、どれほどの痛みを感じてきたのか。

そしてそこに、どれほどの幸福があったのか、私たち以外、誰にもわからない。

わかりっこないのよ。私たちだけのものなんだから。

笑いたくなる気持ちを抑え、一つ、息を吐く。

部屋の外で百合がなにか言っている。大方、夕飯の下準備でも手伝ってというのだろう。

動かない身体で、はいはい、と答えた。

二〇二四年　青葉

低いテーブルで脛をしたたかにぶつけた。どうしてこの高さのテーブルに低いソファを合わせるのか。痛みを堪えてソファに腰を沈めると、スプリングの弱った座面がずぶりと沈んだ。隣に座った民生委員の松ヶ枝さんが、「こちら、自治会長の川島さん」と向かいに座った人物を紹介した。目が合うと、人の良さそうな笑みを浮かべた七〇代の男性がやや腰を浮かせて会釈した。

「どうも。川島です。ただの引退老人ですがね。一応ここの自治会長をやっとります」

「どうぞよろしくお願いいたします。地域福祉課の青葉と申します」

名刺を渡すと、自治会長は名刺をちらとも見ずにテーブルに置き、淹れたての茶を音を立ててすすった。

「そんで松ヶ枝さん、新町さんの家の話はどうなりました。あそこの息子さん、ちょっと難しい人でしょう」

「ああ、あの人ね……」

腰を落ち着けた二人は、おれなどいないかのようにわからない話を始めた。こっそりネクタイを緩め、汗を拭く。

民生委員の松ヶ枝さんには、新卒採用で配属された水道課から地域福祉課に異動になった今年の四月から二ヶ月あまり、お世話になっている。

出不精の課長補佐の代わりに、市民の自宅訪問や苦情対応のための現地調査などの際、新米のおれを見かねてか松ヶ枝さんが同行してくれるようになった。

六〇代半ばのふくよかな女性で、潑剌(はつらつ)としていて市内でも顔が広く、彼女とともに歩いていると数人に声をかけられることもしばしばだ。

民生委員というものを地域福祉課に来るまでよく知らなかったが、高齢者や障がい者、母子家庭父子家庭など援助を必要とする市民の実態を調査して、相談に乗ったり市役所に報告して支援策を考えたりする人たちのことだ。市役所職員よりも市民に近い場所から、民生委員は彼らに手を差し伸べる。

これまでに会った民生委員たちは、みな人生経験を積んだその土地の顔役といった人たちが多かった。松ヶ枝さんも、民生委員になる前はスクールカウンセラーとして中学校で働いており、その後市の教育委員会や社会福祉協議会で役員を務めたのち、退職して民生委員をしているそうだ。そのため、市の上役たちはだいたい松ヶ枝さんのことを知っている。

今日は、市の一番北側、以前は問屋街として栄えていた区域の商工会長と自治会長への挨拶にやってきたのだが、先程会った商工会長も今目の前にいる自治会長も、松ヶ枝さんとの情報交換に忙しくおれには微塵も興味を示さない。

仕方がない、こっちだって興味を示されたところで困るのだ。鼻から少しずつため息を漏らしながらあくびを噛み殺した。

「それじゃ青山さん、今後よろしくね」

唐突に話題を振られ、あくびで緩んだ顔を隠す代わりに頭を下げた。

「青葉です。こちらこそお世話になります」

「いいね松ヶ枝さん、若い人と一緒で。もし彼女いなかったら、うちの娘、どう」

「川島さん、今はそういうのご法度ですよ。それに娘さん、独身だとしてももう四〇過ぎてるでしょ。青葉さんまだ二〇代よ」

がははと笑う会長に笑い返していいものやらわからないまま、曖昧な笑みでやり過ごす。

最近SNSで知り合った鉄オタ仲間の女の子と付き合い始めたばかりだが、そんなことを言っても仕方がない。

土産に、と会長から煎茶の茶葉を一袋渡される。会長の家はお茶問屋らしい。

「新しい団地も増えたけど、問屋街の連中は昔気質の人も多いからね、顔を売っておいて悪いことはないと思うよ」

そうだ、と会長が玄関で靴を履くおれと松ヶ枝さんを呼び止めた。

「香坂さんのところは連れて行った？」

「ああ、まだですね」

「行っておいた方がいいんじゃない。あの人もとんと表には出てこなくなったけど、何かあったとき頼れるからね」

了解し合う二人の顔を交互に見る。

香坂さん？

「香坂さんってね、この辺りで顔の広い人がいるのよ。時間が大丈夫でしたら、家もそう遠くないしご挨拶に伺いましょうかね」

おれが運転席に座る公用車の助手席に乗り込んで、松ヶ枝さんは大きな身体を揺するようにしてシートに収めた。

香坂さんの家はここから車で五分ほどらしい。出発してすぐ、松ヶ枝さんに尋ねる。

「何をされている方なんですか」

「今はもう無職よ。お歳も八〇を過ぎてるんじゃないかしら。大きな家に、二人で暮らしていらっしゃるの」

地主かなにかだろうか。

「『歳だから』って、最近は相談に行っても断られることが増えたんだけどね。もしかすると今後お世話になることもあるかもしれないから、そうね、もっと早くご挨拶に伺っておけばよかった」

信号待ちで車を停める。歩道を歩く老人が、助手席の松ヶ枝さんに目を留めて手を上げた。

「香坂さん、元教師なのよ。退職されてもう随分経つけど、退職後も生徒の進路相談なんかで相談に乗ってくださったの。確か、川島さんのお子さんも教え子だったはず」

「へえ」

適当な相づちを打っているうちに、目的の家にたどり着いた。コインパーキングに停めた車を降りるとすぐ、巨大な家の横顔が見える。正面の門扉には警備会社のシール。市街から外れた、隣の市との境に位置するその大きな家は、まるで宮殿だった。

「でかいっすね……」

日光を反射する正面の窓を見上げながら、馬鹿みたいな感想を呟く。元教師かつ、資産家の地主か。

車から降りてきた松ヶ枝さんが、ためらいなくインターホンを押した。

「急にお邪魔して大丈夫でしたかね」

「どちらかはたいてい家にいらっしゃるはずだから、大丈夫でしょう」

どちらかとは、と聞き返そうとしたとき、インターホンがぷつりと通じ、柔らかい老女の声が「はい」と応じた。


家の中はまさに御殿だった。

門扉の向こうは、庭師が入っているのであろう、季節の花々が咲いて整えられた庭、ポーチを抜けた先の玄関扉は大きな木製のもので、そこを開けると三和土(たたき)は広くまるでちょっとしたホテルのようだ。

そして目の前には二階に続く螺旋階段。

社会人としての良識がなければ、ぽかりと口を開けて見入ってしまいそうな豪奢な内装だった。

松ヶ枝さんの挨拶を聞いて玄関を開けたのは、背の低い老女だった。ぽっちりとした小さな目のきわに皺を刻み、頬はふっくらと丸く口元は柔らかく弧を描いている。童話に出てくるおばあさんのようだ。

「どうも、突然お邪魔しまして申し訳ありませんこと」

松ヶ枝さんの詫びにも、老女は微笑んで「いいんですよ」とおれたちを中に招き入れた。

「どうせ家にいて、特に何もしていませんもの。姉も、二階におりますから。今呼んできますね」

老女はおれたちを客間に案内すると、そう言って立ち去った。

「姉……？」

玄関に現れた老女を見て、松ヶ枝さんの言う顔が広い『香坂さん』は、旦那さんの方なのだろうと咄嗟に思ったのだが。

「お姉さんの、香坂桐子さん。今の方が、妹の百合子さん」

「二人暮らしって、夫婦じゃなくて姉妹ですか」

「ああ、そうそう」

「じゃあ元教師っていうのは」

「桐子さんの方」

そういうことか。合点がいった。おれは香坂さんが戻ってくるまで、立派な客間の中をきょろきょろと眺め回した。内装や作り付けの装飾は立派だが、物は少ない印象だった。

香坂さんはなかなか戻ってこなかった。大丈夫だろうかと心配になった頃、客間の扉が開き、しゃんと背が伸びた老女が入ってきた。

皺に囲まれた大きな目が、おれを見た。よどみない視線に突き刺され、どきりとする。

松ヶ枝さんが立ち上がったので、おれも腰を上げた。

「香坂先生、ごぶさたしております。突然お邪魔しまして申し訳ありません。今日ね、四月から地域福祉課に来られた職員の方と自治会長さんのところにご挨拶に伺ってて。近くまで来たものですから先生にもぜひご挨拶させていただけたらと思いまして」

流暢にしゃべる松ヶ枝さんの声に尻を叩かれるようにして、おれは名刺を差し出し頭を下げた。

「初めまして、地域福祉課の青葉と申します。四月に異動したばかりでまだ不慣れですが、今後よろしくお願いいたします」

おれの手からすっと名刺が引き抜かれた。手元の名刺にじっと目線を落としたあと、桐子さんはただ「はい」と言った。

「私ももうこんな歳ですからね。なんのお役にも立てませんけど」

「先生、お歳だなんて。井上さんの息子さんの件、井上さんが先生にいたくお礼を言ってましたよ」

桐子さんが客間のソファに腰を下ろしたので、おれたちも向かいの席に座り直した。百合子さんが一人一人の前に紅茶を運ぶ。

常に薄く微笑んでいるような柔和な顔の百合子さんと、にこりともしない桐子さんの様子は対照的だった。本当に姉妹だろうか。

そもそも、こんな御殿に本当に姉妹二人だけで暮らしているのだろうか。お手伝いさんでも雇っているのかもしれない。あの大きな螺旋階段は、八〇歳の老人にはきつくないのだろうか。地域福祉課のサポートが必要なのは、どうかするとこの人たちなのでは……

「青葉さん。聞いてる？」

松ヶ枝さんが咎めるようにおれの顔を覗き込んでいた。

「あっ、はい。いえ、すみません、なんでしたっけ」

「ご覧になりますか」

桐子さんがおれを見て、無表情で言った。

「家の中、どうぞご覧になって」

「いえ、すみません。あまりに立派なお宅だったのでつい……」

じろじろと室内を眺め回していたのを見咎められていたらしい。恐縮したが、桐子さんは促すように立ち上がった。

「ご案内しますよ」

もはやおれの反応など意に介さずに、桐子さんは部屋を出ていく。つい助けを求めるように松ヶ枝さんを見ると、「いきなさい」というように頷いていたのでおれは座ったばかりのソファから飛び上がって桐子さんに続いた。

艶のあるフローリングの廊下、広い居間には大きな窓があり、豊かなひだのカーテンがかかっていた。窓と接する壁にも、また大きな出窓がある。居間から続くキッチンは、広くはないが片付いていて、染み付いた複雑な食べ物の香りがした。桐子さんはその一室一室を、静かだがよく通る声で説明していく。一階を回り切ると、桐子さんは螺旋階段へ向かった。ゆっくりと手すりを摑んでのぼっていく桐子さんの後に続いて、螺旋階段をのぼって二階へ行く。手すりの彫刻は細く繊細で、さぞ高価だろうと思った。天井からは小ぶりなシャンデリアが吊り下がっている。

「二階はここの居間のほかは、寝室と書斎になります」

「はあ……素敵ですね、どうもありがとうございます」

「書斎はこちらです」

桐子さんはためらわず居間を出て、歩いて行く。どうやら必ず見なければならないらしい。すごいことにはすごいが、興味のない美術館を見学しているような気分だ。執務時間中におれはいったい何を見せられているのだろう。

「どうぞ」

「失礼しま……うわ、すご」

　薄暗い部屋の中は、壁一面が書棚で埋まっていた。大学生の頃の、教授の研究室を思い出す。埃と経年劣化した紙の匂い。書物だけでなく、自作のファイルが主なようだった。『市立第一中学校一九八二〜一九九〇』、『学校法人宝樹会　ユノール学園一九九四〜二〇〇〇』などというように、市内の中学校名と年代が示されている。

「これは……？」

「生徒の進路ですよ。進学先と、就職先」

「え、全部ですか!?　市内の中学生？」

「まさか、全部は把握できませんけどね。いろんな伝手や昔お世話になった学校から情報をもらって。今は昔ほど、簡単に教えてくれなくなったので最近のものはないですよ」

　個人名はないので見ても良いですよ、と言われたが、手に取ったら崩れそうなほど劣化しているものもあったので、怖くて触れることは控えた。

「これはその……なんのために」

「この市からも毎年毎年、子どもは大人になっていくでしょう。どこの高校に行ったらこういう進学先があるとか、就職先はどこが強いとか、相談されたときの資料ですよ」

「はあ……香坂さんはずっと、そういう相談役を」

「もうしないって、言っているんですけどね。こんな年寄りに偉そうに指南されたところで、信憑性に欠けるでしょう」

　桐子さんはすたすたと書斎から出ていく。おれも部屋を出ると、室内の空気がこもっていたためか、新鮮な空気にほっと胸が緩んだ。

一階の客間に戻ると、松ヶ枝さんと百合子さんはのほほんとおしゃべりしながら紅茶を楽しんでいた。終わった？　というように、松ヶ枝さんが顔を上げる。

「いやあ、すごかったです」

「ごめんなさい、お付き合いいただいて」

百合子さんがわずかに眉を下げて言った。

「昔からよく、家を見せてほしいと言われると姉は喜んで見せて回ったの。最近は来てくださる方もほとんどないものだから、はりきったんでしょうね」

「香坂先生は？」

松ヶ枝さんに尋ねられ、後ろを振り返るといない。一緒におりてきたものだとばかり思っていた。

「部屋に戻ったんでしょう。ちょっと様子を見てきましょうかね」

百合子さんがゆったりとした足取りで部屋を出ていく。彼女の姿が消えてから、おれは人の家であるのを忘れて大きく息をついてソファに腰を下ろした。

「すんごいお宅ですね。昔、長野（ながの）で泊まったペンションをさらに豪華にしたみたいだ」

「書斎も見せてもらった？」

「はい、あれ、全部香坂さんがご自分で作られた資料ですか？」

「そうですよ。民生委員になってからはあまり用がなくなったけれど、スクールカウンセラーをしていた頃は、進路に悩む生徒の相手をしたときなんか、よく香坂先生のあの資料にお世話になったの。資料だけじゃなくて、先生に相談すると、スルッといいアドバイスをくれたりしたのよ。この市や、ここの人のことをよくご存じでいらっしゃるから」

「でも、『もうしない』みたいなこと仰ってましたけど」

「そうなのよ。急に、もう自分には相談しないでみたいなことを仰られてねぇ……それでも頼る人が絶えないみたいよ」

わざわざおれを挨拶させに来た松ヶ枝さんも、まだまだ頼る気まんまんではないか。

腕時計に目を落とした松ヶ枝さんは、「百合子さんが戻ったらそろそろおいとましましょうか」と言って、ティーカップの紅茶を飲み干した。

立派な人もいるもんだな、と雑な感想を思い浮かべ、おれも冷めた紅茶に口を付ける。

しかしあの資料で埋め尽くされた書斎は、なにか執念に近いものを感じさせた。研究者でもなく、現在教育関係に身をおいているわけでもないのに、三〇年以上前の資料まで保管してあるとは。

厳しい先生だったんだろうな……と、桐子さんのぴんと伸びた背筋や鋭い眼光を思い出し、知らず知らずこちらも背筋が伸びた。

「部屋で休んでましたよ。ご挨拶もなく、すみませんね。近頃姉もとんと疲れやすくなって」

百合子さんが戻ってくると、松ヶ枝さんは再度急な来訪を詫び、いとまを告げた。

「よろしければまたお立ち寄りになって。年寄りの二人暮らしですから」

ありがとうございます、と社交辞令に対し頭を下げたおれの横で、松ヶ枝さんが「そうだ」と両手を合わせた。

「何か、お困りのこととかありませんか？　せっかく若い男手があるんだから」

と、まるで自分が力になるかのような口ぶりで言った。おいおい、と思ったが、聞く前から「できません」と断るわけにもいかない。水道課にいたときも、「ちょっと水道の調子が悪いんだけど」と修理業者のように扱われることがあったのを思い出す。

「まぁまぁ、お気遣いいただいて……実は、廊下のシャンデリアの電球が一つ切れているの」

ぺろりと舌でも出しそうな茶目っ気のある表情で、百合子さんは口元に手を当てて言った。可愛らしい表情に、おれも素で笑ってしまった。

「お取り替え、しましょうか」

「甘えてもよろしいかしら」

階段の踊り場から脚立に登り、シャンデリアを手繰り寄せて電球を取り替えるというわざは八〇歳の女性には無理だろう。おれは、高さに目をくらませながらもなんとか電球を取り替えた。薄く埃を被った古い電球を、階段の下に立って作業の様子を見上げていた百合子さんに手渡す。

「助かりました。一つ切れているだけで、随分暗く感じるものだから」

煌々とすべての明かりがついたシャンデリアを見上げて、百合子さんが嬉しげな顔をするので、まぁ役に立てたのならよかった、とおれも満ち足りた気持ちになった。

「少しお待ちくださいね。お礼になにか……」

「あぁ、お気遣いなく」

今度こそ帰ろうとしたおれたちに、百合子さんはこちらの制止を聞かず家の奥へと引っ込んでいった。

松ヶ枝さんは「百合子さんが私にまで気を回すといけないから、先に車に戻っていますね」と言ってさっさと庭を抜けて出ていく。

玄関先に取り残されたおれは、輝くシャンデリアを見上げながら、所在なく百合子さんを待った。

「お帰りになるの？」

降ってきた平坦な声に、弾かれたように顔を上げた。二階の階段のそばから、桐子さんがこちらを見下ろしている。

「ああ、はい、お邪魔いたしました。また市の関係でお世話になるかと思いますので、どうぞよろしくお願いいたします」

「青葉さん」

「はい」

驚いた。名前を覚えてもらっているとは思わなかった。桐子さんは、慎重に手すりを摑み、階段をおりてくる。スリッパを履いた足元がぐらつきやしないかと、ヒヤヒヤしながら見守った。

「家をご案内しましょうか」

「え？　先程……」

桐子さんは、おれの顔をじっと見つめたまま動きを止めた。「Ｌｏａｄｉｎｇ……」の文字が頭に浮かぶ。

「お庭はご覧になった？」

ロードが終了したらしい。

「いえ……あの、でも、お花や木の剪定（せんてい）なんか、素敵ですね」

「ご案内しますよ。どうぞ」

桐子さんは迷いなく三和土におりると、履物を引っ掛けて玄関を出ていく。

またか。また、宮殿見学に行かなければならないのか。

おれはなかなか戻ってこない百合子さんが消えた方を振り返りつつ、桐子さんを行かせっぱなしにすることもできなくて、靴を履いて外へと出た。

玄関ポーチの両脇に咲いた花はこぼれんばかりに咲き誇っていたが、ポーチから離れ、玄関からは見えない横庭の植物は、生け垣と立派な桜の木以外どこか元気がなかった。

廃れているとか、散らかっているというわけではないが、南側に家があるせいか、影が落ちて寂しい雰囲気がした。梅雨前のためか、ややじめじめしている。

庭師が整えているのは、生け垣だけのようだ。立派な桜の木が植わっていたが、地面に落ちた桜の葉は掃かれておらず、茶色く変色している。ガーデニングや庭いじりを楽しんでいる様子ではなかった。

桐子さんが桜の木を見上げて言った。

「この家を建てたとき、こんな大きな木なんて手入れに困るでしょうって言ったんですけどね。教え子が……植木屋をしてて、新築祝いにって」

「ははあ、立派ですね。もう何年くらい経つんですか?」

桐子さんはおれに視線を戻し、質問には答えなかった。聞こえなかったのかと思ったが、しばらくしてから「建てたのが……平成一四年だから」と答えが返ってきた。

「じゃあ、今年で二二年ですね」

一瞬長いように感じたが、同時にざらつくような違和感もあった。

二二年前なら、この人はすでに六〇前後だったはずだ。そんな頃にこの家を建てたのか。姉妹で暮らすために?

なぜ?

疑問は、桐子さんが葉を踏んださくりという音に断ち切られた。

「春だけですけどね、桜が咲くと二階の窓からよく見えて、それは綺麗なの」

「いいですね、家で花見ができるなんて贅沢で」

家で花見、という自分の言葉に、ふと既視感を覚えた。

十字の格子がついた二階の窓から、咲いた桜の木を見下ろす視界が脳裏によぎった。

思わず、今いる場所から二階の窓を見上げた。想像した通りの十字の格子がついた窓があり、中はカーテンが閉まっていた。

「あの部屋……」

口に出しかけて、思いとどまる。違う。見上げた景色に見覚えはない。

「あの部屋は、書斎ですよ」

桐子さんがおれの目線の先を追って、言った。

桜、窓、二階。息苦しいほど狭い空間で、かつて、おれはどこかに膝をついて立ち、桜を見ていた。浮かされたように、口を開く。

「……昔、母とどこかの家の中から花見をしたことがあったんです。ちょうどあの部屋みたいな、洋風の窓から……それこそもう、二〇年以上前の話ですけど。あそこはさっき見せていただいた書斎の窓ですか」

「ええ。今はもう、書棚で窓を半分塞いでしまったので見えませんけどね」

桐子さんは目を細めて、桜の木に視線を戻した。おれが記憶をたぐりよせようと躍起になっていたためか、桐子さんも、何か記憶をたどっているように見えた。

「大きな家が欲しかったの」

子どもがねだるような口調だった。自分よりはるかに年上の女性であることを忘れ、おれは続きを促すように頷いた。

「この辺りは、立派な家が多いでしょう。嫁入り道具、祭り道具、祝菓子なんかの問屋がたくさんあって、どこも景気が良かった。私がお世話になった家も小間物問屋をしていて、部屋は何室もあったしどこよりも早くテレビが観られた。私が居候の分際で大学にまで行けたのも、その家のおかげだった」

「はぁ、じゃあ先生のこのお宅もそちらの家が？」

話の調子を合わせたに過ぎなかったのだが、強く爆ぜるような視線が飛んできて、口をつぐんだ。一瞬だが、破裂するような怒りを感じた。

息を呑むおれに、桐子さんは静かに「いいえ」と言った。

「この家は、すべて私が働いて貯めたお金で建てたの。土地も、家も。家の間取りも、庭の構図も、すべて私たちが考えたの」

私たち。

「こちらにいらっしゃいましたか」

玄関と庭をつなぐ小道に、百合子さんが立っていた。目を細めておれたちを見ている。おれは一気に現世まで引き戻されたような感覚がし、何度か瞬きをして百合子さんに焦点を合わせた。

「すみません、お庭を見せていただいていました」

ありがとうございました、と桐子さんに頭を下げて、おれは逃げるように百合子さんのもとへと歩み寄った。

百合子さんは、両手に白いビニール袋をぶら下げていた。

「こんなものしかなくて……よければお持ちになって」

「いやいや、本当に結構ですよ、お気遣いいただかなくて」

片方のビニール袋に目をやる。うっすらと、メロンの網目が見えた。

「職場で叱られるかしら？」

「あ、そうですね……こういったものをいただくのは」

「じゃあ」

そう言って百合子さんはもう片方の手に持っていたビニール袋をおれに差し出した。

「お昼にどうぞ。パックに詰めたから、食べた後は捨ててもらえれば」

ばれないいんじゃないかしら。百合子さんは、また茶目っ気のある表情で含み笑いをした。

ふんと、甘じょっぱい砂糖醬油の香りに鼻の穴が広がった。そろそろ昼時で、実は腹が減っていた。

「いなりずし。ちょうど今朝作ったばかりだから。お嫌いじゃなければ」

めまいがするほどうまそうな香りだった。

近頃とやかく言われることが多くなった公務員倫理が頭をよぎったが、本能的な欲望に負けて、おれはへらりと笑って「じゃあ、お言葉に甘えて」とビニール袋を受け取っていた。

「姉が、ご迷惑をおかけしませんでしたか」

「え」

百合子さんの言葉に、つい後ろを振り返る。いつの間にか、桐子さんの姿がない。

「無理やり、こちらまでご案内したのでしょう」

「いいえ、無理になどでは……あの、このお宅にとても思い入れがあるというお話をお聞きしていました」

　恐縮するおれに、百合子さんは微笑んだ。

「姉の矜持なの。この家を、自分の力で手に入れたということが」

　どういうことだかわからなかった。癖になった曖昧な相づちを打つと、百合子さんは「お気をつけて」と言っておれを見送った。

　車に戻り、松ヶ枝さんを自宅まで送ると、おれはまっすぐ市役所へと戻った。ちょうど昼休みに入った頃で、受付カウンターでは一人、客の対応が続いていたものの、地域福祉課の数人は昼飯をとっていた。

　百合子さんにもらったビニール袋からプラスチックパックを取り出す。子どもの拳サイズはありそうな巨大ないなりずしが六つ、並んでいた。かぐわしい香りを放つ割に、よく冷えていた。

「ん、うま」

　一口かぶりついて思わず声が漏れた。隣に座る係長が横目で視線を走らせたのがわかり、すぐ口をつぐんで咀嚼に集中した。酢飯は優しく酢が効いていて、刻まれたにんじんやしいたけなんかがまざっている。この野菜たちも、味付けがしてあるようだ。

　なにより、あげがうまい。滴りそうなほど出汁と甘辛い醤油が染みていて、嚙むと口の中でじゅくっと音がした。頰張った唇がてかてかとしてくる。

　夢中で一気に平らげた。平らげてから、満腹になったことに気付いた。

「青葉くん、おいしそうなの食べてたね」

いつも仕事中に雑談をふっかけてくる係長が、案の定興味深げにこちらに首を伸ばしてきたので、「はい、うまかったです」と手短に答えてパックをビニール袋にしまった。

給湯室のゴミ箱にビニール袋を捨てながら、巨大ないなりずしをせっせと仕込む百合子さんの姿を想像した。同時に、切実な顔で桜の木を見上げる桐子さんを思い出した。百合子さんを思い出すと不思議と懐かしいような素朴な気持ちになるのに、桐子さんを思うと、自分が何か大切なものを忘れているような胸のひっかかりを覚えるのだった。


一時間ほど残業して帰宅すると、ソファで母が伸びていた。リビングのテーブルには仕事の資料が散乱している。いつものことだ。おれは声もかけず冷蔵庫に向かう。作り置きの炭酸水を喉を鳴らして飲んだ。

冷蔵庫の開け閉めの音で母が気付いたらしい。「おかえり」としなびた声で言う。

「ただいま。飯は?」

「まだ」

「『華(はな)らん』で炒飯買ってきたから」

「ありがと〜」

ハウスデザイン会社で働く母は、納期とやらが近づくと大体朝も昼も夜もなく働き、仕事が一段落するとこうして家の至る所で屍(しかばね)と化す。五〇を過ぎてその働き方は身体を壊すと何度言っても聞く耳を持たない。仕事が好きなのだ。

四年前、未曽有の感染症が日本のみならず世界を席巻して母の仕事は完全テレワークに移行した。市役所への入庁が内定していたおれは、四月から始まる新社会人としての生活がどうなるのか不安で仕方がなかったが、市役所の仕事は出勤しないことには始まらない。大勢でひとところに集まる新人研修などがすべてすっとばされ、毎日出勤した。のんびりと（しているように見えた）自宅で仕事をする母を恨めしく見やりながら。

温め直した炒飯と青菜炒めと餃子をつつきながら、互いに話すこともなくもくもくと食事をとる。

母が、おれの顔色を窺うように視線を上げた。

「……ビール、飲んでいい？　火曜だけど」

「いいよ」

「あんたは？」

「飲む」

半分こね、と言って母はロング缶の発泡酒を二つのグラスに分けた。

「母さん、仕事終わったならリビングの資料片付けてよ。失くすぞ」

「ごめんごめん。いやぁ、やっと終わったわ。クライアントが納期ぎりぎりに修正って」

母の愚痴を聞き流しながら、ふと、今日の出来事を思い出した。生き生きと愚痴をこぼす母の話を遮って訊く。

「なぁ、子どもの頃、どこかで花見したことあったっけ」

「花見？　そりゃあ、幼稚園のお花見遠足とか、小学生のときも河津桜見に行ったじゃない」

「そういうのじゃなくて、どこかの家の中から桜見ながら、飯食ったりしたことなかったっけ。小学生とかじゃないと思う。もっと小さい頃」

「家？」

母はしばらく考えていたが、思いつかなかったようで「どうしたの、急に」と尋ねた。

「いや、思い出して。絶対、どこかで見たんだけどな……」

記憶の欠片を掘り出すように、指先がテーブルを削る。食卓のテーブルに敷いたナイロン製の透明のシートの下には、幼稚園の頃のおれが貼ったのであろう、鉄道の写真やシールが色褪せたまま貼り付いている。そう、ちょうど電車がたまらなく好きになり始めた、幼稚園の頃の記憶だと思う。シートの上からドクターイエローのシールをなぞりながら「うーん」と唸った。思い出せない。

母はおれの顔をじっと見つめていたかと思うと、「それって、ここに引っ越すより前のこと？」と訊いた。

「いや、わからない。そもそも、東京でのことはほとんど覚えてないし」

「そっか」

心なしか、母はほっとしたように見えた。

母は、母曰く恥知らずの最低クズ男だった父と離婚して、幼いおれを連れて東京からこの地に引っ越してきた。建築デザイナーという手に職があったので、ほどなく仕事と住む場所が安定し、以来ずっと、二人で暮らしている。

　幼い頃は、明るく優しく働き者の母だったが、自分が大人になるにつれ、仕事が終わると飲んだくれるし寝汚(いぎたな)いし仕事の資料は片付けないし、母の至らないところが見えるようになってきた。もしかすると、母が隠さなくなったのかもしれないが。

　おれが子どもの頃は、母は父の悪口などけして言わなかった。おれが成人し、初めて一緒に酒を飲み交わしたその日、今まで抑え込んできた鬱憤(うっぷん)を晴らすかのように父への罵詈雑言(ばりぞうごん)をぶちまけた。

　男女のことだから深くはわからない。だが、身内から見て特に人として問題がない母が離婚した男など、ろくでもないのだろうとは想像していた。とはいえその男の血が自分にも半分は流れている。耳が痛かった。

　父の記憶はあるにはあるが、そういう人がいたかも程度で、ほとんど覚えていない。花見の記憶も、きっと、東京ではなくこの地に引っ越してきてからのはずだ。

「家って、どんな家？　花見をした場所」

「いや、それもよく思い出せないんだよな」

　しいていえば、今日訪れた香坂さんの家がかなり近いような気がする。狭く、埃っぽい空間で、窓には十字の格子がついていてそこから見下ろすように桜が見えた――

「なぁ、東京から引っ越してからずっと、高倉(たかくら)市内だったよな？」

「え、うん。そうよ」

高倉市に住むことを決めたのは、ちょうど市営住宅に空きがあったから、と聞いている。転校の多かった母は子どもの頃近くに住んでいたこともあるようだ。近隣の市町村に比べ、当時ではいち早く高校生まで医療費が無料だったり中学校まで給食があったりと、子育てにも手厚かったそうだ。おれが小学二年生に上がる年からさらに広い今のマンションに引っ越した。

おれが勤める市役所も、香坂さんの家も、高倉市の隣の市だ。すぐ隣とは言え、おれが子どもの頃に香坂家に出入りしたことがあるとは考えられない。やはり別の場所だろう。

「なにをそんなに思い出したがってるの？」

母は早々になくなったビールグラスを、名残惜しげに傾けた。おれの方はと言うと、記憶をたどるのに必死であまり進んでいない。ぬるくなりつつあるビールを口に含んで、母の問いに首をひねった。

なぜだろう。なぜか、思い出せもしないあの花見の瞬間が、とても大事な時間だった気がする。

「あ、明日お弁当作ろうか。たまには」

「いい。適当に買うから」

「いつも何食べてるの？　ちゃんと食べてる？」

「食ってるよ。庁舎の前に弁当屋が売りに来てる。激安。二八〇円」

「この値上げの時代に？　おかしなもん入ってんじゃないの」

話しながら、昼に食べた百合子さんのいなりずしの、甘いあげの味を思い出した。炒飯で腹がいっぱいだというのに口内に唾液が溜まった。

また何かの折に会うことができたら、うまかったですと伝えたい。あわよくば、もう一度食べたい。

母との話を適当に切り上げ、皿洗いを押し付け合う。毎日朝食の皿洗いを任せていることを持ち出され、渋々おれが洗うことになった。

このときは、香坂家の二人ともう会うことができないなど、思いもしなかった。


香坂姉妹の訃報が耳に届いたのは、香坂家を初めて訪れてからわずか二週間後のことだった。

連絡をくれたのは松ヶ枝さんではなく、川島自治会長だった。まったくの別件でこちらから連絡を入れたところ、どうも慌ただしく落ち着かない。忙しいようだったので、「かけ直しましょうか。明日にでも……」と尋ねたところ、

『明日は明日で葬式に出なくちゃなんだよねぇ……ああそうだ、青葉さんも会ってたんじゃなかったか？』

「どなたの話ですか」

『ほら、香坂さん。松ヶ枝さんと挨拶に行くって言ってたじゃない。亡くなったんだよ』

「えっ」

咄嗟に思い浮かべたのは桐子さんの顔だった。しかしすぐ、妹の百合子さんの存在も思い出す。

「そうでしたか。どちらが……」

『二人共だよ。二人共、家で一緒に亡くなってたんだ』

絶句した。思わず「まじか」と漏らしてしまいそうだった。

おれの驚愕を理解するように、電話口で会長が『な、な』と相づちを打っている。

『私もそりゃあ驚いたよ。今日お通夜で、明日の一一時に葬儀だよ。君も来たらどう』

「そう……ですね。伺います」

『ほかに身寄りがなかったはずだからなぁ……もしかすると、そっちの方面で地域福祉課にお世話になるかもしれない』

「ああ、わかりました。また別で連絡が入ると思いますが……あれ、ご親族がいらっしゃらないのなら、葬儀の手筈なんかは？」

『それが、亡くなった場合の葬儀屋の段取りなんかは全部済ませてあったんだと。何かあったときのためのセキュリティ会社への自動通報も登録してあったらしい。ほら、湯沸かしポットのスイッチなんかが押されないと連絡が入るやつ』

「それはまた用意周到な……」

『高齢者の二人暮らしだからねぇ。万が一のことも考えてたんだろうね』

香坂姉妹の今後の手続き関係については、また改めて相談すると言って電話は切れた。

亡くなった。亡くなったのか。

つい二週間前に話した二人の顔と声が思い出され、胸をすうっとすきま風のようなものが流れた。

受話器を置いた手をそのままに、しばしぼうっと座り込んでいた。

「青葉くん。青葉くん、お客さん」

係長の声にはっと顔を上げる。先日、義母の要介護認定を申請した中年の女性だ。

「これねぇ、うちの義母が要介護二って、おかしくないかしら」

ぶちぶちと不満を述べる女性にはい、はい、と相づちを打つ。対応を考える頭の片隅で、葬儀会場を聞き忘れたのでもう一度自治会長に電話をしなければ、と心に留めた。


喪服に着替えるため家に帰ると、母が珍しくエプロンを付けて料理を作っていた。揚げ物の匂いが部屋中に充満している。

「おかえり。早いね」

「仕事の関係で、通夜に出席することになった。喪服に着替えるわ」

「あ、そう」

手を洗い、仕事用のスーツを脱いでいたら「ごはんはー？　食べる？」と背中に声が飛んできた。

「帰ってきてから食う」

大学を卒業したとき、卒業祝い代わりに喪服礼服一式を買ってもらった。買ってもらったきり、着たことは一度もなかった。タグが付いたままではないかと確かめながら、着慣れないズボンに脚を通す。

「どこまで行くの？　市役所の隣の斎場？」

「いや、自宅葬らしい。車で一五分くらい。近いよ」

「そう。お世話になったの？」

「いや、うーん、これから世話になる予定だったというか……ちょうど二週間前に、挨拶したばかりの人たちだったんだ」

「人たち？」

「ああ、うん。高齢の姉妹で、二人共亡くなって」

シャツの手首のボタンを留めるのに手間取り、顔を上げたら母が部屋の入り口に立っていたので思わずびくっとした。

「え、なに」

「姉妹？　だれ？」

「だれ？　香坂さんっていう……言ってもわからないだろ」

その瞬間、母の顔から表情がなくなり、明かりを落としたようにすっと暗くなった。

「え？　知ってる？　高倉市の人じゃないけど」

「……ううん。ご病気？」

「いや、聞いてない。なんせ急で。でも二人同時にっていうのが、変な話だなって。まさか殺し合ったわけでもないだろうけど」

「そんなわけないでしょ！」

突然声を荒らげた母に、おれは箱を開けて中を確かめていた数珠を、取り落としかけた。

母の顔は、暗いを通り越して蒼白だ。

「……不謹慎なこと、言わないの」

「ああ、うん、ごめん」

母はふいと顔を背けると、キッチンに戻っていった。

なんだったんだ。去っていく母の背中を見つめて首を傾げるが、時計が目に入り通夜の時間まで三〇分を切っていた。

「なあ、香典用の封筒ってある？　お札って新札はだめなんだっけ」

「なによ、そんなの自分で準備しておきなさいよ。香典袋はテレビの横の引き出しにない？」

おそらく唐揚げを揚げていると思われる母の声は、もう通常通りだった。

通夜には驚くほどの弔問客がいた。明かりがついた玄関は家の豪華さも相まって、なにか祭りでもやっているかのような雰囲気だ。自ら足を運んでおいて、通夜会場の賑やかさにたじろいだ。

昨今、通夜も本葬も葬儀会場で行われることが多いが、香坂姉妹の通夜は自宅で行われるらしい。しかしあまりの弔問客の数に、家の前の道路まで人がごった返している。

玄関から離れた場所で様子を窺っていたら、門扉の横からひょいと自治会長が顔を出し、ばっちりと目が合った。

お、という顔をされたので、おれはへこへこと頭を下げながら歩み寄った。

「通夜まで来てくれたの」

「仕事も早く上がれましたので……なんだか、盛況ですね。お通夜で盛況っていうのもおかしいか」

「この辺の人は、みんな香坂先生にお世話になってるからなぁ。卒業生も多いし、教え子の親なんかも、随分香坂先生を頼りにしててね」

「あ、先日伺った際に少しお聞きしました。会長のお子さんも教え子だとか」

「そうそう。息子も娘も明日の葬式に来るって」

「自宅葬を行うには……少々狭いくらい人がいらっしゃいますね」

「ご本人たちの希望だったらしいよ。葬儀は自宅でと」

新たに弔問に訪れた人が、おれたちに頭を下げて脇を通り過ぎていった。頭を下げ返しながら意を決して尋ねる。

「あの、お二人は、どうして……事故ですか」

自治会長は、「うーん」と煮えきらない声を上げて頭を掻いた。

「それがね、まだよくわかんないのよ」

「というと」

「一応密室での不審死って扱いになるからね、亡くなってるのがわかった昨日の時点で警察の検視が入ったんだ。ほら、サスペンスドラマとかでよくあるやつ。司法解剖までやるとかいって、ご遺体も持ってっちゃって。でも、すぐに戻ってきて通夜も今日行えることになって。こんなに早く戻ってきたってことは、司法解剖はせずに検視だけで済んだんじゃないかね。私のところにはまだ連絡がなくて、死因は聞いていないんだ」

はい、へぇ、と相づちを打ちながら、なかなか聞きたいところにたどり着かずいらいらする。

「身寄りがないからねぇ。知らされるったって、一番に私のところに報告が来るもんだか……もしかすると、君のところが先かもしれないな」

「あの、じゃあお二人は、その……どういう状態で見つかったんですか？」

「ベッドで寝てたって」

「え？　二人共？」

「だからさ、強盗が入ったわけでもなさそうだし、警察の調査もなーんか力が入ってない感じがしたよ。まぁ仕方ないと言えば仕方ないのかもね。香坂先生はもう八二だったし、妹さんも一つ二つ下なだけだろう」

おれの背後から現れた弔問客に、会長が「あ、どうもー！」と大きな声を上げた。ハリのある声で挨拶を交わす二人を前にしていると、ここが通夜会場であることを忘れそうになる。

おれはそっとその場を離れ、受付を済ますと家の中に入った。線香と花の香りが薄く漂っている。

以前桐子さんに案内された居間に祭壇が設けられていた。こんなにも広かっただろうかと見渡してから、隣室とのパーティションが取り払われて大きな一室になっていることに気付いた。

祭壇には、桐子さんと百合子さん二人の遺影が飾られていた。先日会ったときと変わらない柔和な微笑みを浮かべる百合子さんと、微笑んではいるが、どこか遠くを見据えているように目を開いた桐子さんの顔が並んでいた。本当に、二人共亡くなってしまったのだという実感が胸に湧き、またもやすうと胸にすきま風が通る。

そのとき、ううっ、と呻くような泣き声がひときわ高く聞こえて、思わず声の出処を探した。最後列の端に座った女性が、嘔吐するように背中を丸め、両手で握りしめたハンカチに顔を埋めている。彼女の隣に座った体格の良い男性が、彼女の肩にそっと手を置いていた。

ざわざわと無秩序にざわめく会場の中で、背を丸めてすすり泣く彼女の声が不思議とはっきりと聞こえていた。彼女の、死を悼む泣き声は、感情が『悲しい』にまで振らないおれの胸を尖る爪で引っ搔かれたような気分にさせた。

そこしか席が空いていなかったというのもあるが、おれはすすり泣く女性の左隣に腰を下ろした。肩をさする男性と、彼女を挟む形になる。男性が、視線だけでおれを見た。目が合った。思いのほか年かさだった。会釈すると、男性の方が「どうも」と会釈を返してきた。

手元に数珠を用意していると、泣き声が落ち着いてきた女性が顔を上げ、洟(はな)をすすって「すみません」と呟いた。ぼそぼそとした話し声が、おそらく隣に座ったおれにだけ聞こえてくる。「いつまでもぐずぐずとして……」「いいんですよ、お通夜は、そういう場ですから」「母も最後のお別れをしたかったんじゃないかと思うんですが、身体が」「無理なさらない方がいい。永井(ながい)さんが来られて、先生も喜んでいますよ」「鈴木(すずき)先生に連絡をいただけて、本当によかった」

「永井さんはちゃんとお別れをしたいんじゃないかと思ってね」「はい。母も、当時は先生のことあんなふうに言ってましたけど、感謝していましたと……」

　そこでまた、女性は声を揺らして嗚咽（おえつ）を漏らした。

　折よく、司会者が通夜の開始を告げ、いつの間にか着席していた僧侶がこちらを振り返り一礼した。そこかしこで湧いていたざわめきが途絶え、隣席の女性の押し殺した泣き声だけが、ほそぼそと続いていた。

　一通りの読経が済み、焼香が始まると、緊張感が緩んだようにざわめきが少しずつ戻ってきた。親族関係者はほとんどいないためか、一般参列者らしき前列の人から焼香に進んでいる。

　ふと、足の甲に柔らかい感触が触れて視線を落とした。白いハンカチが、おれの足元に落ちている。かがんで拾うと隣の女性が「あ」と声を上げた。

「すみません、私のです」

「いえ」

　手渡す際、永井さんと呼ばれていた女性が泣き腫らした目でおれの顔を確かめたのがわかった。

「先生の教え子さん……？　あぁ、若いから違いますね」

「ああ、はい自分は、仕事の関係で」

「ああ、じゃあ中学校の先生ですか」

「いえ、市役所の職員です。ご挨拶したばかりだったんですが、お世話になる前にこんなことになってしまって」

「そうだったの」

おれより二〇歳くらいは年上のせいか、ややくだけた調子で相づちを打った永井さんは、焼香の列に目をやって、はー、と息をついた。

「ごめんなさいね、隣でぐずぐずと泣いてしまって」

「いえ……なんというかその、残念、ですよね」

「本当に」

永井さんは力強く頷いた。

「女性の平均寿命までまだまだだったのに、やっぱり先生はお忙しくていろんな人のために働いた人だったから、身体にも応えたのかしらね……」

「はあ、そうですね」

「私は教え子だったんですよ。もう三〇年も前ですけど。先生がいなければ私、ぜんぜん違う人生だったかも。感謝してもしきれなくて」

永井さんの語り口はもっぱら桐子さんを思うものばかりで、百合子さんも一緒に亡くなったことについては微塵も引っかかっていないようだった。教え子だったというのならそれも仕方がないか。というか、ここに参列しているほとんどの人がそうなのだろうな、と想像する。

「私の母はね」

永井さんは問わず語りで続けた。自分の思い出と一緒に、桐子さんの話をしたいのだろうと思い、促すように頷く。

「先生のおかげで父と離婚したんです」

「え」

「永井さん」と隣の男性が彼女を促した。焼香の順番が回ってきたらしい。話の途中だったが、永井さんは慌てたように席を立った。間もなくおれも焼香のため、腰を上げた。

最後列のおれたちの焼香が終わると、すぐに司会者が閉会の旨を話し始める。永井さんの話は宙ぶらりんのままだったが、私語を挟める雰囲気ではなかった。

すべての手順が済んで僧侶が退席したあと、司会者が市内の割烹で通夜振る舞いが行われることを案内した。その声を皮切りに、弔問客がぞろぞろと出口に向かう。いつの間にか、永井さんと男性も席を立ったのか姿が見えなくなっていた。

おれは通夜振る舞いに出席するつもりもなかったので、このままそっと帰ろうと玄関に向かった。玄関は、帰ろうとする弔問客でまたもやごった返していた。家の中は広いが、玄関は十数人が一度に靴を履けるほどの広さはない。おれはぞろぞろと亀の歩みで玄関へ向かう群衆の中に紛れ込んだが玄関前で足止めを食らい、居場所を探して螺旋階段を一、二段のぼった。

おれの靴がない、私の靴はどこだ、と騒がしい玄関を見下ろし、一息つく。急ぐ用事もないので、ある程度捌(は)けてから出よう。母と二人で暮らす自宅は、市境にある香坂家からは職場よりも近い。

本当に多くの人に慕われていたんだな。うごめく人の頭を見下ろし、ほとんどが桐子さん関係の弔問客だろうと想像する。

年配の女性なども多く見かける。百合子さんの友人かもしれない。穏和で人当たりのよい彼女には茶飲み友達など多そうだ——

そこまで考えて、ふと思考が止まった。

身寄りがないと言っていた。百合子さんも桐子さんも、結婚していなかったのだろうか。子どもも夫もおらず、二人だけで暮らしていた。

桐子さんは教師として働いていたが、では百合子さんは？　結婚していたならともかく、働いていなかったのであれば、収入源は桐子さんの給料だけだ。

初めは資産家だと思っていたが、桐子さんの話によるとどうやら違う。

『この家は、すべて私が働いて貯めたお金で建てたの』

あの言葉には、いかに自分が苦労したか、を吐露したい気持ちがにじんでいた。

桐子さんが退職した後の生活は二人の年金で賄われていたのだろうが、桐子さんはともかく、夫のいる主婦でもない百合子さんの年金は、国民年金のみであればそう多くないはず。この豪邸の維持費だって、馬鹿にならないだろう。

ほとんど桐子さんが養うような形だったのだろうか。

二二年前に家を建てる前も、二人は別の場所で一緒に暮らしていたのだろうか。

二人共結婚せず、ずっと一緒に？　死ぬ日まで同じで？

姉妹とはいえ、そんな関係があるだろうか。

太い蔦（つた）が二本、互いを巻き込むように絡み合う絵が頭に浮かんだ。ぞっとした。すぐにイメージを振り払う。癒着、とか依存、とかの単語も浮かんだが、玄関の人が捌けてきたのを契機に、それ以上考えることをやめた。

若干前のスペースが空いたので階段をおり、再び人混みに身を投じる。隣に立つ男性の腕がおれの肩に触れ、相手が「失礼」とこちらを見下ろした。

互いに、あ、という表情になる。永井さんの隣に座っていた、年配の男性だった。白髪交じりの頭で六〇歳以上だろうと見当がつくが、身体はまるでラグビー選手のようで圧迫感がある。おれより頭一つでかい。

どういう態度をとればいいのか咄嗟に判断できなかったおれに対し、男性は年の功か、「先程は、どうも」と当たり障りのない言葉を述べた。会釈を返し、彼の隣に永井さんがいないことに気付く。

「先程の方は……」

「お手洗いに」

「あぁ」

退場待ちの列が進み、じりりと一歩踏み出す。なんとなく気まずい時間だった。

「市役所にお勤めなんですね」

顔を上げると、男性が前方と腕時計を交互に見て言った。

「さっき、永井さんとの話が聞こえて。だからか、若いのに聞き上手だ」

じれったい時間の暇つぶしに声をかけてくれたのだろう。いえ、と応じる。

「滅相もないです。あの、自分にも少し聞こえていたんですが、『鈴木先生』と呼ばれていらっしゃったような」

「ああ、僕は教師じゃなくて、弁護士です」

「そうなんですね。じゃあ、教え子さんで……？」

だとすると、桐子さんがかなり若い頃の生徒ということになる。しかし、鈴木弁護士は首を横に振り、「僕も仕事の関係でお世話になったクチですね。中学校での揉め事は香坂先生が窓口なんじゃないかというくらい、いつも先生が矢面に立たれていて」

「香坂……先生は、教頭先生や校長先生だったんですか？」

「いや、ほとんど定年まで教壇に立たれていたと思いますよ。にもかかわらずね、彼女のサガなのか、人徳のなせる業（わざ）というか、厄介事にいつも巻き込まれていました。首を突っ込むタイプではないと思うんですが、なんでしょうね。どうしても、生徒も親も教師も、彼女を頼ってしまうようでした。弁護士が学校に関わるようなことはよほどのことでない限りないんですがね。その『よほど』の用事はたいてい香坂先生がお相手でしたね」

「へえ……」

意外だった。八〇を超えてなおあのクールなまなざしの桐子さんが、若い頃は熱い教師だったのか。

「まぁ、熱血教師とはほど遠い感じでしたけど」

おれの想像をぶったぎるように鈴木弁護士が呟いたので、思わず噴き出した。鈴木弁護士も微笑を浮かべつつ、「若い頃からずっとあんな感じでしたよ。淡々としていて、他人にも自分にも厳しくて。でも、間違いを許さないのではなくて、どうしたら間違いじゃなくなるかを、一緒に考えてくれるような先生だったと思います。『どうしたら正しくなるか』じゃなくてね」

「間違いじゃなくなるか……」

「昔は今より、正しいと決められた道から逸れる人や物事に、厳しい時代だったから」

鈴木弁護士のやや早口の言葉が、おれの知らない桐子さんと、彼女を取り巻く時代を形作っていく。

おれは、自分が多様性とグローバル化とＳＤＧｓの時代を生きる人間だという自覚があった。でもそれは、桐子さんのように、窮屈な時代をなんとかして押し拡げようともがいた大人がいたから迎えられた時代なのだ。

「あ、空いてきたね。靴、どこだかな」

鈴木弁護士が上がり框に近づき、靴を探して腰をかがめる。背後から、「先生お待たせしました～」と永井さんがぱたぱたスリッパを鳴らして駆け寄ってきた。

「あ、先程の」

永井さんがおれに気付いて足を止め、にこりと笑う。

「そうだ」靴を履いた鈴木弁護士が、胸ポケットから名刺入れを取り出し、中から一枚抜き取っておれに差し出した。

「僕はもうあまり依頼人と向かい合うような仕事はしていなくて、事務所も息子に譲ったようなもんだけど。なにかあればどうぞ」

『鈴木弁護士事務所』と堅く黒い文字で印字された名刺を差し出され、慌てて自分も名刺を取り出す。「あぁ、どうも頂戴します」と鈴木弁護士は受け取ってくれた。

鈴木弁護士の名刺には、『学校問題（いじめ、ハラスメント）、DV、離婚』と小さく記してあった。顔を上げると、永井さんと目が合った。

「じゃあ、私たちはこれで」

「はい、失礼します」

一礼して背を向ける二人を見送って、おれもポーチに出た。

門扉を抜ける鈴木弁護士と永井さんを遠目に見ながら、永井さんが話しかけていた『先生のおかげで父と離婚した』という彼女の母親の話の続きを想像していた。鈴木弁護士の名刺に見た「DV、離婚」の文字も同時にちらつく。

たとえば永井さんの母親が、父親からDVを受けていたとして。かつて中学生だった永井さんにとって、それは彼女自身が暴力を受けていなかったとしても、れっきとした虐待だろう。香坂先生は、永井さんの両親を離婚させる――そこまで行かずとも、なんとかして彼女が家庭内の暴力から離れた場所で生活できるよう、学校という枠を飛び越えて、苦心したのかもしれない。

暴力を受けていても、離婚しない、できない女性がいることは、市役所勤めをしていれば理解できる。金銭的な理由だけではなく、心理的にも、絶望から逃げ出すには相当の労力を要するのだ。永井さんの母親も、もしかするとそういう理由で離婚を拒否していたのかもしれない。

――まぁ、想像だけど。

空想が一区切り付いたところで、ごく近くからスマホの着信音が甲高く鳴り響いた。おれと同じ着信音だったので、ぴくりと肩が反応する。振り返ると、受付にいたらしい自治会長がスマホを耳に当てながら「はい、はい」と言って玄関前を外れて庭の方へと歩いて行く後ろ姿が目に入った。桜の木がある方だ。

「結果、出ましたか」

やや抑え気味の声で会長が言う。ついその姿を目で追いかけた。受付を振り返る。葬儀屋のスタッフが二人いたが、こちらを見ていない。コンマ一秒ためらって、桜の木がある方へ足を踏み入れた。

会長は、桜の木を過ぎた向こうでこちらに背を向けている。おれは家の壁伝いに近づき、意味もなくポケットをまさぐった。こういうとき、喫煙者だと理由が立つのだがあいにくおれはたばこを吸わない。

「はあ、じゃあ病院にもかかっていたんですね。いや、私は知りませんでした。お元気なもんだとばっかり……じゃあまぁ、歳も歳ですしなぁ」

世間話のように軽い会長の口調で、なんとなく推し量られた。以前からなにかの病気で通院していたものが、悪化して自宅で亡くなってしまったのだろう。二人同時にというのが未だ引っかかるが、一番予想できた原因だ。

「とはいえ、一日の開きがあるっていうのはおかしな話ですねぇ。百合子さんのたんこぶも」

開き？　おれは会長の方にさらに一歩にじり寄り、耳をそばだてた。

「桐子さんが一八日に亡くなって……その後一日、百合子さんが気付かないわけないだろうし。なんだかイヤな話ですな」

背を向けて話していた会長が、耳にスマホを当てたまま急に振り返った。何気ない動作だったのだろうが、逃げる間もなかった。

「おわっ」

心底驚いたのか、あられもない声を上げて会長は飛び退いた。おれは愛想笑いを作り、何も入っていない喪服のポケットを叩き、頭を下げた。

「あ、すみませんね。まぁじゃあ報告書、お待ちしてますんで」

電話の相手に早口でそう言うと、会長はスマホをポケットに仕舞いながら「びっくりしたなぁ」とおれを咎めるように見た。

「申し訳ありません、一服しようと思ったら、お電話していらっしゃったので……場所を変えようとしてたところで」

「あ、そう」

そそくさと立ち去ろうとする背中に、慌てて声をかけた。

「お二人の死因、わかったんですか？」

思い切って尋ねたのだが、会長はどこかきまり悪そうに「ん、まぁねぇ」と目をそらす。おれの脇をすり抜けて立ち去ろうとするので、慌てた口調にならないように気をつけ、背中に声を投げかける。

「すみません、少し聞こえてしまって。『開きがあった』というのは」

「えーと、こういうの個人情報だからさ……」

「このあとお二人のご親族を探す手続きに入ると思うので、その際には今回の結果報告書はうちに提出していただくと思うのですが……」

はったりだった。地域福祉課に配属になってまだ二ヶ月。亡くなった人の親族を探す手続きで、警察からの報告書を提出してもらう必要があるのかどうかおれは知らない。

しかし会長は、「あ、そうなの」と言ってやや緊張を解いた。

「どちらかが先に亡くなっていたんですか」

「桐子さん。桐子さんが一八日の少なくとも午前中には亡くなっていて、百合子さんはだいたいその一日後……一九日の未明だと」

「桐子さんが、先に……」

百合子さんは、桐子さんが亡くなってから少なくとも半日、遺体と一緒にいたことになる。しかも、どこにも連絡することなく、その翌日に、百合子さん自身も自宅で亡くなった。

あまりに不自然だ。

おれの険しい表情を見て、今度は会長の方が慌てたように「まぁね、まぁね」とおれの気を引いた。

「お二人共高齢だったじゃない。盗みでもない、家の中は荒れてもいない、もちろん、他殺の可能性もない。桐子さんは心筋症、百合子さんは脳卒中だ。しかも二人共通院してたんだって。警察もこれ以上捜査しないって言ってるし、それならこっちからとやかく言うこともないもんだから」

ね、ね、と言いたげにおれの相づちを待つ会長の目を覗く。

この人、これ以上突っ込んでほしくないのだ。身寄りのない香坂姉妹の死亡状況を調査するとなると、警察や役所と一緒に動かなければならないのは自分だから。

腑に落ちない気持ちと、厄介事に巻き込まれたくないという会長の内心に賛同する気持ちが同時に湧き上がって、言うべき言葉が喉で絡まる。

そうだ。思い出した。

「そういや、百合子さんのたんこぶっていうのは?」

「ああ、なんだろうね。君が急に出てきたから驚いて電話を切ってしまって、聞きそびれた」

「大事なことではないんですか？　もしかして、百合子さんの死因は脳卒中じゃなくて」

「青葉くん」

おどおどしていた会長が、急に強い口調でおれを遮った。叱られたように、おれは口を閉ざす。

「警察が、捜査しないと言っているんだ。君がとやかく言うことじゃない」

睨むような会長の視線に耐えうるほどの言葉が出てこず、力が抜けた。

「……そうですか。首を突っ込んで申し訳ありません」

今日はこれで失礼しますと一礼し、踵（きびす）を返した。振り返る直前、桜の木が目の端に映る。

おれは玄関まで戻ると足を止め、中の遺影に対するつもりでもう一度手を合わせた。

おれには、これ以上何もできない。

桐子さんと百合子さんとの間に何があったのか、何もなかったのか、知るすべもなければ探るつもりもない。

ただ、途中で終わってしまった彼女の自慢の家紹介を、最後まで聞けばよかったと、憐れみとも後悔ともつかない気持ちが胸にわだかまった。

香坂家をあとにして駐車場へと向かう道すがら、どこからともなく煮物のような甘辛い匂いが漂ってきた。

ああそうだ。百合子さんのいなりずしを、もう一度食べたかった。

二〇〇四年　千絵

コンビニのイートインスペースで、買ったばかりの惣菜パンの袋を破いてやると、祐太郎（ゆうたろう）はむしゃぶりつくように食べ始めた。お腹が減っていたのだろう。ここに着くまで手を引かれるままについてきた祐太郎の心を思うと、申し訳なさに胸がつぶれる思いだった。

こぼれかけたため息を飲み込み、自分も野菜ジュースを飲むためストローを穴に刺そうとしたところで、手が震えていることに気が付いた。

「ママ、ママ」

口の周りをパンのくずとマヨネーズで汚した祐太郎が、こちらを見上げている。

「なあに」

「ぼくもジュースのみたい」

「ああ、はい」

一二五ミリリットルの小さな子ども用ジュースにストローを刺してやる。手はまだ震えていたがなんとか刺すことができた。祐太郎は嬉しそうに、小さな口にストローの先端を含む。

怖いのではない。やっとここまで来られたという安堵と喜びで、震えているだけだ。

指先をぎゅっと握り込んで震えを押し込めてから、おにぎりの封を破いた。

「ママ、今日はおうち帰らないんだよね」

もくもくと食べていた祐太郎が、私の顔色を窺うようにそっと尋ねた。五歳でも、子どもは大人の空気を読むのに長けている。おにぎりを食べる私の様子を確かめて、そろそろ訊いてもいいだろうかと思ったのだろう。

私は努めて明るく、なんでもないことのように「そうだよ」と答えた。

「ゆうちゃんは、今日からママと二人旅。住むところが見つかるまで、いろんなところを冒険しよう！」

「ぼうけん？　てきもいる？」

「てき？」

「かいじゅうとか」

最近、年長のお友達に教わって、戦いごっこにはまっているのだ。戦隊ものに興味がなく、女の子のお友達とおままごとをしたりお絵かきをする方が好きだったのに。

「ああ敵ね、大丈夫。怖い敵や怪獣は、ママがやっつけるから」

「パパも？」

どきりとした。言葉に詰まり思わず祐太郎の顔を見下ろすと、特に深刻でもなんでもない真顔で私を見上げている。

『怖い』というフレーズが、『パパ』に直結したのだろう。

祐太郎に、もう二度と『怖い』思いもそれに繋がる『パパ』の記憶も、思い出させたくない。

私は力強く頷き、微笑みながら「おにぎりも食べる？　牛乳もあるよ」とビニール袋の中身を取り出してみせた。


夫の健祐（けんすけ）に殴られて意識を失ったのが昨日（厳密には今日）の深夜二時。目が覚めたら私はソファに倒れ込むように眠っていた。一瞬自分がどこにいるのかわからなかったが、荒れたままの部屋を眺めて、昨夜の出来事を思い出す。身体を起こすとこめかみに鋭い痛みが走り、触れると異様に腫（は）れていた。

リビングのローテーブルにはなぜか私の仕事道具が散乱しており、ミントタブレットが床にこぼれていた。

健祐が漁ったのだとすぐにわかったが、のろのろと細かい雑具を鞄に戻し、ミントタブレットをかき集め終わっても、何も考えられなかった。

時刻は朝の六時半で、健祐が出勤するにはまだ早いが、気配がないのでいないようだ。部屋の惨状と暴力の残り香による気まずさに耐えきれず、早く出たのだろう。

――そろそろ祐太郎を起こさないと、幼稚園に遅れる。

立ち上がりかけて、はたと止まった。

どうしてこの地獄のような毎日を、私は必死で繰り返さなければならないと思い込んでいるのだろう。今なら健祐も夜まで帰ってこない。私の仕事も、幸い昨日が納期で一段落ついたところだ。

逃げてしまえばいい。

自分の体温が移ったソファをぐっと手で押して、立ち上がった。

そうとなれば、祐太郎はできるだけ寝させてあげたい。その間に荷物をまとめて、行き先を考えなければ。

先程までの悄然（しょうぜん）としていた自分が嘘のように、身体はきびきびと動き出した。こめかみはまだ痛んだが、じっとしているより身体を動かした方が痛みも紛れた。

自分と祐太郎の着替えを一通りと、通帳と印鑑、財布と携帯電話を収納すると旅行用のボストンバッグはぱんぱんに膨らんだ。もう少し洋服を減らそうかと考えたが、いつどこで洗濯できるかわからない上、三月の外気はまだまだ冷たい。祐太郎に寒い思いをさせて風邪でも引かせたら、後悔でもう一歩も動けないだろう。

あとは幼稚園に欠席の電話をかけなければならない。来月、祐太郎は年長に上がる。引っ込み思案で私の脚にしがみついてばかりだった子が、二年かけてなんとか泣かずに通園できるようになったのだ。それを、大人の事情で欠席させなければならないことが歯がゆかった。

さらに、この幼稚園はいわゆるお受験をして合格した。そう難しい試験や面接ではなかったが、落ちた人もいると聞いた。それをあと一年残したまま去らなければならない。

しかし、そのことが一瞬でも惜しいと思った自分をすぐに恥じた。惜しいものか。この家にいて、殴られる私を見て、祐太郎が幸せになれるわけがない。

「ママ」

携帯を握りしめたままリビングの中央に立ち尽くしていた私の背後に、いつの間にか祐太郎がいた。パジャマの裾は垂れ下がり、寝癖がひどい。

「ああ、起きた？　ごめんね、すぐに朝ごはん用意するから」

「いま、なんじ？」

部屋の明るさから、なんとなくいつもと時間帯が違うことを感じ取ったのだろう。変にごまかすことはしたくなかった。私は祐太郎と同じ目線に腰を落とし、自分の覚悟をそのまま伝えるように言う。

「ゆうちゃん。今日は幼稚園お休みするよ。お引っ越しするの」

「おひっこし？」

「うん。急でごめんね。ごはんを食べたらおうちとはバイバイするよ。ママと二人で、新しく住むところを探しに行こう」

祐太郎は、寝起きの顔でぼんやりと私を見つめていた。「やだ」とごね始めたらどうしようかとドキドキしたが、幸い、祐太郎は「ふうん」と言ってトイレに向かった。

どれくらいわかっているのか、わからない。だが、「ママと二人で」と言ったとき、祐太郎の目が大きく開いた気がした。

フライパンに火を入れ、卵を割り入れて焼いている間に幼稚園に電話をかけた。電話に出たのは事務の女性だったが、今日と明日、欠席する旨を伝えると、担任に電話が替わった。

「お母さん、家を出られるんですか」

開口一番にそう言われ、二の句が継げなかった。その通りだが、祐太郎の担任に家の状況を話したことはなかった。祐太郎は暴力を受けていない。傷や腫れがあるわけでもないのに、なぜ……

目玉焼きがジリッと音を立て、ハッとした。しかし口を開いた矢先、担任の先生の方から「不躾に申し訳ありません。理由はおっしゃらなくて結構です。祐太郎くんの来週以降の登園については、またご連絡いただけますか」と生真面目な声が届いた。

他のクラスの先生に比べ、あまり笑わず厳しそうな先生だった。祐太郎は、年中に上がりこの先生が担任だと知るやいなや、また「幼稚園に行きたくない」と言い出して頭を抱えたことを思い出す。

しかし厳しく生真面目な印象と同時に、祐太郎のことをよく見てくれていると感じることが多々あった。連絡帳も丁寧で、個人面談では人見知りで内気な祐太郎が初めてお友達の輪に加わったことを誰よりも喜んでくれた。

「来週、必ず連絡します」

「はい、それと……」

先生は、初めて言葉を濁した。

「お父さんから連絡があった場合、どうしますか」

声をひそめつつも、私の回答を知っているような話し方に確信した。先生は、夫の暴力に気付いている。

「何も知らないと、答えていただけますか」

「わかりました。約束します。ほかの教諭に周知してもよろしいですか」

「お願いします」

承知しました、と答えた先生の声は力強かった。逃げろ、と背中を押された気がした。

トイレから戻ってきた祐太郎のズボンを引っ張り上げながら、にっこり笑う。

「ごはん食べて、出発しよう！」

行き先のあてはまったくなかった。

父は私が高校を卒業してすぐに他界し、母は、当時住んでいた仙台で今も一人暮らしをしている。当然、健祐もそのことを知っているので、私が頼るとしたらまずは仙台にいる母を訪ねると思うだろう。

高校で仙台に落ち着くまで、私は父の仕事の都合で各地を転々と引っ越した。学校は何度変わったか知れない。地元と呼べる場所は一つもなかった。

健祐と結婚し、東京の杉並区のマンションを借りて暮らし始めて六年。ようやくひとところに落ち着くことができたと思い始めた頃だったので、意外にも東京を去ることが心細く感じられた。

通勤ラッシュが一息ついた上り電車で、祐太郎はのりもの図鑑を眺めてごきげんだ。膝には真新しいリュックサックが置いてある。出かける間際、ぱんぱんのボストンバッグを肩に提げた私を見上げて、祐太郎が自分の荷物は自分のリュックで持っていきたいと言い出したのだ。

『お洋服もタオルもあるよ。重くなっても、ママ代わりに持ってあげられないよ』

『ぼくがもつ。もてる』

荷物が細かく増えることに内心うんざりしたのだが、今のところ文句も言わずにリュックを背負ってここまでやってきた。

あそこはどうだろう、と思いついたのは渋谷に着く間際だった。中学三年生の間、それも夏休み明けから卒業までの数ヶ月を過ごしただけの町。健祐には、この町にいたことは話していないはずだ。

祐太郎を急き立てて渋谷で降り、人混みをぬって改札まで上がると駅員に町までの行き方を聞いた。乗り換えがいくつかあるものの東京から一時間半ほどで着くようだ。それならお昼ごはんは、着いてから食べられる。

私が住んでいた頃は町だったが、隣の市に吸収されて自治体名が変わっていた。市内の様子も大きく異なるだろうし、知り合いはおそらく一人もいない。それでも、名前も初めて聞くような見知らぬ土地や、人の多い地方都市に紛れるよりも安心できる気がした。

「サンダーバード。くろしお。こまち。にばんせん、列車がまいります。ごちゅういください」

祐太郎の呟きを聞きながら車窓を眺める。

忘れかけていたこめかみがずきんと痛み、同時に、私はまた間違えていないだろうかと不意にぞっとした。すぐに不安を振り払い、目を閉じた。

健祐との結婚は、幸せだった。仙台の建築事務所で働いていた私は、取引先のハウスメーカーで営業の仕事をしていた健祐のアプローチを受け、その一年後に結婚して上京した。

健祐の仕事は忙しく、朝は早くて帰りは遅い。出張もしょっちゅうだ。家庭を支えてほしいと言われ、私はそれまでのキャリアを捨てて健祐の転勤を機に退職した。

建築デザイナーとして社内ではそこそこ評価され始めた頃だった。大学を出てからずっと勤めていた会社だ。辞めたくなかった。それでも、申し訳なさそうに、真摯に頼む健祐の説得に納得して、専業主婦になった。

すぐに祐太郎が生まれ、健祐は相変わらず忙しく、子育ては想像の一〇〇倍大変で、見知らぬ土地での生活は孤独でもあった。

人見知りの激しい祐太郎は、どこの公園や児童館に行っても周りのお友達と上手く馴染めず、私と手を繋いで一日中線路沿いを歩き続けた。延々と繰り返される同じ毎日に私はほとほと疲れていたが、やってくる電車をきらきらした目で見送り、つたない声で「でんしゃ」と繰り返す横顔を眺めていると、幸福感で胸が詰まって涙がにじんだ。その一瞬を得られただけでも、私は幸せな結婚をしたと思うことができた。

健祐に初めて殴られたのは、祐太郎が年中に上がった春、一年前だ。

「ママー、ママー、おりるー?」

はっとして駅名を見上げる。新宿駅だ。慌てて祐太郎の手を引いて電車を降りた。

「ありがとう、ゆうちゃん。乗り過ごしちゃうところだったよ」

祐太郎にも乗り換えの駅を伝えておいてよかった。私よりもしっかりしているではないか。頭を撫でられ、祐太郎は誇らしげに鼻先を上げて笑った。

そこからさらに乗り換え、一時間。疲れてきたのか、祐太郎が電車の座席に横たわったり、立ったり座ったりを繰り返し始めた。

「祐太郎。ほかのお客さんの迷惑になるからやめなさい」

「ん～」

叱られて私の横に座り直しても、すぐにぐでんと横に倒れてしまう。

「眠いの？」

「ん～」

「お腹すいた？」

「ん～」

「どっち？」

つい口調が尖った。祐太郎は俯き、しゃべらなくなった。泣きわめいたり騒いだりしないぶん、へそを曲げると長引く。ため息を飲み込んで、祐太郎を引き寄せた。祐太郎は抵抗することなく、私の腕に頭をもたせかけてきた。

目的の駅名が告げられたとき、私はうとうとまどろんでいたのに、不思議とはっと目が覚めた。忘れかけていた懐かしい駅名に、思い出もほとんどないはずの胸が疼く。

「祐太郎、降りるよ」

祐太郎も私にもたれて眠っていたらしい。半分眠りこけた顔のまま、私に手を引かれて電車を降りた。

駅は記憶よりも新しく綺麗で、昔はなかったはずの自動改札機が設置されていた。駅前はタクシー乗り場のロータリーになっており、向かいにコンビニがあった。

「ついた?」

祐太郎が、場所見知りを発動して私の脚にぴたりとくっつきながら尋ねる。

「うん、着いたよ。ごはんにしようか。お腹すいた?」

「すいた!」

そうして私たちは、目の前のコンビニへと向かったのだった。

コンビニで腹ごしらえを終え、外に出ると日差しが強く暖かくなっていた。祐太郎に着せた上着が暑そうだ。

「ゆうちゃん、上着脱いでおこうか」

そう言って脱がせかけたとき、はたと気が付いた。

「ゆうちゃん、リュックサックは?」

祐太郎は、ぽかんと口を開けて私を見上げる。慌ててコンビニのイートインスペースに戻ったが、リュックサックはなかった。思い返せば、コンビニで食事を始めたときも持っていなかった気がする。

「電車？　電車に忘れた？」

祐太郎は、黙って首を傾げるだけだ。はっきりしなさい、と叱責（しっせき）が飛び出しかけたが、違う、と飲み込む。祐太郎は悪くない。確認しなかった私が悪いのだ。思い返せば、降りる直前まで眠っていた祐太郎は、リュックサックを膝ではなく空いていた隣のスペースに置いていた。そのまま私が手を引いて降りてしまったせいで、リュックサックを置き忘れてきてしまったのだ。気が抜けて、祐太郎の隣にしゃがみこんだ。貴重品は入っていない。祐太郎の着替えとタオル、水筒なんかが入っているだけだ。駅員に言って、終着駅まで取りに行かなければ。

気持ちを切り替えるため、額に手を当てる。立ち上がろうと祐太郎を見ると、俯いた目に涙をいっぱいにためていた。

「ゆうちゃん、泣かなくていいよ。ママこそごめんね、気が付かなくて」

「ごめ、ごめんなさ……」

「どうしました」

頭上から聞こえた声に、顔を上げた。祐太郎が、さっと私に身を寄せる。

日傘を差した年配の女性が、にこりともせず私たちを見下ろしていた。

「いえ……ちょっと、電車に忘れ物をしちゃって」

「高倉行き？　東京からいらしたの？」

「はい」

「そう。いらっしゃい」

女性は駅舎の方へとすたすた歩き出した。呆気にとられて彼女の後ろ姿を眺めていたが、「いらっしゃい」というのが「付いてきなさい」という意味だと理解して、立ち上がった。

「ママ」

祐太郎が不安そうに私の服の裾を摑む。

「大丈夫。駅員さんに言って、探してもらえば見つかるから」

女性は改札横の駅員室で、私の方を振り返りながら駅員と何か話している。近づいていくと、駅員の方から「忘れ物ですか」と尋ねてきた。

「はい、子どものリュックサックを」

「特徴は？」

「薄い青で……ドクターイエローのストラップが付いています」

「高倉行きでお間違いないですね？　確認するのでお待ちください」

駅員は受話器を取ると、どこかに電話をかけ始めた。女性は、私と一緒に駅員の電話が終わるのを待っている。なぜ、私の代わりに駅員に伝えてくれたのだろう。彼女になんと声をかけたらいいのか迷い、所在ないまま電話が終わるのを待った。

迷っているうちに、駅員が受話器を持ったまま顔を上げた。

「念のため、リュックサックの中身も教えてもらえます？」

「あ、子どもの洋服とおもちゃとか……あと、深緑の水筒が」

駅員は頷き、愛想よく笑った。

「ありましたよ。向こうの駅長室で預かっているそうです」

「そうですか、よかった……」

「今日中に取りに行かれますか」

咄嗟に答えられず、祐太郎を見下ろした。終着駅までどれくらいかかるのかわからないが、移動で疲れている祐太郎をどこかで早く休ませてやりたかった。しかし、祐太郎の着替えはすべて渦中のリュックサックの中だ。取りに行かなければ、風呂にも入れない。いっそ一着くらい買ってしまうべきか……

「ここまで持ってきてあげてくださいよ。電車は行ったり来たりしてるんだから、リュックサックの一つくらい載るでしょう」

有無を言わさぬ口調で告げる声に、驚いて顔を上げた。女性は相変わらず笑いもせず、駅員を見つめている。

駅員は、驚いた様子も気分を害した様子もなく、苦笑した。

「そうは言っても先生。車掌の方も業務中で、リュックサックを載せて、ここで下ろしてってって作業をするのも」

「作業だなんて大仰なもんじゃないでしょう。あなたがそこのホームで受け取ってやればいい話じゃないの」

「あの、私取りに行きますんで……」

当事者である自分が蚊帳の外になっている。つい口を挟んだ。しかし女性は、私に視線を動かすと、「子どもを連れて高倉まで行くのも大儀でしょう」と言って駅員に視線を戻した。

「困っている親子くらい助けてあげなさい」

駅員は、うーんと一つ唸ったが、受話器の向こうに謝りながら「自分が受け取りますんで、ええ、一三時一二分発の普通に載せてもらって」と話をつけてくれた。

「四五分にはこの駅に到着する見込みですので」

「すみません、ありがとうございます」

女性の方にも向き直って、頭を下げた。

「あの、ありがとうございました。助かりました」

「えぇ」

女性は一言そう言うと、また日傘を差して歩き去ってしまった。

「祐太郎、ここのベンチで電車待とうか。ママ、少し調べ物するね」

祐太郎をベンチに座らせ、駅の窓口に置いてあった市内マップを広げる。来たはいいものの、知り合いがいるわけでも、仕事や住む場所のあてがあるわけでもない。ひとまず今日の寝床を確保しなければ。

私は再度駅員室に近づき、先程の駅員に声をかけた。

「あの、近くにビジネスホテルはありますか」

「ビジホ……二つ隣の北丘沢駅にならありますけど、この辺は……あ、ここをまっすぐ行くと国道に出るので、国道を北丘沢方面に向かうとインターの手前にラブホならあります」

子連れでラブホテルに泊まれるわけがない。私は肩を落とし、祐太郎の隣に座った。

「ママ、ごめんね」

私がうなだれているのを、自分がリュックサックを忘れたせいだと思っているらしい。祐太郎がしょぼくれた声で謝った。

「何言ってんの。ゆうちゃんのせいじゃないって言ったでしょ」

強く肩を抱きしめて、ついでに脇をくすぐる。祐太郎は身を捩らせて笑い声を上げた。

祐太郎とじゃれながら、こりずに市内マップを眺めていたら目的の電車が来るまであっという間だった。駅員は、言葉の通りホームまで走り出て、苦い顔をする車掌からリュックサックを受け取ってくれた。

「本当にありがとうございました」

「いえ、お母さんラッキーでしたね」

祐太郎にリュックサックを背負わせながら、「え？」と尋ねた。

「香坂先生がいなかったら、こんな無茶できないですよ」

「ああ、さっきの……」

「なにはともあれ、無事に手元に戻ってよかったですね。お気をつけください」

再度駅員に頭を下げて、祐太郎の身の回りを確認する。もう一度電車に乗って、北丘沢駅に向かうつもりだった。市内マップを眺めても、自分がかつて通ったことのある中学校は同じ場所にあるようだが、それ以外はほとんど記憶になかった。この駅に留まる理由はないのだ。

「ゆうちゃん、もう一度電車に乗って、ちょっとだけ移動するよ」

「トイレ」

「え、おしっこ？」

うん、と頷く祐太郎のリュックサックを慌ててまた下ろさせて、辺りを見回す。幸い、ホームの手前にトイレがあった。

「あそこ、トイレわかるでしょう。いってらっしゃい」

「やだ、くらい」

「大丈夫よ。ママ、出口のところにいるから」

「やだ、やだ」

「漏らしちゃうよ」

「やだ、やだ」

トイレはたしかに薄暗く、あまり衛生的ではないように見えた。しかし、こんなことを言い合っているうちに本当に漏らしてしまう。

「ゆうちゃん、今はあそこのトイレしかないの。ママ付いていってあげるから、行っておいで」

「やだぁ、こわいー」

勘弁してよ、と口からこぼれた。

「もう、じゃあもうちょっと我慢できる？　あそこのスーパーまで歩ける？」

祐太郎はこくこくと頷いた。仕方がない、目に入った駅前のスーパーで、トイレを借りよう。またリュックサックを背負わせて、祐太郎の手を引いて歩き出した。

「大丈夫？　漏れない？」

「たぶん」

「たぶんってなによ、やめてよ。頑張って、もうちょっとだから」

スーパーは近づいてみるとなかなかの大きさで、駐車場も広く、店舗内に入るまでも距離があったので本当に漏らしやしないかひやひやした。なんとか店の入り口付近にあったトイレで用を足すことができ、安心したのかにやにやしながら出てきた祐太郎の顔を見て、噴き出してしまった。

スーパーの隣には利用している銀行の支店があったので、切符代で減ったぶん心もとなかった財布に、いくらかの現金をＡＴＭで引き出して追加することができた。

結局スーパーの方まで来て良かった、と祐太郎の手を取る。

「さ、じゃあ今度こそ、電車に乗るよ」

「どこにいくの？」

「今日泊まるところを探しに行くんだよ」

「あしたは？」

「明日も、たぶん同じところ」

「おうちはいつみつかるの？」

「わかんないよ、そんなの」

投げやりな口調で答えた私に、祐太郎は「わかんないよ〜」とおどけた声で繰り返した。

銀行の駐車場を出て目の前の横断歩道で信号待ちをしていると、祐太郎の隣に人影が立った。

「あ、ママ、ママ」

祐太郎が私の脚に寄り添いながら呼び立てる。「なに」と祐太郎の視線の先を追うと、先程の女性が手にスーパーのビニール袋を提げて立っていた。

「あ！　先程の……どうもありがとうございました。おかげさまで、リュックサックも運んでもらえました」

「そうですか」

女性は横目で私たちを捉え、一つ頷いてまた前を向いた。あくまでクールなおばさんだな、と祐太郎の手を握りなおす。

私たちより先に、こちらのことに気付いていたであろうに声をかけてこなかったということは、これ以上関わるつもりはないのだろう。私は会釈をし、信号が青になったのを機に、祐太郎を「行こう」と急き立てた。

「あなたたち」

呼び止められているのが自分のことだとは思わなかった。先に祐太郎が振り向き、「呼んでるよ」と言うので足を止めた。

私と同じ方向に横断歩道を渡ってきた女性は、私たちに追いつくと、真顔で「泊まるところを探しているの」と尋ねた。

私は自分の肩に提げたボストンバッグに一瞬視線をやり、嘘をつくこともできず「はい」と答えた。

「行くあては、あるんです」と女性が淡々と尋ねる。

「ええ、はい、一応……二つ隣の駅にホテルがあるらしいので、そこに」

「あの辺りは歓楽街ですから、子どもを連れて行くには向きませんよ」

「え、そうなんですか」

女性は祐太郎を見下ろしたあと、私を真正面から見据えると「うちにいらっしゃい」と決定事項のように言った。

「えっ？　いえ、そんな……」

「今夜の宿も決まっていないのに、子連れの大荷物で北丘沢をぶらぶらしていたらろくなことがありませんよ。いいから、うちで休憩していきなさい」

五分ほどですから、と言って女性は私の返事も聞かずに歩き出した。祐太郎と私は、横断歩道のそばにぽつんと取り残される。

「ママ、おばさん行っちゃうよ」

女性が振り返った。何も言わず、私たちが付いてくるのを待っている。しかし、来ないのならばそれでも構わないと言っているようにも見えた。

「……祐太郎、疲れた、よね？」

「ちょっとだけ」

忘れ物の件では助けてくれたわけだし、「先生」と呼ばれていたくらいだし、悪い人ではないだろう。落ち着いた場所で今後のことを考えたい気持ちもあった。

思い切って、祐太郎の手を取ったまま駆け寄った。

「すみません、甘えてよろしいんですか」

くっきりとした大きな目が、私を見て頷いた。

「お困りなら、どうぞいらっしゃい」

「ありがとうございます。行こう、祐太郎」

祐太郎は私の手の甲を額に当て、もじもじと隠れる素振りを見せたが、文句も言わず一緒に歩き出した。

家は本当に近かった。そして、冗談かと思うような豪邸だった。

県道から一本逸れた住宅街の入り口にあり、つやつやと光る門扉は真新しく、玄関まで続くポーチにはバラのアーケードが美しく整えられていた。玄関扉は大きな木製の——おそらくイギリス製のチーク材。家の壁は真新しいが、この扉はヴィンテージかもしれない。

表札は「香坂」だった。

玄関は広く、入って右側は小さいがウォークインシューズクローゼットで、女性はそこに日傘を立てかけた。

「すごぉい、お城みたい」

目の前に吊り下がるシャンデリアを見上げて、祐太郎が感嘆の声を上げる。私も同様にぽかんと口を開けて見上げてしまいそうだった。家に上がってすぐの階段は螺旋状になっており、二階……いや、通常の家であれば二・五階の高さの位置に部屋が三つ見える。

「こちらが客間です。どうぞ」

女性は家に上がると、私が祐太郎の靴を揃えている間に先に奥へと進んでいってしまった。

「すごいおうちだね」

祐太郎がひそめた声で言う。祐太郎なりに気を遣っているのだと思うとおかしかったが、私も素直に「本当だね。おうちの中、勝手に触っちゃだめよ」とひそめた声で答えた。

広々とした客間は一二畳はあるだろう広さで、二組のソファとローテーブルが備えられていた。壁には絵が飾られている。クリムトだ。

「まぁまぁ可愛らしいお客さん。いらっしゃい」

高い声に振り向くと、先程の女性とは異なる、初老の女性が客間の入り口でほのぼのとこちらを見ていた。

ぽたぽた焼のおばあさんみたい。

咄嗟にそんなことを思い、慌てて頭を下げる。

「あっすみません、お邪魔しています。あの……先程駅で、えっと……少し助けていただいて、それで」

しどろもどろに説明しながら、女性の名前も聞いていなければこちらも名乗っていないことに気が付いた。

「あの、私竹井千絵と申します。息子の祐太郎です」

挨拶して、と祐太郎を促すと、半身を私に隠したまま祐太郎はか細い声で「こんにちは」と呟いた。

「はい、こんにちは。今、お茶を淹れますからね。祐太郎くんはジュースでいいかしら」

「あ、おかまいなく！　少し休ませていただいたらすぐに帰りますので……」

「いいんですよ。姉が、強引にお誘いしたんでしょう」

お待ちくださいね、と微笑みを残して、女性は踵を返した。軽いスリッパの音が遠ざかる。

姉。ということは、駅で出会った女性と今の女性は姉妹なのか。あまり似ていないように見えた。なにより、愛想の良さが決定的に違う。

「ねえママ、おくつ脱ぐのひさしぶりだね」

「え？　ああ、そうね」

「気持ちいいね。イス、ふかふかする」

ハリのあるソファに深く腰を沈めて、祐太郎はうっとりとくつろいでいる。私も、この空間は祐太郎と二人きりだと思うと気が緩み、ふうと息をついて祐太郎の隣に腰を下ろした。

これからどうしようか。少なくとも、今日の宿だけはそろそろ決めなくてはならない。この辺りにホテルはないと言うし、歓楽街があるという駅で祐太郎を連れて降りるのは気が引けたが、そちらに行かないことにはどうしようもないだろう。

ああ、夕飯も考えなくてはならない。またコンビニだろうか。でも、温かいものを食べさせてやりたいからファミレスにでも入るべきか。

夜になれば、いずれ、健祐が帰宅する。私たちがいないことにすぐに気が付くだろう。私の母に電話をかけ、近所を捜し回るかもしれない。

考えただけで、胸が重く沈み胃が押さえつけられるように苦しくなった。

「お待たせしました」

妹だという女性が、大きな盆にティーポットとカップ、缶のジュース、それに正方形のクッキー缶を載せて戻ってきた。

「すみません、本当にお構いなく……突然お邪魔したのに」

「お歳暮でジュースやお茶や、お菓子もいただくんですけどね、全然食べ切れないの。若い人たちに食べてもらえると助かるんですよ。さ、遠慮せずどうぞ」

開けられるかな？　と祐太郎に缶ジュースを手渡してくれる。祐太郎は、私とジュースを交互に見たのち、声は小さいがしっかりと「ありがとう」と言って受け取った。

「お母さんにはこちらをどうぞ」

淹れたての熱い紅茶が目の前に供され、ふくよかな湯気を立てた。深い青と金の装飾が美しい、いかにも高価なティーカップ。触れることがためらわれるほどだった。

「ありがとうございます……」

礼だけ述べて手を付けられずにいると、私の足元に、女性がおもむろに膝をついた。

「あと、これね。目の横、よく冷やして。顎の下も切れてるから、消毒しましょう」

手渡されたのは、手ぬぐいにくるまれた保冷剤だった。

二の句が継げずにいると、女性は穏和に微笑んで、何も心配ないわとでも言うように私の手をぽんぽんと叩いた。

「ここまでどれくらいかかったの？　疲れたでしょう。ここにいれば、ひとまず大丈夫よ。今日はうちに泊まっていただいて構いませんよ。部屋なら空いていますの」

不安と緊張と疲労がどっと押し寄せ、溶けた。

ほたほたと涙がこぼれた。


借りた洗面所で鏡を見て、自分の風貌にぎょっとした。ひっつめた髪はほつれ、下地だけ塗った顔は化粧っ気がなく幽霊のように青白い。痛むこめかみはいつの間にか熱を持ち、ミニトマトほどの大きさに腫れ上がっていた。前髪で隠しているつもりだったが、よく見れば腫れていることは一目瞭然だ。

私はこんなにも不幸をぶら下げた顔で歩いていたのか。誰が見ても、私は『夫に殴られ逃げてきた妻』の様相だった。もしかすると、これまで祐太郎の幼稚園の送り迎えのときも、自分では隠せているつもりでも暴力を受けていることは明らかだったのかもしれない。だから祐太郎の担任の先生は、私が家を出て逃げるのだとすぐにピンときたのだろう。駅前のスーパーの前で再度あの女性に声をかけられたのも、これで納得がいった。

　彼女は香坂桐子さんというらしい。ぽたぽた焼のおばあさんの方が、妹の百合子さん。二人でこの豪邸に暮らしていると言うから驚いた。しかも、二年前に建てたばかりだと言う。どうりで真新しいはずだ。どこもかしこも傷一つなく、しかも掃除が行き届いているのかぴかぴか眩しい。

　しかし派手で豪奢な感じはせず、物が少ないせいか美術館のように静謐な雰囲気もあった。桐子さんは、私をここまで連れてきたにもかかわらず、あれきり姿を見せない。百合子さんが、すべてを了解したような様子で私たちを受け入れてくれるのが不思議だった。

　祐太郎は百合子さんにすっかり馴染み、持ってきた新幹線の模型を自慢している。「ほんとう？」「いいわねぇ」「素敵ねぇ」の三拍子で話を聞いてくれる百合子さんに、祐太郎は顔が赤らむほど懸命に新幹線の説明をしている。

「七〇〇系は、さいこうじそく二八五キロも出るんだよ。三〇〇秒でじそく二七〇キロにとーたつして」

　祐太郎の言葉を遮って、尋ねた。

「あの……ここは、そういうところなんですか？」

「そういうところ？」

　百合子さんが首を傾げる。

「なんというか、私たちのような人を受け入れる……ボランティアみたいな」

　百合子さんは、ボランティア、と呟いた。何を問われているのか、わからないというように反対側に首を傾げる。

「その、なんというか……避難場所みたいなのがあるって聞いたことがあって。私みたいな……女の人たちが」

DVから逃げてきた人が、と言おうとしたのだが、祐太郎が聞いていると思うと明確な言葉にすることはためらわれた。

配偶者暴力からの避難場所（DVシェルターというらしい）のことは知っていたが、この一年、自分は逃げるほどひどい暴力を受けているわけではないと思っていた。シェルターは、きっと私よりもっとひどい目にあっている人たちが行くところなのだと。

百合子さんは、合点がいったのか「あぁ」と微笑んだ。

「いえいえ、うちはそんな大層なことはしてませんよ。ただ、姉があなたたちのことをたまま気にかけたのでしょう。あの人は二年前まで、先生をしていたの。世話焼きの性分が、まだ消えないのね。だから私も、姉がこうして若い人を突然連れてきても、驚かなくなってしまって」

「あ、駅員さんにも、『先生』って呼ばれてました」

「ああ、高木（たかぎ）くんね。姉はこの市内に教え子がたくさんいるのよ。おかげで私も若い顔見知りが随分増えて」

そういう百合子さんは控えめながら、どこか誇らしげだった。

「さ、そろそろおしゃべりはおしまいにして、休んでもらうお部屋を案内しましょうか。準備はなにもできていないからこれからですけど」

「あの、本当によろしいんですか。見ず知らずの私たちを……」

「老人の二人暮らしですから、にぎやかになってちょうどいいわ」

行きましょう、と腰を上げた百合子さんに続いて私も立ち上がり、深々と頭を下げた。

きっとこんな幸運、もう訪れない。

「すみません。お言葉に甘えて、一晩お世話になります」

はいはい、と鷹揚（おうよう）に答える百合子さんに、祐太郎も私を真似て頭を下げた。

「おせわになります」

「あらっ、賢いのねぇ」

祐太郎を見て目を細める姿は祖母と孫のようだった。この平和な光景がどうして本物ではないのだろう。考えても詮無いことを考え、鼻先がツンと滲みた。

あてがわれた部屋は、広い洋間だった。螺旋階段をのぼって、向かって左手に廊下を進んだ一番奥の部屋。

「こんな広いお部屋、いいんですか」

「二階の居間にあたるんですけど、全然使ってないの。お布団お持ちしますから、ちょっと待っててね」

「あ、手伝います」

百合子さんと二人で廊下の押入れから布団袋を運び、部屋の隅に置いた。部屋は書棚と低いテーブルがあるほか何もなく、がらんと物寂しい。使っていないというのは本当のようだ。

「お夕飯はカレーにしようかと思うのだけど、いいかしら」

「いえ、そんな、夕飯は自分たちで済ませますので」

「どうせまとめて作るんですから、よかったら召し上がって。祐太郎くん、カレー好き?」

祐太郎は一も二もなくこくこくと頷いた。百合子さんは菩薩のように微笑む。

「子どもはみんなカレーが好きよねぇ。じゃあ、千絵さんはまた手伝っていただける? それまでゆっくり休んで」

百合子さんが部屋を出ていくと、祐太郎は興奮して小さな声でキャーと叫びながら部屋の中を一周走り回った。

「祐太郎! 走っちゃだめ。うるさいでしょう。いい、今日はここでお泊りさせてもらうけど、百合子さんや桐子さん……最初に会ったおばさんたちが住んでるんだからね。騒いだらだめよ。お行儀よくしてね」

「ねぇママ、夜ごはんはカレーって言ってたね。カレーひさしぶりだね」

「……そうだね」

「ぼく、よーちえんのカレーよりママのカレーの方がすき」

にんじんがちっちゃいから、と笑う顔に微笑みを返すが、小さな棘が胸に引っかかった。

健祐はカレーが嫌いだ。まさか嫌いだとは思わず結婚後もときどき出していた。健祐も何食わぬ顔で食べていたはずだが、ある日を境に急に「実は嫌いだ」と言い始めた。祐太郎はカレーが好きなので、仕方がなく大人の料理とは別に祐太郎のぶんだけカレーを作っていたのだが、健祐の暴力が始まってからは、カレーの匂いがするだけで健祐の機嫌が悪くなる引き金になるので、作らなくなった。

祐太郎は、幼稚園の給食でカレーが出るからか、特別家でカレーを食べたいと言うことはなかったが、やっぱり食べたかったのだ。ささやかな我慢とはいえ、そんなささやかなことさえ叶えてあげられないことが悔しくてならなかった。

物珍しそうに部屋を見回したり書棚の本を一冊ずつ指差したりする祐太郎を布団袋にもたれ眺めていると、瞼を温かな手で撫でられているように心地よく、いつの間にかまどろんでいた。

はっとして顔を上げた。まさかの、よだれまで垂らしている。部屋に祐太郎がいない。血の気が引いた。

「ゆう、ゆうちゃん」

脚をもつれさせながら部屋からまろび出ると、廊下つきあたりの小部屋のドアが薄く開いている。中から、子どもの甲高い声が聞こえてきた。祐太郎だ。胸をなでおろしながら、部屋の中を覗いた。

中は一面の書棚で埋め尽くされていた。真向かいの小窓から差し込む光で、浮遊する細かな埃が見える。祐太郎は、窓のそばに積まれた冊子の束に両膝をついて外を覗いていた。隣には、桐子さんが立っている。

桐子さんが私に気付き、こちらを振り返った。

「あ、の……」

「桜があるんですよ」

私に示すように窓を振り返る。部屋に踏み入って窓に近づくと、十字の格子の窓の外のやや見下ろす位置に立派な桜の木が見えた。まだ六分咲きといったところだろうが、背が高く豊かに茂っているせいか、とても華やかに咲いて見えた。

「うわあ、綺麗ですね」

「もらったんだって！　そうしたらすぐに咲いて、ここがとくとうせき、なんだって！」

「なに、どういうこと」

「新築祝いに、いただいた桜なの。教え子が植木屋をしてててね。木なんて世話しきれないって言ったんだけど。咲けばそれなりにいいものね」

五歳に桜を愛でる情緒があるとは思わなかったが、祐太郎は窓の外にいつまでも見入っている。私はおずおずと口を開いた。

「あの……百合子さんとのお話で、今夜一晩お世話になることになってしまって……今日お会いしたばかりで大変図々しいんですが」

「もとよりそのつもりでしたから、構いませんよ」

気持ちの読めない平坦な声で桐子さんは言い、祐太郎を見下ろした。

「明日はここでお花見でもしましょうか」

「おはなみ？」

「桜を見ながら、おいしいものを食べるの」

「する！」

お花見する！　今からする！　と騒ぐ祐太郎に、桐子さんはほんの少しだけ微笑んだ。いくつかの皺が刻まれてはいるものの、肌が白くて目鼻立ちの整った顔はまるで女優のようだ。その微笑みに見惚れた矢先、桐子さんが私に視線を向けた。

「明日中に、市役所に行った方がいいでしょう。明後日は土曜で休みだから」

「市役所……」

「住む場所の相談に乗ってくれると思いますよ」

急に現実に引き戻され、周りの空気がぎゅっと重く肩にのしかかった。「はい」と答える声が低くなる。

明日相談に行ったところで、すぐに住む場所が見つかるわけではない。当座のお金は自分名義の口座に入っているから心配ないが、それでもずっとホテルで暮らし続けられるほどの余裕もない。不安定な暮らしが長引くほど、祐太郎にも負担がかかる。幼稚園だって変わらなければならないし、私の仕事も――

「『さくら』という電車を知っていますか」

桐子さんがおもむろに尋ねた。祐太郎が顔を華やかせ、答える。

「さくら？　しってる！　しんだいいとっきゅうさくら」

「私が生まれた頃にも『さくら』は走ってたんですよ」

「そうなんですか」

つい、口を挟んだ。祐太郎と一緒にのりもの図鑑を眺めたり、クイズをしたりする機会が多いので、自然と電車に詳しくなった。『さくら』はたしか、ＪＲ九州の寝台特急だ。

桐子さんは私に目を向け、「国鉄すらなかった頃の話ですよ」と言った。

「当時はたしか、東京から下関（しものせき）の辺りまでを走る急行列車だったはず」

「しものせきってどこー？」

「山口県」

「やまぐちけんってどこー？」

「とおーく」

とおーく、と繰り返し、なにが面白いのか祐太郎はけらけら笑った。そして、「ずかん、みる」と言って荷物が置いてある二階の居間に走り戻っていった。

「……出ましょうか。狭い部屋ですから」

「あ、すみません。もしかして、祐太郎が勝手に……」

桐子さんは「違いますよ」と答えながら背を向ける。私もあとに続いた。

「年寄りの家は退屈ですから。見ごたえがあるのは、この桜くらいだから見せてみたんです」

「ありがとうございました……その、お声がけいただいたことも」

「なにかと骨が折れますけど」

桐子さんは、片足を階段から一段下ろした。

「骨さえ折ればなんとかなりますから。心配せずに今日はゆっくり眠りなさい」

とん、とん、と規則正しい足音で、階段をおりていった。

のりもの図鑑を持った祐太郎が戻ってきて、「おばさんは？」と尋ねる。

「おりていったよ」と答えながら、桐子さんの言葉の意味を嚙み締めた。


夕食と風呂まで世話になり、その夜は深く眠った。明日以降の身の振り方や、祐太郎の幼稚園のこと、仕事のことを考えると思考がぐるぐると巡りなかなか寝付けなかったが、「骨さえ折ればなんとかなる」と言った桐子さんの言葉を思い出し、落ち着いて深呼吸をしたら吐く息と一緒に滑り込むように眠りに落ちた。

健祐が帰宅する物音に耳を澄ます必要がないことや、明日の健祐の朝食や弁当のことを考えなくて済むことは、思っていた以上に心を軽くした。負担だと思っていなかったが、知らず知らずこびりつくサビのように、私を身動きさせにくくしていたのだと気付いた。

目が覚めたのは六時半だった。いつもより長く眠ったことに内心驚きながら、朝食を買いに行かなければ、と眠る祐太郎を起こさないように身支度する。のんきに階下に顔を出せば、朝食まで世話になりかねない。

しかし、そっと階段をおりたところで、すでにきれいに身支度の済んだ百合子さんに出くわした。

百合子さんは、「おはようございます」と微笑みを浮かべた。

「よく眠れた？」

「はい、おかげさまで。あの、今から朝食を買いに行ってこようと思って……祐太郎はまだ眠っていますので」

「あらあら、朝食もこちらで準備してしまいましたよ。姉が、祐太郎くんと花見をすると言って昨日から準備していましたから」

　ええ？　とすっとんきょうな声を上げてしまった。廊下の向こうから、桐子さんが顔をのぞかせた。

「ちょうどいいわ、手伝ってもらいましょう」

　酢飯を大きな団扇（うちわ）で扇（あお）いでいると、真上にある私たちが間借りした部屋から軋むような音が聞こえた。

　百合子さんがいち早く気付き、「起きたんじゃない？」と私に視線をやる。

「見てきます」

　団扇を桐子さんに預けると、桐子さんは気のない様子でぱたぱたと団扇を動かした。

　二階の部屋を覗くと、祐太郎が半べそをかいて布団の上に座り込んでいた。私を見つけると、飛んできて腰にしがみつく。

「ゆうちゃん、おはよう。ここ、お泊まりした家よ。昨日、おばさんたちの家にお邪魔したでしょう」

「ママどこ行ってたの？」

「下よ。朝ごはんの準備を手伝ってたの。ゆうちゃんもトイレ行って顔洗って、行こう」

「よーちえんは？」

「幼稚園は今日もお休み」

やったー！　と急に現金な声を上げた祐太郎は、私から飛び離れた。

階下におりると、百合子さんは食卓に座っておあげに酢飯を詰めていた。随分大きないなりずしだ。

「いいにおーい」

祐太郎が子犬のような顔でテーブルの上を覗き込む。

「祐太郎、おはようございます、でしょ」

「おはよーございます。これ、朝ごはん？」

「そうよ。祐太郎くん、おトイレしてお顔洗って、着替えておいで。一緒に食べましょう」

百合子さんの言葉に、祐太郎は目を輝かせた。

「朝からおすしなの？　すごーい！」

顔、あらうーと言って、祐太郎は場所も知らないのに廊下に駆け戻っていった。

慌てて追いかけ、祐太郎と自分の支度を済ませて居間に戻ると、百合子さんが「ちょうどできたとこ」と額に汗して微笑んだ。

「すみません、結局すべておまかせして」

「いいのいいの。いなりずしは作るのが一番楽しいんだから。そろそろ上も片付いたでしょう。祐太郎くん、これ持てる？」

私たちは大皿に盛ったいなりずしと取り分け用の小皿、水筒に入れた茶とコップなどを手にぞろぞろと二階にのぼった。本当に、あの狭い部屋で朝食をとるのだろうか。

螺旋階段の最後のカーブを曲がり、部屋が見えた。部屋の中は明かりがついており、両側にそびえる書棚が圧迫的ではあるものの、昨日は所狭しと積まれていた冊子の束などがすべて片付けられ、小さなテーブルと座布団が用意されていた。

窓が開いている。冷たい風が、部屋に舞い込んだ。「少し冷えるわね」と言いながら桐子さんが入ってくる。

百合子さんがてきぱきと、小さなテーブルに小皿と茶、箸などを並べていく。こちらにどうぞと示されて、祐太郎と隣同士で腰を下ろす。部屋はまるで学校の図書室や資料室のようで、そこでものを食べることにわずかな背徳感があった。

「どうぞ、遠慮なく」

「すみません、ごちそうになります」

百合子さんのいなりずしは、彼女の小さな手に握られるから大きく見えたのかと思っていたが、箸に取ってみても本当に大きかった。祐太郎の拳より大きいかもしれない。

「おいしーい」

かぶりついた祐太郎が、早々に箸を置き、両手でいなりずしを摑んでいる。

いなりずしは本当においしかった。自分で作ったことなどないから、スーパーの惣菜売り場で買ったものしか食べたことがないが、明らかにおあげの厚みといい出汁の染み込み具合といい、段違いにおいしい。

食べる前は空腹など感じていなかったが、一口食べた途端、咀嚼しているというのにお腹が鳴った。

「おいしい……これ、酢飯にお野菜が入ってるんですね」

「そうなの。煮しめてから混ぜ込んでね」

「ねぇ、まどのちかくで食べてもいい？」

祐太郎が二つ目のいなりずしを手に取って立ち上がった。

「だめだめ、ごはんは座って、でしょう」

「おはなみなのに、座ってたらさくらが見えないんだもん」

「一つだけ椅子がありますよ」

桐子さんが箸を置き、窓のそばに折りたたみの小さな丸椅子を置いてくれた。

祐太郎がぱっと駆け寄り、腰を下ろす。

「ママ、おそとのさくらが見える！」

「祐太郎、ありがとうでしょ」

「ありがとー」

気のないお礼に、百合子さんがふふと笑った。

「すみません……お行儀が悪くて」

「いい方でしょう。知らない場所に来て、きちんと眠って、食事ができているだけで」

桐子さんの褒めているとは思えない抑揚のない声がおかしく、私も思わず笑みがこぼれた。

風が吹いたのか、桜の花びらが窓の外で舞い上がった。

景色を眺めながらいなりずしを頬張る祐太郎には聞こえないよう、声を抑えて言う。

「……今日朝一番で、市役所へ住む場所の相談に行ってきます。引っ越すにしても、住民票も向こうに置いたままですし……」

「安易に移してはだめですよ」

「え？」

桐子さんが、真摯な目を向けていた。

「お相手から逃げてきたので、間違いはない？」

「……はい」

「なら、通常の手続きで住民票を移してしまうと、転居先がわかってしまうはず。戸籍の附票というものに、転居先が載るのよ。家族なら、役所も怪しまずに渡してしまうでしょう」

「あ……」

「その点も含めて、市役所には相談されたらいいわ。ただ、役所だけじゃなくて……」

桐子さんはなにか考えるように、視線を遠くに移した。その間、百合子さんがてきぱきと取り箸を動かす。

「もう一つ食べて。祐太郎くん、おいなりさんは」

「食べるー！」

百合子さんが私の皿に一つ置き、祐太郎の空いた皿にも同様にする。祐太郎は「ありがとー！」と皿からいなりずしを摑み取ると、また窓辺の特等席に戻っていく。

「あの……とにかく、これ以上ご迷惑をおかけするわけにはいきませんので、今日中には必ず出ていきます。しばらくホテルで過ごせるだけの準備はありますので」

「急がなくてもいいんですよ。うちは別に……」

「急いだ方がいいでしょうね」

桐子さんが百合子さんの言葉を遮った。

「私はこれから行くところがありますから、あなたは祐太郎くんを連れてまず役所に行きなさい。市営住宅に空きがあるか、聞いてみるといいでしょう。今夜の行き先は、昼にここに帰ってきてから考えたらいいわ」

「は、はい」

「あと、携帯電話にカメラがついてるでしょう」

「カメラ？」

ポケットに入れた携帯電話に、パンツの布地の上から触れる。桐子さんは、自身のこめかみと顎の辺りを交互に指さした。

「それで、あなたのこととここの傷、写真を撮っておきなさい。他にもあるなら、その箇所もすべて」

写真、と呟き、意図することに気付いて言葉を探した。

「あの、私、まだ訴えるとかそういうことは全然……わからなくて」

桐子さんは真顔で首を横に振った。

「何も、訴えなさいと言っているわけではありませんよ。ただ、必ず必要になるから
治る前に撮っておくのよ、と念を押される。はい、と頷いたとき、祐太郎が私に飛びつくよ
うに「お茶ほしいー」と戻ってきた。

「ママ、今日はどこ行くの？　また電車にのる？」

「ううん。ゆうちゃん、今日は市役所にお話を聞きに行くから、一緒に行ってくれる？」

「いいよー」

「市役所までは、バスで行けますよ」

「バス、のりたーい。いえーい」

お腹が膨れて機嫌のいい祐太郎は、ぴょんぴょんと跳ねて踊った。

大人三人と子ども一人で、一五個の巨大ないなりずしは食べきれなかった。私は四つでお腹
いっぱいになり、桐子さんなんかは一つか二つしか食べていないはずだ。家では朝ごはんを残
すこともある祐太郎が、三つも食べたことが驚きだった。

持ってきたおもちゃで遊んでて、と祐太郎を二階の部屋に残し、朝食の後片付けを手伝った。

桐子さんは食事をした部屋を片付けながら、祐太郎を見てくれている。

鼻歌でも歌い出しそうな顔で微笑みを絶やさず皿を洗う百合子さんに、「桐子さんはお詳しいんですね、いろいろと……」と切り出した。高価そうな皿を落とさないよう受け取り、拭いていく。

「教師をやっていると、いろんな生徒や親がいるんでしょうね。私にはちっともわからないことを、姉はいつの間にか知っているんですよ」

「いい先生だったんでしょうね」

「こわーい先生だったと思うわ」

迫力のある顔をしているでしょう、と言われ、思わず確かに、と頷いてしまった。あの整った顔と大きな目でじっと見られたら、直立して正解を答えなければならない気持ちになるだろう。

百合子さんは親族の親しさをのぞかせて笑ったあと、ふうと息をついて蛇口の水を止めた。

「それにしても、どうしてでしょうね。どうして、一度結婚した人の顔をこんなふうにできるのかしら」

ついい、こめかみに手を持っていく。腫れは引いていたが、色が赤紫から黄色がかった色に変わっていた。

「私が……間違えたんです」

百合子さんが問い返すように私を見た。

初めは、仕事に復帰するという選択を間違えたのだと思っていた。だが今は、結婚するときに家庭に入ってほしいと言われて従ったことも、結婚そのものも、間違いだったのだと思っている。

祐太郎が幼稚園に入り、時間に若干の余裕ができたと同時に、胸に空白ができた。家の隅々まで掃除しても、どんなに凝った料理を作っても、埋まらなかった。仕事がしたいのだ、とすぐに気付いた。帰宅した祐太郎が夜までぐずり続けた日でさえ、仕事がしたい、と思った。

しかし健祐には言えなかった。家庭に入ることを決めて退職したとき、健祐は私に頭を下げて「ありがとう」と言った。毎日お弁当を作ると完食して持ち帰ってきたし、始めの頃は毎回味の感想もくれた。

家事も育児も、今や当然のように私一人でこなしているが、三人養える稼ぎを持ってくるのは健祐であるし、私が家にいるからこそ働けるのだという感謝の言葉は結婚当初に聞いていた。物分かりがいいふりをしたかったこともあり、今更文句は言えなかった。

空白を胸に抱えたまま祐太郎が年中に上がった年の五月、かつての職場の上司から連絡があった。彼は独立して東京で個人事務所を経営しており、採用したばかりの若い社員が病休で、どうしても人員が足りず仕事が回らない。フリーランスという形で仕事を受けてくれないかという相談だった。

願ったり叶ったりだった。必要なデータはメールで送ってもらえば、家で仕事ができる。クライアントの修正依頼があることや、こちらも祐太郎の体調などスケジュール通りに仕事ができないことを見越し、納期はなるべく先のものを振ってもらうという約束で、「できると思う」と答えた。

しかしその夜、仕事を受けるつもりだという話を健祐に相談した途端、彼は激怒した。

激怒している、と気付いたのは、殴られた後だった。

『約束をやぶるのか』

『祐太郎をないがしろにするな』

『お前に二足のわらじなど、できるわけがない』

テレビのリモコンで殴られた頭を押さえ、健祐の怒声を浴びた。何が起きているのかわからなかった。

「お前」と呼ばれたことも、こんなにも激高する健祐を見るのも初めてだった。

約束？　仕事を辞めて家庭を支える話のことだろうか。あれは「約束」というより、「お願い」だったはず。

健祐は、言いたいだけ吐き出すと足音高く風呂に行った。私は、今の騒ぎで祐太郎が起きたのではないかと心配で、寝室を覗きに行ったが、幸い祐太郎はぐっすりと眠っていた。

殴られた頭がズキズキと脈を打つ。保冷剤をあて、ソファに座り込んだ。今更、脚が震えていた。

殴られた、殴られた。自分の夫から、暴力を受けた。

振り下ろされたリモコンや激高する夫そのものより、自分が殴られた妻という存在になったことが恐ろしかった。

どうすればいいのだろう。どうして健祐はあんなにも怒ったのだろう。わからず動けないでいるうちに、健祐が風呂から出てきた。こざっぱりと部屋着に着替えてきた健祐は、縮こまったまま硬直した私を見ると、悲壮な顔で駆け寄り足元にうずくまるようにして謝ってきた。

「ごめん、ごめん。どうかしてた。本当にごめん」

泣き出しそうな様子で謝る健祐の声を聞いていると、泣けてきた。悪い夢だったのだと思いたかった。しかし、シャンプーの香りのする髪や湯で温まって上気した肌は彼の言葉と妙にちぐはぐで、めまいのように脳内が揺れた。そして殴られた頭はリアルに脈打ち腫れていた。

「――もういいから」

すがりつく健祐にそう言って、寝室に逃げた。

祐太郎の隣に滑り込み、何もかも嘘になれと願いながら目を閉じていると、寝室にやってきた健祐がひそめた声で「仕事、千絵の好きにしていいから」と言った。

「うん」と答え、あとから「ありがとう」と付け加えた。しばらくすると、健祐の寝息が聞こえてきた。

大丈夫、私たちは大丈夫だ。健祐はなにか聞き間違え、勘違いしたのかもしれない。だからといって殴っていいはずがないのに、私は頭の中で必死に健祐をかばいたてながら眠ろうとした。

数日後、私は元上司から案件を振ってもらい、自宅で仕事を再開した。

五年近いブランクは想像したよりも大きく、パソコンを使うことも久しくなかったのでプログラムの使い方がわからず、初めは印刷した図面に鉛筆と定規で線を引いて仕事をした。しかしこれではいつまで経っても仕事が終わらない、と思い切って上司に電話し、一日だけ彼の事務所に行って自分より一〇歳は若いであろう社員にプログラムの使い方を教わった。

祐太郎を幼稚園に送り、仕事をしているとあっという間に一四時のお迎えの時間が来てしまう。自分の昼食を忘れ、祐太郎のおやつの時間に一緒に間食をとることもしょっちゅうだったが、さあ片付けて洗濯物を取り込んで、と立ち上がる身体は軽かった。

やっぱり、会社を辞めたくなかった。忘れていた仕事の感覚と手の動きを取り返しながら、当時の気持ちを思い出した。辞めるときも散々迷ったが、後悔はなかったはず。それだけ私にとって健祐との結婚は魅力的で手放しがたかったのだ。でも、こうしてまた再び仕事を始めると、水を得た魚とはこのことだと我ながら感じるほど、のめり込むことができた。昼食をとり忘れることなど屁でもなかった。祐太郎の世話と日常の家事、そして仕事のサイクルが目まぐるしく行き交う毎日は、これまでどこか緩慢だった歯車が急に嚙み合い、リズムよく動き出すような心地よさがあった。

二度目の暴力を受けたのは、仕事を受け始めてから三ヶ月後、居間に仕事の資料を置き忘れた夜だった。健祐の帰宅に合わせて風呂の準備をしていたときに思い出し、慌てて取りに戻ったが遅かった。健祐は、机の上に置いてある資料を手に取り、眺めていた。

ごめん、と声をかけようとしたそのとき、健祐が手にしていた資料を投げつけてきた。紙が数枚と色見本の薄い冊子が一冊だ。痛くはなかった。しかし、初めてリモコンで殴られたときの恐怖がよみがえり、身がすくんだ。

健祐は私の髪を摑み上げ、自分がぶちまけた資料を拾うと私の頬に押し付けて怒鳴った。

「あてつけか？　おれに、自分がどれだけ頑張ってるか見せつけたいのか？」

違う、と口にしたがその瞬間頬を張られた。

床に倒れ込む。寝室のドアが開いた。

ママー、と祐太郎が泣いていた。健祐が顔を上げる。私は這って祐太郎に近づくと、そのまま抱きすくめて寝室の中に飛び込み、ドアを閉めた。

ママ、ママ、と祐太郎が泣きじゃくる。何を見たのか、何が怖かったのか、尋ねることができなかった。ただ申し訳なさでいっぱいで、「大丈夫、大丈夫よ」と繰り返しながら祐太郎が眠るまで抱きしめて背中を撫でた。

翌朝、部屋はきれいに片付けられ、健祐が散らかした資料は私の仕事道具をまとめた鞄の中に収められていた。

ソファで眠ったらしい健祐は、私が起きてくると、前回と同様に額を床にこすりつけるほど頭を下げ謝った。私は縮んだように喉が引きつり、黙ったまま健祐の後頭部をうつろな目で見下ろした。

祐太郎に見られるようなことになるのだけはやめてほしい、と喉元まで出かかったが、あの恐ろしい声と荒々しい手付きで怒鳴り摑みかかる健祐の形相を思い出し、言葉を飲み込んだ。

健祐が、仕事をする私が気に入らないことは明らかだった。問題は殴る夫にあるのではなく、仕事を再開した私にあるのだ。どうやって今後の仕事を断ろうか思案した。

しかし、私の思いとは裏腹に、元上司は私を自分の事務所で採用したいと依頼してきた。断ると、上司はものすごく驚いた様子で「どうして？　案件や納期も融通するし、今みたいに自宅勤務もできる。先方も竹井さんのデザインすごく喜んでるよ。息子さん、幼稚園に入って時間あるんじゃないの？」と早口で述べた。

仕事、好きだったじゃないかと言われると、言葉が詰まった。私のことをよく知るこの人は、私が復職したがっていたのに気付き、喜ぶと思って話を持ってきたのだ。現に、健祐にまた殴られたあの夜より前だったら、私は喜んで受けていただろう。

「息子さんが小学校に入ってからは？　幼稚園より、手がかからなくなるでしょ」

彼はなおも食い下がったが、私は苦渋の思いで断った。

復職したいなどと言ったら、今度こそ、健祐はどうなるかわからない。暴力とは、かくも人の意思を奪うものなのかと身をもって体感した。肉体的な痛みは記憶となって私から健祐に対抗しようという気力や主体的な感情を奪い、どうしたら殴られずに済むか、ということしか考えられなかった。

あの夜以来、健祐はいつにも増して優しく、穏やかな様子を見せた。終電よりも早く帰り、週末は祐太郎を連れて公園やショッピングモールに率先して遊びに行った。

こんなふうに優しさをばらまけば、何もなかったことになると本気で思っているのだろうか。

祐太郎と笑い合う健祐の背中を眺めてそう考えている自分に気付き、私はもう二度とこの人を家族として信じることはできないのだと、はたと思い至った。

ひどく悲しい現実だった。

そして健祐が優しく穏やかな日々は、たったひと月で終わった。

復職は断ったし、仕事の依頼もセーブして、なるべく日常に障らないよう細心の注意を払った。祐太郎のお迎えギリギリまでしていた仕事を昼過ぎで切り上げ、祐太郎が帰ってからはなるべく仕事の電話にも出ないようにしたし、仕事の資料や道具が健祐の目に入らないよう毎度自分のクローゼットに片付けた。

もっと時間があれば、もう一案提案できるのに。夕方のミーティングに少しでも電話で参加できたら、もっと細かな打ち合わせができるのに。

仕事に対する自分の「欲」が出そうになるたびに、私は専業主婦なのだと言い聞かせて気持ちに蓋をした。

しかしそのような努力もむなしく、深夜に健祐は突然私を突き飛ばした。勢い余って壁に激突した肩を押さえて健祐を振り返る。健祐は、能面のような表情で私を見下ろしていた。

「祐太郎が幼稚園で漏らしたんだって？」

「あ……連絡帳、見たの？」

平坦な声で告げる健祐の声に、私はまだ「突き飛ばされたのではなく健祐がたまたまぶつかったのではないか」などと考えていた。連絡帳などいつもは見ないくせに、どうしたのだろうと。

「四歳にもなって……ストレスなんじゃないか？」

「え……でも、遊んでいてトイレに行き渋ったせいだって先生も」

ぱんと場違いにはっきり高い音がした。張られた頰が、数秒遅れてジンと熱くなる。

「お前が仕事にかまけて祐太郎を見ないせいだろう。なあ、そうだろ」

髪を摑まれ、引き寄せられる。

「可哀想だな。祐太郎はお前が母親で、可哀想だ」

振り払うように突き放され、床に手を突き倒れた。

始まった。また来た、と私は押し寄せる悪夢から逃げるように這いずって健祐のそばを離れる。健祐は、鼻で笑うような音を立てて風呂場へ消えた。

激しい鼓動が胸を打つ。健祐の「可哀想だ」という冷えた声が頭を巡る。

この日から、健祐の唐突で短い暴力と突き刺すような暴言が脈絡もなく訪れるようになった。

『弁当に保冷剤が付いていなかった』

『ハンカチに皺が寄っていた』

『祐太郎が箸で食べるのが下手なのはお前のせいだ』

様々な因縁、または言いがかりをつけて、健祐は私を殴り、蹴った。暴力は主に祐太郎が眠った深夜に行われ、私は殴られないよう健祐が帰宅する頃に先に祐太郎と寝室に入ってみたが、日によっては引きずり出され、殴られた。

休日の日中は、健祐は普段通り過ごし祐太郎とも遊び、私にも話しかけてきた。祐太郎の手前、びくびくするわけにもいかずなるべく平常心を保って接するように心がけた。

しかし祐太郎は、夜に頻繁に泣いて起きるようになった。夜中に寝室から引きずり出される私を、「ママ?」と寝ぼけまなこで見ていたことも、健祐の荒らげる声に目を覚まし、部屋から出てきたこともある。それらが原因であることは、明らかだった。引き寄せて添い寝してやればすぐに眠りに落ちたが、そういう日の翌日は、決まって健祐に「お前が祐太郎の寝かしつけをさぼるからおれも眠れなかった」と言って殴られた。

次第に祐太郎は、健祐に寄り付かなくなった。休日に遊びに行こうと誘われても、もじもじとして下を向き、小さな声で「いい」と言うのだった。

健祐は、ふてくされたように足音高く部屋を出ていき、その晩は殴られた。

この悪夢がどうして始まったのかわからない限りは、終わらせる方法もわからない。途方に暮れたまま、頻繁な暴力を受けるようになってから半年が経った。

家を出た日の前日は、確かたまたま早く帰った健祐が、私が仕事道具をクローゼットに片付けているところを目にし、「コソコソするな」と怒鳴りだしたのだ。鞄を振り回すように中身を出され、大事なパソコンが床に落下しかけたのを咄嗟に受け止めたところ、鞄の底の角で頭を殴られた。ふっと視界が暗くなり、気付いたらあの日の朝だった。

耐え続けることが祐太郎を守る手段だとか、殊勝なことを思ったわけではない。ただ、私は身がすくんで、なにもできなかったのだ。

かいつまんだ私の話に耳を傾けながら、百合子さんは自身が痛むように顔をしかめた。

「――座ってもいい？」

「も、もちろん」

百合子さんは台所のそばの椅子を引き寄せると腰を下ろした。

「気分が悪くなってきちゃう」

「すみません、こんな話……」

「違うのよ、あなたは悪くない。最初から今まで、あなたが悪かったことなんて一度もないわ」

ふーっ、と長く息を吐くと、百合子さんはあの菩薩のような微笑みを浮かべて、立ち上がった。

「家を出る決断は、賢明だったと思うわ」

「……ありがとうございます」

「仕事はどうするの？」

「仕事道具は全部置いてきてしまったので……今はできないんですが、幸い落ち着いたタイミングだったんです。先方に連絡して、しばらく受けられないと言っておきました」

「そう」

ママー、まだー？　と廊下の方から祐太郎の声が響く。居間を出て上を仰ぐと、螺旋階段の一番上から祐太郎がこちらを覗き込んでいた。

「もう行くから待って。危ないから、そんなに覗き込んじゃだめ」

「ぐるぐるしてて面白いー」

小さな歯を剝き出して笑う顔を見上げ、ふと百合子さんに吐き出した言葉たちの重さが、身体から抜けていることに気が付いた。

今まで誰にも話すことができなかった心の澱が、ほんの少しだけ流されたように感じた。


市役所を出ると、黒々とした厚い雲が水分をたっぷり含んで垂れ込めていた。空気も、どこか湿度をはらんでいる気がする。祐太郎を急き立て、バス停に向かった。

「おひるごはん、なにかなぁ」

「あっそうだ、お昼。買って帰らなきゃ」

「おばさんのごはんじゃないの？」

「そう何度もごちそうになるわけにはいかないでしょ。何が食べたい？」

「ピザ。でんわでたのむやつ」

「それ以外で」

えー、とごねる祐太郎に生返事をしつつ、バス停で次のバスの時間を確かめる。肩に食い込む鞄の紐が重い。市営住宅の利用方法や、申請方法等の資料をいくつかもらってきたからでもあるが、それ以上に、気持ちの落ち込みが荷物の重さに負けている原因のような気もした。

市営住宅に、現在空きはなかった。次の募集がかかるのは、七月らしい。まだ四ヶ月もある。

市役所職員は、私の顔の傷と祐太郎に交互に視線を走らせながら、「まずは民間の賃貸に入られてから、空きを待つのがよろしいかと。応募しても、抽選になるので必ずしも入れるわけではありませんし」

「そうですか……あ、母子家庭の優先とかありませんか？」

「えーと、ありますが、現在もう離婚されていますか？」

「あ、まだ、です……」

祐太郎の手前、声が小さくなった。

「応募時点での戸籍で母子家庭であることが確認できれば、優先されますが、現住所が別なだけでは……単身赴任のご家庭とかもありますので」

「……わかりました」

とりあえず資料だけをもらい、すごすごと退散するしかなかった。もっと、ほかに家を探す方法や、母子二人でやっていく方法を相談に乗ってもらえるのかと思ったが、市役所はあくまでこちらが尋ねた『市営住宅に空きはありますか』という問いに形式的に答えるのみで、こちらから追加で質問しなければ何も教えてはくれなかった。

しかも職員は私よりも年若そうだったので、『これから私たち、どうすればいいと思いますか』などといったすがるような態度になれず、見栄を張っている場合でもないのに、と内心歯噛みしつつもそれ以上踏み込めなかった。

「ママ、あめ」

「えっ、うそ」

祐太郎の言葉で顔を上げた瞬間、鼻の頭に水滴が落ちた。ぽつり、ぽつりとわずかではあるが、空は市役所を出たときよりも一段と暗くなっている。強く降るかもしれない。

　バスが来るまで、まだ一〇分以上あった。今、祐太郎に風邪を引かせるわけにはいかない。

「ゆうちゃん、一旦市役所まで戻るよ。雨宿りしよう」

「バスはー?」

「市役所で傘が借りられるかもしれないから、それからまた乗ればいいよ。ちょっと急ぐよ」

　祐太郎の手を引いて、小走りで来た道を引き返す。幸い市役所の駐車場がすぐの場所にあり、屋根のついた歩道があったので、そちらに飛び込んだ。

　屋根の下に入った途端、雨脚が強くなった。

「セーフ」

　祐太郎と顔を見合わせ笑い合う。市役所のエントランスのベンチでひとまず休憩しようと顔を上げたとき、エントランスの車停めのそばに立つ人物に気が付いた。

　どんっと心臓が大きく鳴り、早鐘を打つ。吸った息を吐き出すことができなかった。

　健祐がいた。こちらを見ている。私と祐太郎に気が付いている。歩道は一本道だった。

　健祐が一歩、こちらに踏み出した。祐太郎の手を強く引く。小さな身体が私の脚にぶつかった。

　どうして。なんで。

　息がしづらい。祐太郎の手が、そっと私の太ももに触れた。その温かな感触を感じながらも、健祐から目をそらすことができない。

健祐は笑いも怒りも泣きもしていない顔で、私を見据え、通常の足取りでこちらに歩いてくる。

——逃げなきゃ。でもどこに。ここまで、やっとの思いで逃げてきたところだというのに。ぱっと祐太郎の手が離れた。摑み直す間もなく、祐太郎は健祐の方へと駆けていく。待って。なぜ。駄目。行かないで。

すべて声にならないうちに、祐太郎はどんどん健祐に走り寄っていく。それを見て微笑んだ健祐が、腰を落とし祐太郎を迎え入れるようにしゃがんだ。

祐太郎が腕を突き出した。細い両腕が、健祐の肩を勢いよく後ろに押す。健祐はあっけなく尻餅をついた。

健祐はぽかんと口を開けていた。が、みるみるうちに顔が赤く染まっていく。

「——やめて！」

私は叫び、駆け出した。この瞬間まで何も言わなかった祐太郎が、わっと泣き出し、立ちすくむ。

怒りに染まった顔で健祐が立ち上がり、祐太郎の腕を摑み上げた。私はよろけた祐太郎に飛びつくように、細い身体を抱きすくめる。

私がしがみついても、健祐は祐太郎の腕を離さなかった。腕を摑んでいない方の右手が振り上げられる。私は祐太郎にかぶさるように丸くなる。背中に、健祐の硬い手のひらがぶつかった。

痛みよりも、衝撃と敗北感で目の前が暗くなる。

「舐めてるのか。お前も、祐太郎も」

摑まれている腕が痛いのか、ぎゃあっと祐太郎が一段と高く泣き、私にしがみついてきた。

「元はと言えばお前が悪いんだろ、お前が、お前が」

祐太郎から引き剝がされるように私の襟首が摑み上げられたが、絶対に祐太郎だけは離さないつもりで、抱え込んだまま膝立ちになった。健祐は舌打ちをして、私の襟首を離す。

「仕事ができる女気取って、家のことほったらかして、そんなに楽しいか。おれのことを馬鹿にして、笑ってんだろ。なぁ、お前ら、一緒になっておれのことを」

再度腕が振り上げられる。激しい雨のしぶきが、足首に飛んだ。

「やめなさい！」

誰かの制止の声で、健祐の動きが止まった。

男性が二人、こちらに走り寄ってくる。健祐の手が緩んだのに気付き、祐太郎の腕を引き抜いた。

「警察を呼びましたよ！　離れなさい！」

身体つきのしっかりした男性が厳しい顔でこちらに走ってくる。声を上げているのは、彼より後ろにいる背が低く小太りの男性だ。彼も近づいてくる。

助かった、という思いよりも先に、突然見知らぬ人が複数登場したことにおののき、身がすくんだ。

男性の後ろに、瘦身の女性の姿が見えた。桐子さんだ。

「なんだ、お前ら、なんだ」

健祐は目に見えてうろたえ、私たちから後ずさるように離れた。走ってきた男性が、私たちの間に割り込む。

「今、暴力を振るっていましたね。話を聞かせてもらいますよ」

「ちが、いや……」

もごもごと口をまごつかせていた健祐は、対抗方針を変えたのか目を吊り上げた。

「……なんだお前らは！　関係ないだろ、首を突っ込むな！」

頑健そうな男性が、スーツの襟を裏返したのが背後から見えた。

「私は弁護士です。竹井千絵さんから、ＤＶの相談を受けています。証拠もいただきました。場合によっては、今の暴力も含めて傷害罪に問われますよ」

追いついてきた小太りの男性が、息を切らしながら私の肩に手を置いた。いや、触れていない。手を置く素振りをしただけだ。それでも、人の温度が伝わった。

「もう大丈夫ですよ。祐太郎くんも、安心して。大丈夫だよ」

「あの、あの」

口を開くと、歯がカチカチと音を立ててぶつかった。今更、底のない恐怖とそれが断ち切られた安堵が一度に押し寄せてきてわけがわからなかった。

桐子さんが、ゆっくりと歩み寄ってきた。

「桐子さん……」

桐子さんは、私たちではなく健祐を見据えていた。

「あなたの仕様もない駄々が、あちらまで聞こえていましたよ」

目を白黒させていた健祐が、敵を見つけたように桐子さんを睨み下ろした。

「自分のわからないことはしてほしくない、妻の努力も認められない、格好はつけたいけどつける格好がない。そんなところでしょう」

「先生」

なぜか、弁護士と名乗った男性が桐子さんをいさめるように声をかけた。

「みっともないこと。恥を知りなさい」

目の色を変えた健祐が口を開いたとき、パトカーがサイレンを鳴り響かせながら市役所の駐車場に躍り込んできた。


事情聴取と被害届の提出を終えて警察署を出られたのは、夕方だった。明日もまた、警察署に行かねばならない。しかし今後は、あのとき突然現れた弁護士が同伴してくれるらしい。彼は鈴木と名乗った。

「いやあ、はったりかましましたが利きましたね。勝手にすみません。香坂先生から午前中に話をお聞きし、あなたの怪我のお写真も拝見しました。ひどいものです。手続きなど、お手伝いさせてください」

健祐がパトカーで連行された後、ひとまず病院に連れて行かれた私と祐太郎に、桐子さんを含む三名はついてきてくれた。そこで、もろもろの成り行きを聞いたのだった。

私が市役所に行っている間、桐子さんは顔見知りである鈴木弁護士のもとに赴き、私の話をした。桐子さんに言われた通り撮影した健祐の暴力の痕は、桐子さんの携帯電話にも転送していたので、それを見せたらしい。

さらに桐子さんと鈴木弁護士は、県の「女性支援センター」と連絡を取り、私の今後の住まいや夫の接近を防ぐ手段を相談してくれていた。

小太りの男性は、女性支援センターの主任だった。

「『配偶者暴力等に関する保護命令』ってご存じですか」

鈴木弁護士の早口に目を回しながら、首を横に振る。

「三年前に施行されたばかりですが、いわゆるＤＶ防止法というのがありましてね。これに基づき、配偶者が近づいてこないように裁判所に接近禁止命令を申し立てられるんですよ。あなたの場合、この手続きをされた方がいいと思います」

「接近、禁止……」

はっとして、未だぼんやりと病院の長椅子に腰掛ける祐太郎の膝に手を置いた。

「それは、子どもにもできるんですか」

「できます。あなたへの接近禁止命令に付随させれば」

女性支援センターの主任が、ひょこりと顔を出した。

「主任の榊と申します。ＤＶ防止法ができてから、うちのセンターがＤＶセンターも兼ねることになりましたので、もろもろの手続きは私の方でもお手伝いしますよ。とりあえず、今日の寝床は確保できますので安心してください。一時避難場所みたいなものがありますので」

「は、入れるんですか」

「ええ。もう手続きしておきました」

祐太郎が、疲れた様子で私の腕にもたれかかった。今日の出来事が、祐太郎の心に影を落とすことは間違いない。それを思うと心苦しさで心臓が摑まれたように縮んだ。細い肩を引き寄せる。

「保護命令の申し立ては急いだ方がいいので、すぐに手続きを始めましょう。警察からの事情聴取もあって忙しくなると思いますが、頑張りましょう」

「あの、夫は……しばらくこのまま逮捕されていますよね？　今日明日で出てきたりすることはありませんよね？」

「おそらく勾留されることになりますので、今日明日に出てくることはないと思います。が、まだ警察や検察は配偶者暴力に甘いところがありますので……不起訴ということはないと思いたいですが、在宅起訴の場合釈放されます。それまでには、必ず接禁命令を出してもらわなければ」

背筋が冷たくなった。桐子さんの「急いだ方がいいでしょうね」という言葉を思い出した。

「祐太郎くん。お母さんはこれから警察でお話を聞かれることになるから、おじさんと一旦香坂さんのおうちに帰ろうか」

榊さんが腰をかがめて柔らかな声で告げる。しかし、祐太郎はぶるぶる首を振った。

「やだ、ママといる」

「でもお腹すいてるでしょ。服も雨で濡れちゃったし、着替えた方がいいよ」

「やだ。けいさつに行くんでしょ、パパもいるんでしょ。ママ、行かないで」

私にしがみつく背中の小ささに、喉から変な音が出るほど胸が締め付けられた。

あのとき、健祐を突き飛ばした祐太郎の行動の意味を、わかっていた。

祐太郎は、私を守ろうとしたのだ。

「パパがいるところには行きませんよ。パパには別のところで反省してもらいますからね」

桐子さんが一歩、祐太郎に近づいた。

「家でさくらの写真でも探しましょうか。たしか、鉄道好きの生徒が撮った写真アルバムがうちにあるんです」

桜の写真？　と疑問が浮かんだとき、祐太郎が「しものせき」と呟いた。

桐子さんが、ふわりと微笑む。

「そうです。よく覚えていましたね」

健祐が私たちを追ってこられたのは、私のミスでもあった。私は、祐太郎をトイレに行かせたスーパーの隣でＡＴＭを利用してお金を下ろしたとき、いつもの癖で、普段使わない自分名義の口座からではなく、家計用の口座から下ろしてしまった。家を出た朝、自分名義の口座の通帳と印鑑、キャッシュカードを持ち、家計用口座の通帳は健祐名義であるため置いてきていたのだが、キャッシュカードはいつも通り財布に入れたままだった。

健祐は私たちが逃げたと気付き、血眼で捜した。行き先のあてには片っ端から当たったらしい（当然、私の母にも電話があった）。そして私が何を持っていったのか探っていた際に、置いていかれた通帳を記帳することを思いついた。そこには、私が引き出した金額と、ATM管理店の店番号が記載されていた。それをもとに、私の行き先を割り出したのだ。

すさまじい執念、としか言いようがない。

市役所にいたのも、いちかばちか私がやってこないか待ち伏せしていたのだ。雨のために戻ったりしなければ、鉢合わせすることはなかったのに。自分の運の悪さを呪った。

保護命令の申し立ては無事に終わった。健祐が勾留されていることもあって緊急性が認められ、夫側の言い分を聞かずに保護命令が発せられるという例外的な即時対応だった。

その後、児童扶養手当の申請に必要な書類を裁判所からもらわなければならないなど、私一人では到底わからない手続きを、鈴木弁護士はさくさくと進めて行ってくれた。初めは、弁護士さんに依頼することになるなんて、とその仰々しさに怯んでいたのだが、すべての手続きが済んでしまうとお金を払ってでも本当にいてくれてよかった、と感謝することになった。

鈴木弁護士ももしや桐子さんの教え子だろうか、と想像したが、そうではなかった。

「僕は、教育関係の問題を多く扱っていまして。香坂先生が現役のときからの知り合いなんです」

「弁護士さんの教育関係って……」

「いじめとか、家庭問題とかですかね。あとは教育委員会との揉め事なんかも」

「だいたい良くない相談ごとのときは、鈴木さんにお世話になりましたね」

桐子さんが真顔で言うのに対し、鈴木さんは「そうですけど」と苦笑していた。

ＤＶ被害者用のシェルターは、一週間で出ることになった。隣の高倉市の市営住宅に、空きが見つかったのだ。

鈴木弁護士曰く、「ここも住みやすい市ではありますけどね。高倉市の方が、住宅街が多くて治安も落ち着いていて、実はおすすめです。幼稚園も多いですよ」とのことだった。香坂さんの家から離れてしまうことが、まるで唯一の身内と別れるようで心細かったのだが、祐太郎の今後を思うと、鈴木弁護士の言う通り高倉市に移る方がいいだろう。それに、接近禁止命令は六ヶ月で切れてしまう。万が一に健祐がまた私を捜しにこの市へ来る可能性もあることを思うと、少しでも離れた方がいいはずだ。

高倉市の市営住宅に入ることが決まったと、御礼の品を携えて香坂家の二人に報告に伺った際、百合子さんは福々とした顔で喜んでくれた。

「あなたなら、きっとすぐに次の仕事も見つかるわ」

「ありがとうございます、実は、前の上司から知り合いの事務所を紹介してもらえて……仕事、決まりそうなんです」

「まあ、すごいわねぇ。今の人は、女の人もきちんと手に職をつけて長く働いて、本当に素晴らしい」

手放しで褒められて、子どものように頰を染めてしまった。百合子さんは、床に寝そべって鉄道写真のアルバムを眺める祐太郎に視線を向ける。

「姉も私も、子どもがいないの。子どもがいながら働くという大変さを知らないけれど、きっと想像にも及ばない苦労があるんだと思うわ」

踏み込むべきか迷った。が、親しげに話す百合子さんの口調につられて、「お二人は、ずっと二人で暮らしていらっしゃるんですか」と気になっていたことを尋ねた。

「いえいえ。私はね、去年、夫を亡くしたんです。それから一人暮らしをするのもなんだからと言って、独り身の姉と暮らすことになったの」

「そうでしたか」

「一度でいいから、どんなに大変でも、子育てをしてみたかったわ」

百合子さんの顔を見上げる。まったく悲壮感も後悔もない、柔らかな表情だ。でも、声には真実味があった。長い年月思い続けてきた願いのかたまりが、声に溶けたようだった。

「……桐子さんの教え子さんがたくさん慕ってくださっていて、若いお知り合いが増えたとおっしゃっていましたね」

百合子さんは、ぱっと表情を明るくさせた。

「そうなの。どうかすると、彼らが私たちの子どもみたいなものなのかもね」

百合子さんが本当に望んでいるのはそういうことではないと知りながら、彼女が調子を合わせてくれたことにほっとしていた。

「ねぇ、にかいに行ってもいい？」

祐太郎が、アルバムを閉じて顔を上げた。

「あんまり長居するとお邪魔になるから、もうそろそろ帰るよ」

「じゃあ、おしゃしん返してくる」

「姉は二階にいると思いますよ。あなたたちが来たことに、気が付いていないのかも」

声をかけてやってください、と言われ、桐子さんに借りたアルバムを手に、祐太郎と螺旋階段をのぼった。

「このぐるぐる、たのしかったのに」

すっかり香坂家に馴染んだ祐太郎は、昨日から隣の市に引っ越すことを渋っているのだ。つやのある装飾が施された手すりを摑みながら、それにしても、と思う。

桐子さんも百合子さんも、もう六〇代だ。もう少し住みやすい家の間取りにしてもよかっただろうに。仕事でいくつか扱った、ユニバーサルデザインや高齢者向け高級マンションの間取りを思い浮かべる。階段に手すりはついているものの寝室は二階のようだし、手洗いに入るにも段差があった。玄関は広いが、上がり框ももっと――

すっかり仕事脳になっているうちに、祐太郎が無遠慮に「こんにちはー」と桜が見える部屋をノックした。

「あっ、こら」

祐太郎のもとまで階段を駆けのぼったとき、部屋の戸が開き桐子さんが姿を現した。

「ああ、いらしてたの」

「すみません、お邪魔しています。高倉市の市営住宅に移ることになりましたので、そちらの報告とご挨拶に」

「そう」

桐子さんは、祐太郎を招き入れるように戸を大きく開けてくれた。部屋の床に、数枚の紙が広がっている。

「整理していたものだから。散らかっているの」

「すみません、お邪魔になるのですぐにおいとまします。あの、本当にお世話になりました」

深く頭を下げる。彼女がいなければ、あの日声をかけてくれなければ、私と祐太郎はどうなっていただろう。考えるのも恐ろしかった。

桐子さんは、祐太郎からアルバムを受け取りながら、静かに「いつまでも恩に着なくていいのよ、こんなことは」と言った。

「さっさと忘れてしまいなさい。いつまでもありがたがっていると、不幸な思い出まで忘れられずにくっついてきてしまうから」

淡白な言い方は桐子さんらしかったが、どこか寂しさを覚えた。懐いていた先生に突き放されたような気持ちだった。

でも、そうすべきなのかもしれない。私はきっとこの恩を一生忘れられない。しかし祐太郎にとっては、香坂家での記憶ごと消してしまった方がいい。私が思い出させなければ、これから濃く豊かな体験を重ねていく祐太郎の記憶からは、淡くこぼれていってくれるだろう。

「まど、開けてもいい？」

祐太郎が尋ねる。

「いいですよ」

祐太郎が背を伸ばして開け放った窓から、冷たい風が流れ込む。折しも、卒業シーズンだ。

桐子さんは慣れているのだろうと思った。

手をかけ、心を砕き、導いた生徒が振り返らずに自分のもとを去っていくことに。やがて思い出されもしなくなる存在であることに慣れ、それでいいと思っている。

「――いい先生でいらっしゃったんですね」

祐太郎を見ていた桐子さんが、振り向いた。まっすぐに私の目を見据えてくる桐子さんには珍しく、彼女は目を伏せた。

「いいえ。私は、自分のためだけに働いてきましたから」

「……働くって、でもそういうことですよね」

「そうかもしれない。でも、私は、本当に誰かのために働いたことなんて一度もなかった。一度もないまま、教師を終えてしまったの」

桐子さんは天井を、開けたままの部屋のドアの向こうを見やり、「おかげでこの家を手に入れたのだから、後悔はしていないけれど」

「……百合子さんと、暮らすために？」

「そう」

頷いて、私に視線を戻した桐子さんの目の強さにたじろぐ。

「あの子と暮らしていく家と、暮らしていくためのお金を手に入れて、ようやくここまで来たの。あなただって、これからそこを目指すんでしょう」

祐太郎に自然と目が行く。その通りだ。でも、小さな子どもとの暮らしを想定する私と、初老の姉妹である二人の見るところははたして同じだろうか。

――いや、やめよう。誰とどう生きるかは人それぞれだ。

「祐太郎、そろそろおいとまするよ。桐子さんにさようならしよう」

「ママ、さくらの花がいっぱいとんでいくよ。ここからつかめそう！」

祐太郎が窓の外に手を伸ばす。風が強いのか、祐太郎の前髪が吹き上がる。落ちちゃうよ、と制止する前に、桐子さんが祐太郎に歩み寄った。

アルバムから一枚の写真を抜き取り、祐太郎に手渡している。

「しんだいとっきゅうさくら？」

「ええ。持っていくといいわ」

「ありがとう！」

さくらの写真を空にかざすように掲げる祐太郎の向こうで、煙のように桜が舞った。

一九八四年　桐子

職員室の冷房の効きが悪い。寒すぎても困るが、広くて人の出入りが頻繁な職員室では、真夏の暑さに冷気が負けてしまう。

隣の机の黒田(くろだ)先生が立ち上がり、「はー一服一服。この暑い中、外はたまらないよ」と聞こえよがしに言いながら職員室を出ていった。私の進言により職員室内が完全禁煙となり、渡り廊下の裏に喫煙スペースが設けられたことを逆恨みしているのだ。

そもそも、一〇代の子どもがいる学校内で喫煙できるということがおかしかったのだ。せめて生徒が出入りしない屋外で吸うべきだという提案に、喫煙者である教頭は「しかし外に喫煙場所なんて作ってしまったら、校内でたばこを吸う生徒が現れるのでは」と難色を示した。ならば教師全員、学校内で吸うのをやめろと声を荒らげるところだった。

「香坂先生」

女子生徒が一人、職員室の入り口で私を呼んだ。私が副顧問をしている女子バレー部の、早川(はやかわ)さんだ。入ってきなさいと手で示しても、困ったようにその場に立ち尽くしている。仕方なく、彼女の元まで歩み寄った。

「どうしたの」

「今日、生理痛が重くて……部活休んでもいいですか」

「いいけど、声をかけて中まで入ってきたらいいのよ」

二年生だ。職員室に入るルールは知っているはず。早川さんは一〇代特有の落ち着きのない目配りで「職員室、くさくて」と控えめに言った。

「ああ」

思わず納得してしまう。

「先週から、禁煙になったの。もう、中で吸っている先生はいませんよ」

「そうなんですか」

安心したように彼女の目が明るくなる。やはり、生徒たちも迷惑していたのだ。

「職員室に五分もいると、髪の毛がくさくなっちゃうんです」

わかるわ、と頷きそうになる。

「髪のにおいの心配をする前に、もう少し髪は低い位置で結びなさい。耳より下って言われてるでしょう」

「あ、はあい」

私のいないところでは散々文句や悪口を言っているだろうに、早川さんは従順に、後ろで束ねた髪の根元を引き下げた。

「後藤先生には私から言っておきます。後藤先生、見当たらなかった？」

後藤先生は、女子バレー部の顧問だ。早川さんは掬うような目で職員室に視線を走らせ、「はい」と小声で言う。不審に思う間もなく、早川さんはぺこりと頭を下げて行ってしまった。

おおかた、男性の後藤先生に生理痛が重くてと言いにくいのだろう。職員室内に戻ると、後藤先生はペン先で耳を掻きながら自分の机に座っていた。

「後藤先生。バレー部の早川さん、体調不良で部活を休むそうです」

「早川？　風邪ですか？」

「さあ、顔色が少し悪かったですね」

「そうか……うーん参ったなぁ。今日から二年生を主軸に据えた練習が始まるのに。セッターの早川がいないとなると……」

ぶつぶつと練習のフォーメーションを考え始めた後藤先生から離れ、自分の机に戻って採点の続きをする。

もうすぐ夏休みだ。生徒たちは長期休みに舞い上がり、期末テストが終わったこともあって浮かれきっている。抜き打ちで行った小テストの結果は散々だった。夏休みに入る前に、自分が担当する社会科の歴史分野だけは、再度復習させておかなければ。

「……先生、香坂先生」

肩を叩かれ、振り返る。学年主任の瀬古先生だった。

「教頭先生がお呼びですよ」

教頭室に入ると、教頭は涼しげな頭部をつるりと撫でて「ああ、すみませんね、お呼び立てして」と私に来客用のソファを勧めた。

こちらはまだ、小テストの採点が二クラス分と夏休みの補習の用意が残っている。話が長くなるのは勘弁してほしかったが、教頭が「さあさあ」とソファをしつこく勧めるので、しぶしぶ座った。

「先生、三年生の副担任の件、ありがとうございました。まさか急に中井先生がお休みになるとは思わなくて」

「いえ」

私から「まったく問題ありません、任せてください」という言葉を聞きたかったのか、一緒になって中井先生が急な休みに入ったことに文句を言ってほしいのかわかりかねる表情で、教頭は私の言葉を待っていた。黙っていると、教頭は物足りなそうな様子で「産休ったって、まだお腹もそう大きくなってなかったのに」と不満を述べた。後者だったらしい。

音楽科の中井先生は、出勤途中に貧血で倒れた。妊娠六ヶ月で、つわりがまだ続いているらしい。制度上は産前六週からしか産前休暇は取れないが、仕事ができる状況ではないということで有休と病休を使って予定より早く休みに入ったのだ。

教頭は未だぶちぶちと言っているが、自校の教師が妊娠したら、体調次第で早く休まざるを得ないことくらい可能性として考えられるだろうに。

「まあそれはいいとして、香坂先生。この間の件、考えてくれました？」

やはりその話か。げんなりを通り越して顔がげっそりとしそうになるが、一度瞬きをしてこらえ、「はい。お受けできません」と用意していた答えを口に乗せた。

「ええー！　本当に？　あの、少しは検討してくれましたか？」

「そもそも、お写真をいただいたときからお断りしていましたよね」

そうだけどぉ、と教頭は女子中学生のように膝をくねらせて唸った。

「商社にお勤めの、次男坊ですよ。僕は母親の方も知り合いですけど、まぁ穏やかないい人でね。きっと、お会いになったら香坂先生とも意気投合……」

「結構です」

「いやね、先生。向こうさんももう四六だけど。仕事に精を出しすぎてこの歳になっただけで、実直ないい息子さんらしいんですよ。そういうところも、先生とよく似ているというか……」

うんざりする。男性教師の大半が、女性教師を誰かの嫁候補としか見ていない。

「申し訳ありません、そろそろ仕事が」

立ち上がり、「今日中に小テストの採点をしないと、夏休み前に返却が間に合いませんので」と微笑む。教頭は言葉を飲み込んで、自分が振られたような苦い顔で「……わかりました」と前のめりになっていた上半身を引っ込めた。

教頭室を出る間際、背後から「より好みしてるから行き遅れるんだろうが」と呪詛のような呟きが聞こえたが、振り返らずに教頭室のドアを閉めた。

採点を終えると一九時近くなっていた。女子バレー部員が体育館の鍵を返しに来たら帰ろう、と思っていたら、ちょうど「遅くなってすみません！」と部員が駆け込んできた。

「練習が長引いてたの？」

「自主練を……あの、まだ外が明るかったから」

「そうね、でも体育館の利用は夏は一八時半まで。片付けの時間も含めてね。一九時を過ぎるとすぐに暗くなるから、気をつけて帰りなさい」

「はい、さようなら」

「さようなら」

生徒の後ろ姿を見送り、鍵箱にすべての鍵が揃っていることを確かめて、私も職員室を後にした。

自宅まではバスで二〇分。バスを降りたら、スーパーで簡単に夕食を買って帰ろう。明日の土曜日は担当授業がないので私も生徒と一緒に午前で仕事を終え、午後には百合が訪ねてくる。あの子は、また多すぎる料理をお重（じゅう）に詰めて持ってくるだろうから、飲み物だけでも用意しておこう。

帰路の算段をつけながらバス停でバスを待っていたら、目の前に黒い車が滑り込んできて停まった。

「ああ、香坂先生。今お帰りですか」

助手席側の窓が開き、黒田先生が顔を出した。助手席だと思ったら、左ハンドルらしい。これみよがしに黒田先生は窓枠に腕を乗せ、「送りますよ」と親指で後ろを指した。

もう何度目かわからない。私がここにいるとわかりながら来たくせに、偶然を装う白々しさも鼻につく。

「いえ、結構です。寄るところがありますので」

「ああじゃあ、そちらに降ろしますよ。あ、もしかして、恋人の家とか？」

下品な笑みを浮かべる顔に、あえて口をつぐむ。黒田先生は「先生は相変わらず堅いなあ」とまるで私が間違っているかのように苦笑した。

私の横に並ぶ、五〇代ほどの女性が横目で私たちのやりとりを気にしている。

「黒田先生。もうバスが来ますから、そこに停まっていると鳴らされますよ」

「はいはい、じゃあまた明日。お疲れさまでしたー」

断られることにも慣れてます、とでもいうようにあっさりと、黒田先生は窓を閉めて会釈し、走り去っていった。

はあ、と大きく息をつく。せっかく明日の予定を思い出して気持ちが浮かんだところだったのに、急下降した。

なにより腹立たしいのは、黒田先生が既婚者だということだ。

教師が聖職者だなんて、嘘だ。誰もかれも、私も。

百合が持ってきたちらし寿司をつまみに、冷酒を傾ける。まだ昼下がりだが、お酒を飲むと仕事が終わったという実感がこみ上げ、酔いの力だけではなく心がほどける。冷酒のおかげで胃は温かいが、汗ばんだ身体を撫でる扇風機の風が心地よい。

　お酒を飲まない百合は、私が用意した白ぶどう味のジュースを子どものようにおいしそうに飲んでいた。窓の外で鳴く蟬の声を聞きながらこうしているとまるで一〇代の夏休みのようで、自分たちが四〇代の大人であることを忘れそうになる。

　キッチン・リビングと寝室の二間しかない狭い部屋に百合が遊びに来るのは、私たちが二〇代の頃から変わらない。百合は、一通りの家事と夫である洋次さんの昼食の準備を終えてから、昼食を持ってやってきて、夕方までこうして家で二人でしゃべり尽くすのだ。

　今日はもっぱら、私の愚痴を聞かせてばかりだ。昨日の教頭の言い草、黒田先生の値踏みするような目線を思い出すとまた腹立ちが湧き上がった。

　まるで女性教師は、結婚して退職するか男性教師の欲求のはけ口になるかしか選択肢がないかのようだ。同じ試験を受け、同じ資格を持ち、同じように採用された同僚だというのに。

「姉さんの話を聞いていると、女性が働くって難しいのね」

　他人事のように（専業主婦の百合にとっては他人事なのだが）ほのぼのと呟く百合の言葉は、なぜか私をいらつかせず、むしろ「まったくだわ」と手放しで天を仰ぎたくなった。

「男女雇用機会均等法って、わかる」

　甲斐甲斐しく私の皿にちらし寿司を取り分けていた百合は、小鳥のような目をしばたたかせて、首をひねった。

「まだ制定されていないんだけど、女性だというだけで雇用の機会を奪われてはならないという法律。妊娠しても出産しても、仕事を辞めなくてもいいことも含めて。たぶんもうすぐ、女子差別撤廃条約が日本でも批准(ひじゅん)される。そうしたら、この法律も条約に乗っかる形で制定されるはず。現場環境も、徐々に変わっていくと思うけど」

「……姉さんは、なんでそんなことを知ってるの？」

「国会中継で聞いたから」

「お昼にやってるあれ？」

「そう。振替休日の日なんかに見るの」

「きちんと見たことないわ」

「大半の人が見ないわよ」

大半の人が経過には関心がなく、結果だけをニュースで知る。現場に浸透するのは、まだ何年もかかるだろう。職場の男性陣の無神経な発言は、仕事が辛くなるほどの悩みではない。我慢できる。できるが、法律という枠組みで縛り上げられるときがくるなら、泡を食う彼らを見てやりたいと思うのだ。

「……ちらし寿司、あんまりだった？　傷まないように生ものは入れてこなかったから物足りないかも」

百合が不安げに私の皿に視線をやる。言われてみれば右手の指で摘んだ猪口(ちょこ)ばかり傾けて、箸が止まっていた。

「ううん、おいしい。ごめん、暑くて、喉越しがいいから飲み物ばかり飲んでしまうの」

「夏バテ？　姉さん、また少し痩せたんじゃない」

そうだろうか。首から下を見下ろすが、自分ではよくわからない。そう言う百合は、三ヶ月前に会ったときよりも頬がふっくらした気がする。

私の視線に気付いてか、百合ははにかんだ。

「最近、おいしいところてんを見つけて。黒蜜をかけ過ぎちゃうの」

今度持ってくるね、と百合はごそごそ手帳を取り出し、何か書き記した。おそらく「姉さん、次回、ところてん」だろう。こういうマメなところは本当に私とよく似ている。

「洋次さんは、どう」

「相変わらずよ。仕事に行って、ごはん食べて、寝て。起きたらごはん食べて、仕事に行って」

「吉沢のおうちにはよく顔出すの」

「最近はあんまり。お義父さんもお義母さんも、やっぱりもう歳ね。仕事もほとんど正洋さん夫婦に任せてるみたいだし。でも二人共元気よ」

「そう。……仕送りは？」

「いただいてる」

百合は、あえて深く考えないためにか、すぐさま返事をよこした。私も「ならよかった」と短く答える。

百合たち夫婦は、洋次さんの実家である吉沢家の支援によって家計をやりくりしている。私は、小間物問屋の自営業でそこそこ儲けている吉沢家が百合たちを金銭的に支えるのは当然だと思っているし、百合は、それに見合う仕事を一生分負っている。百合が負い目を感じる必要はないと思うのだが、百合は恩返しに恩返しを重ねるように、吉沢家への献身をやめない。定期的に義実家へ顔を出し、ご機嫌伺いをし、細々とした世話を焼き、家業の手伝いもしているようだ。もちろん自分の家も切り回している。到底私にできることではない。

私にできることは、働き、お金を貯めることだけ。

「……貯金、見る?」

唐突な言葉に、百合は軽く目を見開いてから柔らかく笑った。

「いい。姉さんが頑張ってくれてるの、知ってるから」

いつ会っても穏やかに微笑む百合だが、押し込められた百合自身の声や思いがあるはずだ。私ばかりに話させて、百合が私に愚痴をこぼすことなどほとんどない。言わずにいるのだとわかるからこそ、早く百合を今の場所から逃れさせてやりたいのに。

四〇を超え、その気持ちは焦りに変わってきた。

わかってはいたが、教職の給料は砂漠に降る雨ほど少ない。かき集めても熱い砂地に蒸発するように生きるだけで消えていき、ほとんど残らない。

百合は夫の洋次さんのことを「働いて食べて寝て起きて……」と表したが、私こそがそうだ。その繰り返しを二〇年続けたおかげで、なんとか形になるほどの貯金ができた。

しかし最近不安になる。死ぬまでに、私の夢は叶うのだろうか。

「だからもっと食べて。身体が資本よ」

「……わかってる」

百合がお重を私の方へ押してきた。ちらし寿司を皿に取り、冷酒で満たされた胃に落とし込む。私の不摂生を見透かすように、百合は私が咀嚼し、飲み込むまでじっと見ていた。

わかってる、と私は繰り返す。

「私たち、もうおばさんだもの。若い頃と同じようには働けない」

残業を繰り返し、朝七時半には学校に行き、生徒と一緒に走り回るような働き方はできない。効率的で堅実な働きを積み重ねなければ、体力的にも、居心地という意味でも、これから先も学校に居続けることはできないだろう。たとえ男性職員におもねる必要があるとしても。

私には、自分を殺してでもお金を稼ぎ続けたい理由があるのだ。稼ぐ方法も、これしか知らない。

まだまだお重にたっぷり残っているちらし寿司を指し、「これ、余ったらもらってもいい？今夜の夕飯にするから」と言うと百合は嬉しそうに頷いて、

「野菜も食べてね」

と一言添えた。


翌週出勤すると、まだ人気の少ない職員室がたばこ臭かった。じろりと隣の黒田先生を睨むが、気付かず大あくびを隠しもしない。

「あ、香坂先生」

黒田先生が椅子を回して身体をこちらに向けた。

「夏休みの総合課題、二グループに分けるって話。出席番号の奇数偶数でいいですか。いいっすよね」

「ああ、はい」

「んじゃ、割り振っときます」

またくるりと椅子を戻し、黒田先生は仕事に戻った。

学校外ではああして送るだのなんだの言ってくるくせに、学校内ではすました態度で私と接する。大人としては、見上げた態度だなと思わないでもない。迷惑なことに変わりはないが。

窓の外が騒がしくなってきた。生徒が登校してきたのだろう。ちょうど朝練が終わり、着替え終わった生徒たちがさざめきながら校内に入ってくる頃でもある。

「黒田先生、聞きましたよー！」

突如、一年生の数学を担当する津田先生が生徒たちの喧騒を破る大声で近寄ってきた。

「なんですか、藪から棒に」

「お車、プジョーっすか。いい車っすねぇ。さっき見させてもらいましたよ」

「ああ」

黒田先生がまんざらでもなさそうに顔を上げるのが横目に見えた。あの黒い外車か、と先日の迷惑を思い出す。

「あっちの方、上手く行ってるんですねぇ。ちょっとまた僕にも教えてくださいよ」

「はいはい、また飲みのときにな」

軽口を言い合う声を聞き流しながら、一限目の支度をする。小テストの返却をして、先週の復習から。このクラスは他のクラスよりも進みが少し遅れている。クラスのペースに差があるのはよくあることだが、夏休み前までに他のクラスと同じところまで履修しておかないと、夏休みの課題に差し障る。

「やっぱ黒田先生くらいになっても、教師の給料じゃきついっすか」

「一馬力で子ども二人だからなぁ。まあ、津田くんも投資やるなら意外と不動産はいいぞ」

「不動産っすか」

職員室内が、出勤してきた教師たちと教室の鍵を取りに来た生徒たちで騒がしさを増す。その喧騒に紛れるようにして、したり顔で話す黒田先生と「ははぁ、ほほぉ」と景気のいい相づちを打つ津田先生のやりとりが続いている。

不動産投資。

聞き流していたはずの会話の中で、その単語だけが耳に残り頭の奥に沈殿していた。実際に自分が二束三文の土地を手にしたとき、それに気が付いたのだった。

手にした土地とは、母方の祖母の家がある長野県の土地だった。

夏休みが始まり、慌ただしい学校の日々がほんの少し緩んだ暑い日のこと、知らせは唐突に訪れた。土曜の夕方、電話が鳴った。

『香坂……桐子さんのお宅でしょうか。私、旧姓で杉谷綾と申します。あなたの再従姉妹にあたる者です』

「杉谷……」

杉谷とは、祖母の旧姓だった。戦時中に祖母の家がある長野県に疎開していた私たちは、たしかその姓の大叔父（祖母の弟だ）家族と親交があった。綾は、その孫らしい。

声は同年代か、少し若いだろうか。凛として落ち着いた大人の女性のものだった。

『今までご連絡もせず、大変申し訳ありません。実は、大おばあちゃん……桐子さんのお祖母様の土地と家を、ずっと空き家のままにしていまして……亡くなられてすぐの頃はうちの母が手入れしていたこともあったんですが、歳を取ってからはなかなか……その、私も手が回らなくて』

綾は言いにくそうに言葉を並べたが、要するに祖母の土地と家を綾の家族があるときまで面倒を見てくれていたのだろう。そのことの礼を述べると、綾は跳ね返すように『いえ！　あの、うちは近くでしたし……その、大おばあちゃんの家には畑が残っていたので、母はそこを使わせていただいていまして……』

なるほど、利用の権利はないが、手入れをする代わりに残った畑をちゃっかり自分のものにしていたらしい。とはいえ、長野を離れた私の母や、ましてや私と百合にどうにかできるものではない。一向に構わない旨を告げると、綾はようやくほっとしたように声を緩めた。

『それで、空き家の方がもう随分古くなってしまって、自然災害での倒壊の危険や治安の関係から、どうにか処分するようにと市の方から連絡がありまして……実は、私は今は家族と愛知に住んでいるんです。私の母はまだ長野におりますが、土地や家をどうこうできるような状態ではなくて。土地と家は桐子さんのお母様が相続されていると思うのですが……』

「母は戦後すぐに亡くなりました。父も戦争で」

綾は一呼吸おき、

『そうでしたか。では、桐子さんと妹の百合子さんが相続されることになるかと思います。ご面倒かとは思うのですが、土地と家の処分について一度ご検討いただけないでしょうか。なにかお手伝いできることがありましたら、私もお伺いしますので』

土地と家。正直面倒でしかなかった。松本市や長野市からは離れた、山の麓の村だ。行くのも一苦労だし、土地の価値だってほぼないに等しい。家の処分には費用もかかるだろう。

綾は言葉を選びながら続けた。

『その……何もない場所ですので、家や土地は売ったところであまり……』

「お金にはならないでしょうね」

『はい』

小さくなる姿が目に見えるようだった。綾が恐縮することでもないだろうに。

「わかりました。一度妹と相談して、家は早いうちに処分できるようにします」

『ありがとうございます。あの、うちの実家を査定してもらったときにお世話になった不動産屋さんがそちらにも支店を持っていまして……よろしければ連絡先をお伝えしますので、相談なさってください。長野の土地の事情にも、詳しいかと』

「ああ、それは助かります」

不動産屋の連絡先を聞いて電話を切ると、一仕事終えた後のように息が漏れた。しかし仕事はこれからなのだ。土地の登記はおそらく変更していない。相続の手続きをしに法務局に行かなければならないだろう。一度、土地と家を見に行くべきだろうが、車を持たない私と百合が電車で行くとなると、日帰りでは厳しいかもしれない。百合は洋次さんの世話もある。私は夏休みとはいえ、補習や部活、教材研究のためにほとんど毎日学校に行っている。

どうしたものかと手元に視線を落としたら、今聞いたばかりの不動産屋の連絡先が目に入った。なにはともあれプロに相談してみるか。いや、まずは百合に知らせるべきか……

絡まる思考を一旦ほどこうと、茶を淹れに立ち上がる。キッチンに立つと、正面のくもりガラスの向こうにアパートの庭に植えられた枇杷(びわ)の木の緑が見えた。

土地か。二束三文とはいえ、〇円ではなかろう。家の処分に費用がかかるが、それも、土地の運用次第ではどうにかなるかもしれない。

このとき初めて、黒田先生と津田先生の会話の内容を思い出したのだった。

百合に事の顛末(てんまつ)を話すと、「うん、うん?」と時折疑問符をはさみながら最後まで大人しく聞き、「それで、どうしたらいいの?」と至極百合らしい言葉が返ってきた。

「これ以上綾さんに迷惑をかけるわけにはいかないから、家は取り壊してしまうしかないでしょうね。古い家がそのまま売れるわけないでしょうし……それで、土地なんだけど」

「売ってお金にするの？　かかる費用の方が大きくて残らないか」

「売ってみないとわからないけど、たぶんね。……百合にお願いがあるの」

日曜日の夕方、駅前の喫茶店で落ち合った百合は、買い物帰りらしくネギの頭が飛び出した袋をわきにたずさえて、とても牧歌的というか家庭的というか。そのような百合に泥臭い話をするのは気が引けた。しかし、話さないわけにはいかない。

「この土地で投資をさせてほしいの」

「投資？　ってなに？　どうやるの？」

「土地と建物を人に貸せる状態にして、運用するの。賃料なんかが収入になるわ」

百合は綾からの話を聞かせたときよりも多くの疑問符を浮かべた顔つきで、「ええと」と一言呟いた。

「よくわからないけど、姉さんのいいようにしたらいいわ」

「本当？　リスクもあるのよ。もちろん、それは私が負うけれど」

二人のために貯めた貯金も、いくばくか失うかもしれない。

「うん、でも、普通にしたら土地を売って、そのお金は建物の取り壊しの費用に消えて、足りなければ私たちが負担することになるんでしょう？　それなら、姉さんがいいと思う方法でやってみて。結局、私の手には負えないもの」

百合ならそう言うかもしれないと想像してはいたものの、あまりのあっさりとした言い様に一抹の不安がよぎった。

ひらめきのような一瞬のことだった。軽く微笑む百合の表情はいつものごとく穏やかなのに、今日はその優しいつぶらな瞳に私の焦りとあがきを俯瞰されているような寒気が走った。

しかし百合は、「投資とか運用とか、よくわからないけど……私に手伝えることがあればなんだってやるから」と大きな買い物に踏み切れない私に発破をかけるかのような軽い調子で言った。

百合の目を、つい覗き込んでしまう。私は、止めてほしかったのだろうか。

いいや、違う。相談の体を取ってはいるが、百合が反対することはないとわかっていた。もやつく気持ちの正体に気付けぬまま、「ひとまず、綾さんに紹介してもらった不動産屋に連絡してみるわね。百合にもまた報告する」と事務的な言葉を続けた。

「うん、姉さん、仕事で忙しいのに任せてごめんね。一息ついた頃に会いに行くわね。今度は何を作っていこうかな」

「幕の内弁当みたいな、いろんな種類のおかずを詰めてきてよ。量は少しでいいから」

ツマミにする気ね、と百合が笑う。百合の笑顔が醸した和らぎに、背中の張りがほぐれたように一瞬訪れた不安も消えた。

翌日には、不動産屋に電話をかけた。億劫ではあったが、ずるずるしていたら日々の仕事に埋もれさせてしまうだろう。ただでさえ、夏休み中の部活と補習の準備、さらには三年生の進路相談も臨時に行わなければならなくなり、平時よりも不規則な仕事が増えた。しかし、学期内のように朝から夕まで授業があって生徒たちと過ごすわけではない。多少、時間の融通は利く。

その日のバレー部の練習は午後からだった。綾が告げた連絡先のメモを片手に、昼前に電話をかけると、八百屋か魚屋か、というくらい威勢のいい男性の声が『藤宮不動産です』と名乗った。

長野の土地の事情を話すと、電話口の相手は『はい、はい』という単純な相づちから『あー、あぁ、なるほど、はい』と要領を得たものになり、やがて『あぁー、あそこねぇ……』とまるで昔から知っているかのような声を漏らした。

「私はほんの幼い頃に行ったことがあるだけで、それも四〇年近く前のことになりますので土地の状態など把握していないんですが……有用な場所ではなさそうなので、売ったところで大した金額にはならないとわかっています」

『ならば売らずに、運用できないかというご相談ですね』

「はい。売れもしない土地では無理でしょうか」

うーん、と相手は唸った。鼻で笑われるのも覚悟だったが、意外にも相手はまともに考え込んでいるようだ。

『簡単ではないと思います。僕も、あの辺りには足を運んだことがありますが、正直交通の便は悪いし観光地もないし、道は私道か農道ばかりで狭くて使い勝手も悪い。学校も遠いです。何に運用するか次第ですかね』

「あの、そこまで悪い土地でも利用できるものでしょうか」

『一度、見に行かれますか？　車出しますよ』

え、と言葉を詰まらせる。相手は気が付かないのかぱらぱらと手帳のようなものを捲る音がする。

『ご予定、いかがですか』


藤宮不動産の支店長、藤宮松太郎（まつたろう）が運転する車の助手席で、私は固く両手を握りしめ、膝の上に乗せていた。松太郎はネクタイを締めない半袖シャツの片腕を運転席の窓枠に乗せて、慣れた様子で社用車を走らせる。

同年代だと思うが、よく日に焼けてハリのある肌は若々しく見え、中学校のサッカー部や野球部の男子生徒を思い出させた。

「もうすぐ湯沢（ゆざわ）まで高速が繋がるらしいっすねぇ。あっちまで行く用もないですけど」

「長野には全然行かれてないんですね。いや、うちの会社は元々長野で設立してまして。僕のじいさんが創ったんですけど。じいさんちが松本にあって、松本愛の強い人でね。あ、僕の下の名前松太郎って言うんですけど、松本の『松』なんですよ。松本、いいところですよ。夏は夜なら涼しいし、ずどーんと城が見えて」

止まることのない松太郎の口上に、初めは「はい、えぇ」と真面目に相づちを打っていたが、次第に、私が聞いているかどうかは重要ではないのだろうと気が付き、三回に一度「そうですか」と言うだけで窓の外を流れる景色を見て何も考えないように努めた。

夏の濃い緑の上を走る高速道路は、まるで深い河を蛇行するように延々と続いていく。松太郎が開けた窓から、草刈りの青臭いにおいと排気ガスが混ざり合って吹き付けてくる。嫌な風ではなかった。

長野の山奥まで行って、土地を見たところで運用方法が私にわかるものなのか、このおしゃべりな不動産屋が本当に頼りになるのか、夜までには家に帰って明日の補習の準備を仕上げたいが間に合うだろうかなどなど、考えることは山ほどあった。

しかし、久々に乗った自動車は、電車やバスとは違い自分の身体が剝き出しになってスピードを出しているようなすがすがしさがあり、鬱々とした思考や不安は車窓の景色と一緒に流されていくのだった。

「あ、コーヒー。コーヒー持ってきたんでした。どうぞ」

松太郎がおもむろにドアポケットから缶コーヒーを取り出し、差し出す。礼を言って受け取った手前飲まないわけにもいかず、久しぶりに砂糖とミルクの入った甘いコーヒーを飲んだ。舌が縮むほど甘かったが、二口飲んだら妙においしく感じられた。

「それにしても、意欲的ですよねぇ。棚からぼたもちでもらった見知らぬ土地を運用しようなんて。それも女性で」

松太郎は喉を鳴らしてコーヒーを飲むと、私がなにか言うより早く「あ」とこちらを振り向いた。

「すみません、女性でっていうのは言葉の綾というか。こういうご相談は、やっぱり男性が表に立たれることが多いもんですから」

「独り身で、きょうだいも妹がいるだけですので」

「そうですか。あ、じゃあ何かお仕事を？」

「中学校教諭です」

「ああ、道理で緊張するわけだ」

笑う松太郎に怪訝（けげん）な目を向けると、松太郎は取り繕うように「出来の悪い生徒でしたので、未だに先生らしい大人は苦手なんです」と鼻に皺を寄せた。

「驚くほどの美人がやってきたので緊張しているだけかと思ってたんですが、そうか、先生でしたか」

一人納得する松太郎に返す言葉がなく、黙って缶コーヒーに口をつけた。

車は、しゃべり続ける松太郎の運転でというより、まるで車自身が道を知っているかのように自然と高速道路を降り、一般道を走り始めた。

「ここからが長いんですよね。あ、よければ眠ってください。変なところ連れて行ったりしませんので」

「いえ……大丈夫です」

松太郎は視線だけをこちらに動かすと、何十分かぶりに口を閉ざしてハンドルを操作した。

薄く、カーステレオから音楽が流れていた。知らない外国の曲だった。

到着した祖母の家は、あばら屋と言うほど構造はみすぼらしくないが、劣化は凄まじく、瓦はずり落ち壁には苔と蔦が這い、窓はところどころヒビが入っていた。ガムテープで内側から修復したような跡がある。広い庭は膝ほどの高さまで雑草が伸び、いったいどこに畑があったのか門の外からは判別がつかないほどだった。

「ああ、これは相当きてますねぇ」

失礼します、と一言断り、松太郎は錆びついた門を力ずくで開けた。ギリリと耳障りな音が響く。

ここにたどり着くまで、民家を何軒見ただろう。商店などあるわけもなく、工事業者の廃材置き場らしい空き地が一つあっただけだ。数少ない民家も、人が現住しているかどうかは不明だ。林道をくねくねと進んだことで慣れない車に酔ってしまった。ふらつく頭を懸命に持ち上げながら家を見渡す。

戦時中に手を引かれるがまま疎開してきたためか、ここで暮らしていた当時のことはちっとも思い出せない。当然、郷愁も感じない。

「あ、ここ、壁に穴が開いてますね。こりゃあ中にネズミかなんか住んでるな」

松太郎が、玄関横にしゃがみこんで穴を覗いている。

落胆と、羞恥と、松太郎に対する申し訳なさで、顔を向けることができなかった。

知らなかったとはいえ、祖母の家をここまで放置した末、良いように使えないかと考えるなど、調子が良いにもほどがある。頭を上げた松太郎の背中にかける言葉を迷い、選んで口にしたのは、「あの、もう大丈夫です」だった。

振り向いた松太郎が、目で意味を問い返す。

「こんなところまでご足労いただいて……運用なんてとてもできそうにない土地でした。申し訳ありません、もう結構です」

「いやいや、香坂さん。待って」

松太郎は膝高のエノコログサを足で分けながら歩み寄ってきた。

「諦めるには早いですよ。広くて、いい土地じゃないですか。周りも静かで」

「静かっていうか……なにもありませんよね」

「それがいいって人もいるんですよ。ちょっと、周りを巡ってみましょうか。どういう需要があるのかわかるかもしれない」

そんなことまで、と言いかけた私の言葉にかぶせて、松太郎は「せっかくここまで来たんだから」とどこか楽しげに門の錠前を持ち上げた。

「そろそろ昼時ですし、昼飯ついでに少し回ってみましょう」

さあ、と促されるまま、また車に乗り込んで、さらに山を登り始めた。しばらく行くと三叉路になり、スキー場を示す古い看板が立っている。

「ああ、スキー場があるのか」

「人気がなさそうですよ。もっといいスキー場が、白馬（はくば）とかの方にありますから……」

「穴場ってことっすね。今度はもうちょっと下ってみましょうか」

松太郎は、三叉路の左側の道に車の頭を突っ込んでから後退し、大きく方向転換して来た道を戻り始めた。ハンドルを握る横顔が、なぜか生き生きとしている。

「いやあ、ここを開発できたらすげぇっすよ。やりがいあるなぁ」

「開発って……あそこの土地以外持ってませんのに」

「一つの場所に活気が出るだけで、周りも変わるもんですよ。まあ、あそこをどう使うか次第ですけど。そういや、坂の途中に一軒家がありましたね。寄ってみましょうか」

松太郎は私の反応を意に介することもなく、軽快に車を転がした。何を言っても好反応が返ってくるのは、詐欺の入り口と同じ。自分の警戒心が一段階強くなったのを感じながら、口をつぐんで助手席に座っていた。

松太郎の言う一軒家は、無人の別荘のようだった。ログハウスというのだろうか。枕木で組み立てられた階段をのぼった先に、家の玄関がある。社会科の資料集に載っている、高床式倉庫を思い出した。

「ああ、なるほど、別荘なのか」

松太郎の独り言を聞き流していたら、大きく爛々（らんらん）と輝く瞳が勢いよく振り返った。

「別荘！　別荘どうっすか？　マンションやアパートなんかより建築費も安く済みますし、管理会社もうちが世話できますよ」

「別荘……でも、こんなところに」

「こんなところに建ってるじゃないですか」

日に焼けた指が目の前の建物を指す。高床式倉庫にしゃれた窓が付いたようなログハウスを見やり、こんな場所に別荘を建てる奇特な人が他にもいるだろうかと怪訝に思った。

松太郎は、黙り込んだ私を見下ろしていたが、「ま、そう思いつめず。とりあえず飯でも食いに行きましょうか」と車を停めた場所へと踵を返した。

道中に見つけた、「やきそば　かみだ」と看板が出た定食屋に入り、松太郎は焼きそば定食を、私は五目焼きそばを注文した。料理を待つ間、松太郎と向かい合う手持ち無沙汰な時間をどう過ごすべきかと悩みながらひとまず水を飲む。

「気折れしてしまいましたか」

松太郎が尋ねた。

「いえ……いや、はい。そうかもしれません。何にもならない土地だとわかってはいましたけど、いざ目(ま)の当たりにすると……」

子どもの頃から住む場所は転々と変わった。どこも都市とは呼べない田舎町だ。それでも住宅街だったり、農村だったり、何かしら人の手が加わった場所だった。祖母の家のように、本当に何もない山の中にぽつんとある不動産の活用法など、到底思いつかない。

「別荘という話、本気で僕はありだと思いますよ」

水の入ったコップをテーブルに置き、松太郎は思いがけず真剣な表情をこちらに向けていた。

「スキー場が本当に営業しているのかや、近くのキャンプ場や最寄りの施設なんかももう少し調べた方がいいとは思いますが、貸別荘というのもちょくちょく増えてきています。軽井沢なんかが人気ではありますが、よく言えばここは穴場。大きく儲けようというのでなければ、長い目で見れば……」

滔々と話しておきながら、松太郎は言葉を飲み込み、「うーん」と考え込んだ。

「損はしないかもしれません、と言おうと思ったんですが、すみません。それはわかりません。別荘を建てておいて利用者が少なくて、やはり売ってしまおうと思ったときに売れる保証はありませんし」

「……正直ですね」

松太郎が破顔した。

「口はよく動くんですけどね。舌先三寸は使えないんですよ」

注文した料理が届き、香ばしいソースの香りと蒸気が私たちの会話を遮った。

私たちの他に客はなく、店主は私たちの料理を作り終わると客席に座ってテレビを見始めた。味に不安が募ったが、食べてみると案外おいしく、「あ、結構うまいっすね」と言って焼きそばと汁物を掻き込む松太郎に負けじと私も五目焼きそばを口に運んだ。

食べている間だけは、無心になれた。

昼食の後はすぐに帰路についたが、藤宮不動産に到着したのは夕方だった。松太郎の勧めに従い、道中の産直市場に寄って土産物や農産物を購入していた（購入したのは、松太郎だが）せいだ。しかし真夏の一七時はまだ明るい。

「思ったより早く着きましたね」

「お世話になりました。あの、土地についてはもう少し考えます」

「ええ。僕の方でも、もっとあの周辺のことや貸別荘の借り手の需要なんかについて、調べておきますね」

不動産屋というのはそこまでしてくれるのかと驚きつつ、丁重に礼を言って車を降りた。駅はすぐ近くだ。家の最寄りまで二駅。明るいうちに帰れるだろう。

百合に、今日の報告をしなければと思うと気が重かった。「投資したい」などと偉そうに言っておきながら、やっぱりどうにもならなそうだと言わざるをえないことが。

百合は、「残念ね」とさっぱりと笑ってくれる。わかっている。しかし、期待した結果が得られなかったことよりも、百合に告げる自分の声に落胆の色が混じるだろうことが、気を重くさせるのだった。

百合は普段はおっとりと微笑み、驚いたり悲しかったりすることは素直に表情に表す。だが、人の感情を顔色から読み取ることにも長けている。私がどんなに表情や声音に気をつけていても、百合は私の気持ちを読み取り、気を遣うに違いない。

ただでさえ、洋次さんのこと、婚家である吉沢家のことで気を回している百合に余分な負担はかけたくないのに。

なにより、早くお金を貯めて、百合をあの場所から救い出さなければならないのに。

俯いて駅までの足取りを速めていたとき、歩道の脇にすっと車が近づいてきた。

身体がびくりとこわばる。助手席の窓が開いた。藤宮不動産の車だった。

「あ、すみません。驚かせてしまいました。あの、やっぱり、ご自宅まで……ご自宅の近くまでお送りします」

運転席からこちらを覗き込むように背を丸める松太郎の顔を見て、背中に入った力が抜けた。

「いいえ、大丈夫です。自宅も電車で二駅ですので」

「でも、たしか最寄り駅から少し離れてますよね。暗くなっても危ないですから、どうぞ。実はもう店舗の方は閉めてて、自分も帰る方向が同じですので」

二秒、三秒立ち止まって悩んだが、移動と慣れないことを考えた疲れのせいか、身体が重い。

「じゃあ、お言葉に甘えて、よろしいですか」

「あっ、はい、どうぞ」

自分から声をかけたくせに、松太郎は慌てて手のひらで助手席を示した。

車に乗り込むと、ついさっきまで座っていた席だからか、妙に身体がなじんで背もたれに背中を預けてしまった。車が近づいてきたときに跳ね上がった動悸が、落ち着いていく。

「すみません、始めからお送りすればよかったのに」

「いえ、こちらこそお気遣いいただきまして……」

返す声が尻つぼみになる。四〇を過ぎても、背後から近づく車に不躾な声をかけられるのではないかと身構えたことが恥ずかしかった。

しかし松太郎は陽気な声で笑い飛ばした。

「怪しかったっすよね、夕暮れ時に後ろから近づいてきたら。香坂さん、そういう目にあうこと多いんじゃないですか」

図星だった。二〇代の頃は、まだ自家用車に乗る人は多くなかった。しかし三〇代になり道が舗装され、若い人たちの間で車を持つことが流行りだした途端、歩いていると突然隣に車が停まり声をかけられたり、一度通り過ぎた車が少し先で自分を待っていたりということが増えた。生身の人間に声をかけられても、無視すればいい。しかし相手が自動車である場合、突然後部座席のドアが開いて中に引きずり込まれるのではないかという恐怖が尽きなかった。実際、窓から伸びた手に腕を掴まれたことも、後部座席のドアを開けられたことも、一度や二度じゃない。

そうした場面を繰り返すごとに、自動車という存在が怖くなった。背後からゆっくりと近づいてくるエンジン音を聞くと脈が早まり、呼吸がやや浅くなる。車が自分を追い越していき見えなくなるまで、歩道の隅に固くした身を寄せてやり過ごさなければならなかった。

そのたびに、「思い過ごしだった」「自意識過剰過ぎる」と自らを責めた。

松太郎の言葉は、そういった私の自意識を見透かしているような気がして、急に息苦しさを感じて膝に乗せた手に視線が落ちた。

松太郎は、赤信号で車を停めると、「美人は美人なりの苦労があるって、本当っすねぇ」とあっけらかんと笑った。

あまりにからっと笑うので、馬鹿にされているのだろうかと訝しんだが、松太郎の車に安心して乗り込んだのは事実だ。はあ、とうやむやに答えた。

「二駅向こうって、たしか駅前にうまい中華料理屋がありましたよね」

「僕の名前を松太郎って付けた祖父、松本好きのくせに東京に憧れてて、ジャイアンツファンなんです」

などといった、どうでもいいが気の紛れる雑談を松太郎は次から次へと口にしては一人で笑っていた。

電車で二駅の距離は、道も混まずたった十数分だった。交通量の少ない適当な道で車を停めてもらう。

車の外から再度頭を下げ、踵を返す間際、開けた窓の中から松太郎が「あの」と呼び止めた。

「はい」

「あ、長野の土地の件、追って連絡しますので」

「はい、よろしくお願いします」

松太郎はなかなか車を出す素振りを見せなかったが、立ち止まって待っていると、慌ててギアを操作し、車は遠ざかっていった。

帰る道すがら、百合に今日のことをいつ連絡しようかと考えてから、そもそも長野に土地を見に行くという話をしていなかったことに気が付いた。松太郎から予定を聞かれて、その二日後には催行できたからだ。

松太郎は、土地周辺の事情や貸別荘のことについて調べてくれると言っていたが、自分でも貸別荘を持つとなった場合の具体的なところを勉強した方がいいだろう。

ここから自宅を過ぎて足を延ばした先に、公立の図書館がある。夏はたしか一九時半まで開いているはず。生徒に会う可能性はあるが、夏休みはそもそもその確率がぐっと上がるので、諦めているところもある。

松太郎の車に再度乗り込んだときは疲れを感じていたはずの身体は、不思議と軽かった。元来、新たなことを学ぶのが好きなせいだろうか。貸別荘の経営の知識を仕込み、建設の予算についても調べておけば、次に会ったときに松太郎を驚かせることができるのではないかという気持ちも、億劫さを吹き飛ばしていた。


松太郎から連絡があり、藤宮不動産に赴いたのはそれから一週間後だった。それまで何の音沙汰もなかったが、私の方も担当している補習に生徒が来なかったり、部活でけが人が出て病院に付き添ったり、長野の土地のことはひとまず脇に置かなければ手が回らなかったので、ちょうど良かった。

「吉報ですよ」と松太郎は序盤から上機嫌だった。まるで、彼の土地の話でもあるかのようだ。

「周辺について調べました。スキー場は、冬場は営業しているそうです。規模が小さいのと、上級者向けのコースしかなくファミリー層やカップル向けではないのでかなりコアなスキーヤーしかこないみたいですね。でも、むしろ固定客がついている可能性が高いです。飲食店や買い物ができる店なんかは、あの焼きそばの定食屋より下にしかないので……不便であることには変わりありませんが」

「なるほど」

相づちを打つと、松太郎はひらりと手のひらをこちらに向けた。

「吉報というのはこれからです。うちの本店は長野で、僕の親父が店長をしているんですが、そちらで別荘の需要について調べてもらいました。そうしたら、ちょうど軽井沢では高くて手が出ないけど、長野が好きだから静かな山奥に別荘がほしいという方がいるそうです。その方は、賃貸ではなく購入を考えているそうですが……まだ、購入にも踏み切れていないようなので、今僕の親父が香坂さんの土地に別荘が建ったら、そこで一度借りてみて購入のシミュレーションをするのはどうかとかき口説いています。もしも納得していただけるようなら、一組目のお客様になるかもしれません」

「……でも、その方がお試しで借りてくれたところで、経営として成り立つかどうか」

松太郎は、私が口を挟む間、しゃべりたくて仕方がないように口元をむずむずさせてから、「それもですね」と舌を嚙みそうな勢いで言った。

「その方、ゴルフクラブの会員権を持っていまして。香坂さんの土地からはちょーっと離れているんですが、まぁ車で三〇分ほどのところにあるゴルフ場にたまに行かれるそうです。宿泊施設がほとんどない山の中なので、泊まれる場所があるのは便利だからもしも貸別荘ができるならゴルフクラブのお友達に紹介すると言ってもらいました」

「はあ」

「こんなラッキーないですよ！　もしも本当に紹介していただけたら、顧客を別荘建築前から確保できることになります！」

「そんなにうまくいくでしょうか……あの、お金のことについて、私も考えてきました」

鞄から資料とノートを取り出すと、松太郎は寄り目になっていた目を瞬いた。

「建物を取り壊して、一から別荘を建てるとなると、小さなもので安くても一五〇〇万、その他諸々の経費で二〇〇万はかかりそうです。ローンを組んで初期費用が一割だとしても一五〇万から二〇〇万……賃貸人を仲介していただく手数料や、別荘の管理も人に任せなければならないのでその費用もかかりますよね。収入の方ですが、貸別荘はホテルやペンションのように数日間や、一ヶ月といった短期契約の場合と、一年というまとまった期間借りてもらう長期契約の場合が一般的みたいですね。試算してみたんですが、あんな辺鄙(へんぴ)な土地ですし、安く設定して一月二〇万……これが年に二回とか三回とか借りてもらえれば、年収四〇万から六〇万。長期契約でも、短期と同じ年収を保証するなら一年契約で六〇万、よくて一〇〇万でしょうか。年に六〇万から一〇〇万の収入でさっきの費用と別荘のローンを返済するのは、かなり厳しいです」

松太郎は、ぽかんと口を開けて私の話を聞いていた。『吉報が』と興奮していた松太郎の気持ちに水を差すようで申し訳なかったが、不動産のプロの意見を聞きたかった。

松太郎は、白黒させていた目を私のノートに落とし、「ははあ」と感嘆した。

「すごいっすね。これ、ご自分で？　誰かお詳しい方がいるんですか」

「いえ、付け焼き刃で……少し調べただけです」

本当はもっと細かく試算したのだが、それらの計算が書いてある箇所に松太郎は目を向けてから、「うーん」と唸った。

「確かに、香坂さんの計算はかなり現実的だと思います。先日お話を伺った感じでは、長い目で見ていつか得をできればいい、くらいなのかと思っていたのですが、そうじゃないですね」

まともに目を見て尋ねられ、悩んだが、頷いた。

私はできるだけ早く、確実に、安心できるだけのお金がほしい。百合に、これだけあるからもう大丈夫、と示して見せたい。

「でしたら、別荘を一から建てるというのをやめて、今建っている家をリフォームするのはどうでしょう」

「リフォーム……？　あの、瓦の取れた家を？」

壁には穴も開いている。松太郎は、苦笑いを浮かべながら頷いた。

「道を下ったところにあった別荘のような、いかにもという感じのおしゃれなログハウスは無理ですが、リフォームでもそれなりに綺麗に、おしゃれな雰囲気で直せると思いますよ。おすすめの工務店を一件知っています。工務店には珍しく、デザイナーが女性なんです。香坂さんのイメージする外見を相談できると思いますよ」

「リフォームの場合、費用は」

松太郎は、脇机の引き出しから資料を取り出し、ぱらぱらとめくった。

「壁や瓦の修繕、シロアリのチェックなども必要になるので、一般的な住居の改修よりは高く付きます。それでも、四〇〇万あればできると思います」

一から建築する場合の三分の一以下だ。

「賃貸人の仲介や管理会社の紹介はうちがやらせてもらいますし、改修中の状況確認なんかは、長野にあるうちの本店が行けると思いますので、香坂さんが頻繁に長野に足を運ぶ必要はありません。どうですか？」

いずれ決めなければならないとは思っていた。更地にして二束三文で売り払うのか。やったこともない貸別荘業に手を出すのか。

何を言うつもりなのか自分でも定まらないまま、唇が開く。松太郎が追い打ちをかけるように勧めてくるかと思ったが、彼も、カウンターに乗せた拳を握ったまま何も言わない。

「……やって、みようと思います」

ぱあ、と発光するように松太郎が口を開けて笑った。

「いいと思います！　お手伝いしますので、頑張りましょう！」

手でも握られそうな勢いで松太郎が前にのめってきた。ぎょっとして身を引くと、彼は恥ずかしげに上体を戻し、「あ、工務店。まずは工務店ですね。連絡して、相談の日取りを決めましょうか。これ、資料どうぞ」とせかせかと動き始めた。

自分以上に松太郎が喜んでいることにほっとし、私は誰かに「これでいいと思う」と背中を押してもらいたかったのだとようやく認めることができた。それは、たとえ他人の言葉でも、百合が言う『姉さんのいいようにしたらいいと思う』というゆるやかな肯定では到底まかなえない安心感なのだった。

工務店に現地を確認してもらい、改修費用の見積もりが出て着工したのはさらに二週間後。想像以上に早かった。夏休みが終わると、長野はあっという間に冬を迎え始める。その前に工事が完了するスケジュールを立てましょうと工務店が早足で進めてくれたおかげだった。

改修費用は、想定よりも五〇万ほど高くついた。家の中はほとんど空だったが、わずかに残っていた家具の処分や清掃、賃貸のための新たな家具の購入、庭の除草などにもお金がかかったからだ。しかし、松太郎がいい管理会社を見つけてきてくれて、想定内の価格で別荘の主な管理を請け負ってくれることになった。私がオーナーとしてしなければならないことは、ほぼない。

「トントン拍子で進むときは進むものね」

百合は感嘆の息をつき、持参したアイスティーをグラスに注いだ。私は、おせち料理のようにお重に詰まったおかずを嬉々としてつまみながら、夏休み最後の平日休みを百合とともにのんべんだらりと過ごしていた。

「別荘、できたら一緒に行きましょうね。そうだ。吉沢の家からもらった敷物や鍋なんかがたくさんあるの。別荘に置くのにどうかしら」

「あぁ、いいわね。助かるかもしれない」

「じゃあいくつか見繕っておくわね。一緒に行くときに持っていって、内装を考えましょ」

屈託なく言う百合に頷きかけたが、「泊まり、できるの?」とつい尋ねる。

「洋次さんはその間、実家に行ってもらおうかな」

百合の口からそんなことを聞くのは初めてだ。私は、一も二もなく頷いた。

「そうよ、そうしてもらえれば、百合だってもっと旅行や遊びに行けるじゃない」

「もうそんなに遊びたい歳じゃなくなっちゃったのよねぇ」

頬に手を当てる百合は、わざと年寄りくさい真似をしているように見えた。

「吉沢の家が、なにか言ってくるの?」

「ううん。いつもごめんなさいねって、立ち寄るたびになにか持たせてくれる。今までは、一日だけ実家に戻ってなんて言ったら、吉沢家よりも洋次さんが困るんじゃないかと思ってたんだけど」

それ以上、百合は言葉を続けなかった。困らせない方法を思いついたのか、困ったとていいと思ったのか、私には判別がつかない。

どちらにせよ、百合が家庭から解放される一日があることに私は大賛成だ。

「行きましょう。絶対」

リフォームとはいえ真新しい別荘に百合と二人で過ごすことは、私たちの往年の夢を前借りしているようなところもあり、想像するだけで心が浮き立った。

「一泊するとなると、お昼ごはんを持たせて洋次さんを実家まで送って……次の日のいつ頃迎えにいけるかしら。持たせる服は……」

百合は、自分が不在にする日の具体的な想定をぶつぶつと呟き始めた。百合の呟くことは、まるで異国の政治経済に関する事柄のように、わかりそうでわからない。外泊する日くらい、家のことはすべて忘れたらいいのにと思うが、百合たちには百合たちのルールがあるのだろうと、口を挟まずにいた。

蕗と鶏の炊き合わせがおいしい。いそいそと取り皿によそっていたら、唐突に百合が尋ねた。

「それで、不動産屋さんとはその後どうなの？」

箸からぽろりと鶏が転がり、煮豆の上に落ちた。落ち着いて拾いながら、「なにそれ」と怪訝な顔を作り、ついでに煮豆もよそう。欲しくもないにんじんのサラダも一緒に。

「もう一緒に食事した？」

「……長野に行った日に、一緒に昼食をとったけど」

「そういうことじゃなくてよ。わかってるくせに」

百合はもどかしそうに手元のおしぼりを揉む。

土地と家の活用法について、すべて事後報告になったが百合に伝えたところ、百合は話の途中で険しい顔をし始めた。どこか引っかかるところでもあるのかと気になったが、百合は話の腰を折ることなく最後まで聞き終えると、土地や別荘云々よりもまず先に「その不動産屋さん、姉さんに気があるわね」と眉をひそめて重々しく言ったのだった。

何を言っているのかとその日は一笑に付したが、数日後、松太郎から食事に誘われた。

工務店と工事のスケジュールの最終確認をし、契約書にサインをした帰りのことだった。それらに同行してくれた松太郎がやや青い顔をして言うので何事かと思いつつ、昼前のことだったので、今日これからの話だと私は早とちりした。

「すみません、この後は仕事が」

女子バレー部の午後練習の日だった。部活の後は、職員室で夏休み明けの復習テストを作るつもりだった。

松太郎は一瞬の間を置き、俯いて頭を掻いた。

「いえ、その……後日、改めて」

「後日……?」

なにかこのあと、藤宮不動産と打ち合わせの予定が入っていただろうかと脳内でスケジュールを確認しかけて、いわゆるお誘いを受けているのだと気が付いた。

「あぁ」

私は、気の回らない若い女のように、はいともいいえともつかない返事をして固まった。松太郎も、私の返事を汲み取りかねて固まっている。

突然食事に誘われたという事実よりも、自分がそれに対し打てば響く返しができなかったという事実に驚いていた。誘われている、ということにさえ気が付かなかった。私の話を聞いた百合でさえ、気が付いたというのに。

その後私は、松太郎の「……いかがですか」という問いかけで我に返り、「はい、わかりました」と答えていた。まるで、「試験の採点を追加で一クラスもってほしい」と教科主任に頼まれたときのような、我ながら事務的な返事だと感じた。断るという選択肢はなぜか思い浮かばなかった。

そしてその食事の日は、すでに昨日終えていた。

緊張した猫のように肩に力を入れて私の言葉を待つ百合には、あえて「百合の趣味を私にまで当てはめるのはやめてよ」と軽く笑ってみせた。百合は、平日昼間に放送している恋愛ドラマの再放送が大好きなのだ。

百合は、不満げに私の顔を見つめていたが、やがて肩の力を抜き、「完成した別荘を私も一緒に見に行けば、会えるものね。どんな人か見てやらなくちゃ」とまるですでに私と松太郎が交際しているかのような口ぶりだ。

「百合はいつまでも娘さんで、いいわね」

正直、四二にもなって浮ついた気持ちにはまったくなれなかった。それは松太郎だけでなく、誰に好意を示されたとて同じことだ。だからこの歳まで結婚せずにきたのだ。タイミングや、出会いの有無の問題ではなかった。

娘さん、と茶化された百合は怒るかと思いきや、悲しげに眉根を寄せた。

「……一度真剣に考えてみたらいいのに」

私は百合から目をそらし、煮豆を口に運ぶ。

結婚を、しようと思ったことはあった。

人を信じて好きになることは容易だったし、それは仕事の忙しさや一人の気楽さと同様に日常に組み込むことのできる気持ちだった。仕事と恋愛、そして日常生活は、バランスをとるというよりも、絡まり合う項目を丁寧にほぐしながら整理していく作業で、それは生徒の「わからないところがわからない」という疑問に答えることにどこか似ていた。

しかし『作業』だなんて言ってしまえる私には、はなから結婚など向いていないのかもしれない。

百合には、恋人がいたことも、結婚を考えたことも、そして駄目になったことも、言っていない。もしかしたら恋人がいたことくらいは勘付いていたのかもしれないが、何も言っては来なかった。

結婚するのをやめたのは、この男性と一生一緒に暮らすのだ、と想像したとき、足元が崩れるような不安を感じてぞっとしたからだ。

これから、この人と結婚し、家庭を築く。

じゃあ、これまでの私はどうなる？　私たちが涙を流して悔しさを飲み込み、必ずいつか幸せになるのだと誓ったあの瞬間は？　この十数年、それだけを目指して走ってきた私の時間は？

そして、囚われたまま私を待っている百合はどうなる？

黒い波となって私を覆い尽くしたこれらの疑問に、結婚も、恋人も、答えられるだけの魅力を持ってはいなかった。

松太郎と、もし、今後なにかあったとしても、きっとまた同じこと。年齢を重ねた今ならなおさら、衝動的な感情と人のぬくもりよりも、自分の努力で長い年月をかけて築いた場所の方を選ぶだろう。

カラカラッと扇風機が不可解な音を立てて、止まった。途端にむんと暑くなる。

私と百合は同時に扇風機を見やり、どちらともなくふふっと笑った。去年から調子が悪かったのだ。気が抜けた。

「止まったわね、ついに」

百合がいたわるように扇風機の頭を撫で、

「そういえば、別荘のお金は大丈夫？」

何気ない調子で尋ねた。

「ええ。生活費とは別に貯めていたから」

改修費用とは違い、ローン建てできなかった敷地の整備費を含めると、初期費用はそこそこかかった。しかし、けして動かすつもりのなかった貯金を崩して当てただけなので、表面的にはなんら困ることはない。

百合は控えめに頷き、「困ったら、言って」とお重に視線を落としたまま言った。

「ありがとう」と答えたが、お金に困ったと百合に相談したところで、彼女に動かせるお金はそうないはずだ。

だって百合は、百合たち夫婦は、吉沢家の支援で生活しているのだから――

壊れた扇風機のコードを抜いた手が止まった。そっと手を戻し、浮かせていた腰を下ろす。

百合の鞄、服。けして豪奢なブランド物や、特別良い生地で仕立てたものではない。

目の前にある食べ散らかしたお重の中身を思い出す。

煮豆や炊き合わせといった素朴なおかずは、百合が日常的に作っているものだろう。しかし、すでに食べてしまった鴨肉（柑橘のソースがかかっていた）、焼きあなご、銀鱈（ぎんだら）の西京焼き。

二〇代の頃から百合がこうして料理を持ってくることは変わらないが、その頃に作っていたサンドイッチやいなりずしに比べたら格段に、豪勢だ。

もしかして百合たちは、家計を支えられているのではなくて、吉沢家の家計に組み込まれているのだろうか。

吉沢家に頻繁に顔を出すのも、洋次さんのお世話や家の仕事に手を抜かないのも、それらが百合にとって充実した日々の一端だから？

だとしたら、私がコツコツと積み立てた貯金も、それなりに切り詰めた暮らしも、百合にとっては足元で聞こえる囁（ささや）きのようなもの――？

開けた窓から流れるぬるい風が首筋をなぶった。すうと冷えた。

「姉さん、なにか容れ物ある？　食べ切れないの、詰めちゃうから」

「……持って帰ったら？　今晩のおかずになるじゃない」

立ち上がりかけていた百合は、意表を突かれたように私の顔を見た。こんなことを言うのは初めてだった。いつも、残り物を置いて行ってくれるのを楽しみにしていた。百合だって、それを知っていたはずだ。

「……あ、でもあなごは置いて行って。日本酒に合うから」

百合は、私のお猪口に目を落とし、なぜかはにかむように笑った。

「今夜のおかずは下ごしらえしてきたから大丈夫。それに、あんまり持ち歩いたら悪くなっちゃう」

「それもそうね」

百合は立ち上がると、適当な戸棚を開けて適当な容れ物に残り物を手際よく詰めていった。

これは冷蔵庫、今日中に必ず。こっちは明日まで大丈夫。食べるときは焼き直す。百合の細かな指示を聞き流しながら、私は胸に湧き上がった考えが、暗くにじむ墨のように広がって行くのを感じていた。慌てて拭い去ろうとしても、まさに墨のごとく、容易には落ちないのだった。


出来上がった別荘は、あのボロ屋がうそのように、想像以上に美しい建物によみがえっていた。

家が建っていた五〇坪ほどの敷地はそのままに、壁はきれいに塗り直され、瓦屋根は新築のように葺き直されていた。雑草にまみれていた庭は丁寧に小石が敷かれ、工務店のサービスだとかで、端材で作られた小粋なベンチとテーブルが設置されていた。

改修完了の現地確認には、松太郎とともに赴いた。百合も同行するはずだったのだが、洋次さんが体調を崩してしまったのだ。

見違える外観に言葉を失う私に、松太郎は「妹さんも、本当に来られたらよかった」としみじみ言った。

「お会いしたかったなぁ」

「……妹も、近くにいますから。いずれ」

松太郎は私の顔を覗き込む。その顔に含みを感じて、視線をそらした。

「中も見ましょうか」

松太郎が私の手を取り、玄関へと向かう。日本家屋の名残で、別荘というより旅館のような趣の引き戸を開けると、古い建物の湿り気のあるにおいと塗りたてのペンキのにおいが混ざりあった不思議な風が中からさっと吹いた。

広い玄関。訪れたことを祝福されているような、開放的な空間のすぐ向こうには、居間が見えた。

「おお」

黙りこくる私の代わりに、というわけではなかろうが、松太郎が感嘆の声を上げた。なんにしても子どものような人なのだ。交際が始まったときも、椅子から立ち上がって喜んだ。

松太郎が一歩踏み出しかけ、私が立ち止まったままであることに気付いて踏みとどまった。怪訝そうに私を見下ろす。私は彼の様子に気が付きながらも、玄関の敷居の前で立ち尽くしたまま、足を踏み入れることができなかった。

私のお金で建て直した家。これが、私のもの。

いや、正確には百合と二人で相続した家だ。便宜上私の名義にして私の勝手で別荘に建て直した。私だけの手柄でも、私だけの所有物でもない。

それでも私は、たしかに感動していた。

家が、欲しかった。

ずっとずっと、私は私だけの、私たちだけの家が欲しかった。

居候でも、借りた家でもない、自分のお金で作り上げた、思う通りの間取りで好きなものだけを置くことができる家。

好きな時間に帰り、好きな人と暮らし、好きなものを食べ、好きなときに眠ることができ、手足をどれだけ伸ばそうと誰に気兼ねすることもない。

これはその第一歩だ。

本当に私が求める理想の家を手に入れるための第一歩。

その感触を確かめるように、ようやく私は家の中に足を踏み入れた。


別荘の借り手は、藤宮不動産の伝手のおかげですぐに決まった。長野で別荘の購入を考えているというあの客だ。松太郎の言葉通り、別荘から車で行けるゴルフクラブに寒くなる前に通いたいからと言って、いきなりひと月の契約を結んでくれた。

契約開始から二週間が経つが、特段不備や苦情の連絡はない。ひとまず胸をなでおろした。

夏休みが明け、三年生たちは一気に受験色が濃くなった。教師陣がそういう空気に持ち込んだのもあるが、近頃は塾や家庭教師に発破をかけられる生徒も多い。三年生を中心に、学校中がぴりりと張り詰めている。

「……東京に、行きたくて」

進路指導のさなか、かたくなに県内ではなく、県外の高校を志望する生徒が重々しく言った。

進路指導室の中は、部屋の狭さと西日の強さの相乗効果でじっとしていても背中を汗が流れる。

東京、と思わず復唱した。

「先生もうちのじーちゃん、知ってますよね」

「……自治会長の、川島さん」

その孫の川島なにがしは、不服そうに頷いた。

「じーちゃんに丸め込まれて、親も頭かたいんすよ。当たり前に進学校に行って、県内の大学を出て、実家を継ぐもんだと思い込んでる。そうでなきゃ県庁くらい行けって」

「県庁」

復唱してばかりだが、生徒は私が気持ちを代弁してくれているとでも思ったのか、激しく頷いた。

「そもそも、じーちゃんはおれの学校の成績なんてろくに知らないんすよ。公立の進学校も一般入試じゃギリギリだから推薦狙わなきゃってくらいなのに」

「それで、どうして東京に行きたいと県外の高校がいいってことになるの？」

「少しでも早く県外に出ておいた方が、高校卒業した後も東京に行きやすいじゃないですか。

ちょっとずつ家から離れていく作戦です」

何を当たり前のことを、と言わんばかりの口調だ。

県外に通うための通学費、寮に入るならその寮費、東京に行くための諸々の費用などどうするつもりなのかと問いただしたいが、様々な問いを押し込んで、ひとまず尋ねた。

「行きたい高校は決まってるの？」

「まだっす」

だと思った。ため息を飲み込み、

「じゃあ、まずは自分で調べて志望校を決めなさい。もう九月よ。ただ県外が良い、いつか東京に行く、と息巻いてるだけじゃなにも決まりませんからね。具体的にどの高校にどういう方法で通うのか、考えなさい。ご両親やおじいさんの意見は脇に置いておいてね」

生徒は神妙な顔で頷いた。最後の一言が効いたようだった。

生徒が進路指導室をあとにし、訪れた静寂に安堵しながら部屋の窓を閉めようと窓際に歩み寄る。

野球部が空高く球を打つ音が響く。陸上部がインターバル走を区切る、ひらめきのようなホイッスルも聞こえてきた。

県外、東京、と繰り返していたが、県外の高校を卒業したところでいったいどういう足がかりで上京するつもりなのだろう。私には、親離れしたいと駄々をこねて転がっているだけにしか見えなかった。

中学生は難しい。自分では大人のつもりで話しているので、こちらも当然対等に語らなければならない。しかし、中身はてんで子どもだったりする。

そういえば、なぜ東京に行きたいのか聞き忘れていた。まぁいい。おそらく、あの調子だと親の方から相談が舞い込むだろう。

窓を閉める。部活動のざわめきは、遠くくぐもった。背中をまた一筋、汗が流れた。

その夜、松太郎が自宅にやってきた。長野の日本酒を携えている。

「親父が送ってきたんだ」

「松本のお酒？」

「いや、上伊那の方かな」

松太郎は機嫌良く冷蔵庫に酒瓶を入れ、「ごめん、シャワー借りてもいい？　外回りから直行したもんで汗だくで」と私が頷くよりも早く、風呂場へ向かった。

四六歳、藤宮不動産の長男、支店長。離婚歴一回。子どもはいない。

交際を申し出られる際に、かつて結婚していたことは告白された。三三で結婚し、四〇で離婚。子どもができなかったことや、元妻の実家との折り合いが悪かったことが離婚の原因らしい。元妻は良家の子女で、小うるさいでは足りない姑がなにかと夫婦の問題に介入してくることに嫌気が差したのだと松太郎は明るく話した。元妻の悪口は一言も言わなかった。

「おれより六つ若かったから、向こうも早くおれと別れて仕切り直せてよかったんじゃないかな」

元妻は東京の実家に帰り、別れてから六年、一度も連絡を取っていない。再婚したのか、子どもができたのかどうかも知らない。

シャワーから上がった松太郎は、着替えてさも爽快というふうに出てきた。

「あー腹減った。桐ちゃん、もう食っちゃった？」

「まだよ。私も明後日の体育祭の準備でさっき帰ってきたところ。適当にお惣菜買ってきたから」

軽い歓声を上げ、松太郎は冷蔵庫に向かった。

私は料理が苦手だ。節約のためになるべく自炊を心がけているが、人に出せるようなものは何も作れない。それを告げるとき、私は誰に責められているわけでもないのに懺悔するような調子になった。

女は料理ができなければならないという呪いに縛られているのは、誰よりも女の方なのだ。私も例外ではない。

松太郎はやはり、「あ、そうなんだ」と驚いた様子でいたが、「独り身で身体も壊さずよくやってるよ桐ちゃんは」と的の外れたことを言って一人うんうんと納得していた。

「妹さん、料理上手なんだろ？　ときどき作って持ってきてくれるらしいじゃないか」

日本酒の栓を開ける松太郎の背後で惣菜のパックの蓋を外し、「そうね」と気のない返事をする。両親はすでになく、百合と二人姉妹であることは私も早々に告げていた。松太郎との会話では、長野の別荘の話と学校の話、百合の話くらいしか私から提供するものがないので、おのずと百合の話が多くなる。別荘が完成した日に会えるはずだった百合と松太郎は、結局会えていない。

そもそも、私と百合が顔を合わせたのも、別荘の完成前にこの家で一緒に食事をしたのが最後だ。

あの日胸にこさえてしまったもやつきを、私は未だ消化できずにいた。

完成した別荘を前に、私は自分の夢がより具体的な色と形を持って目の前に現れたのを感じた。それは淡々としていてどこか空虚な毎日に穴をうがつほど、鮮烈な体験だった。

この家で、誰の目も気にせず百合と暮らせたら。おままごとのような日々を重ねていけたらどんなにいいだろう。

そう、私の夢には、百合が必要なのだった。百合を、彼女の長く続く窮屈な場所から救い出すこと。そして、二人が二人分の幸せで、ともに暮らすこと。

しかしあの日頭をよぎった思いが、私の夢に影を落とす。

二人分の幸せは、私がもたらすものだと思っていた。でも百合の分の幸せは、吉沢家の人々によってまかなわれてしまったのかもしれない。

私が手を差し伸べるまでもなく。

最後に会った日、私のために残り物を保存していた百合の背中に問いかけたかった。

もしかして百合は、もう幸せになってしまったの？

あなたはあなたの幸せを、まさかその場所で、見つけてしまったの？

百合を救うのだと、大きな家を持つのだとやっきになっているのは、私だけ？

「……ちゃん。桐ちゃん？」

肩を叩かれ、振り返る。黒目がちな目をくるりと回し、「寝てた？」とおどけた様子で松太郎が言う。私はわずかに笑い、首を横に振って冷酒の入った猪口を受け取る。

一瞬、百合に呼ばれたのかと思った。

私のことを「桐ちゃん」と呼んだのは、幼い頃の百合だけだったから。松太郎が同じように呼ぶようになってもうしばらく経つのに、全然慣れない。誰か別の人を呼んでいるかのようだ。

「明日、二件内覧の予約が入ってるんだ。夕方になると思うけど、終わったら連絡していい？」

「桐ちゃんのところの駅の近くに、一階に喫茶店が入ってる雑居ビルがあるだろう。あんまり言っちゃいけないけど、あそこの大家がひどい酒飲みでね。昨日は二階のテナントから苦情が入ってさ」

「そうそう別荘の件、なかなか評判がいいってさ。樋口(ひぐち)さんって最初の借主さん。あの人が約束通りゴルフクラブの仲間に勧めてくれたみたいで……」

相変わらず松太郎は驚くほどおしゃべりだ。私が聞いていようが聞いてなかろうが構わないみたいに、話し続ける。沈黙が気詰まりになるよりも、ずっと気が楽だった。

私はこの人と結婚するのだろうか。

人懐っこいアライグマのような日に焼けた顔を眺め、想像する。まだ具体性がないためか、いつかのようにぞっとした不安に襲われることはなかった。

厚い布団をかぶっているようだった。半透明のぬるいゼリーに覆われているようでもあった。進路指導室で窓を閉めたときの、遠くくぐもって聞こえた部活動の音にも似ていた。目指すところを見つめるのをやめて近くに目を戻したとき、見えるものや聞こえる音はすべてがぼんやりとかすみ、摑みどころがなく、私がいるのはこんな場所だったのかと呆然としてしまう。良し悪しの評価が曖昧になり、諦めたようにすべて手放し身を任せたくなる。

私は何も持っていない。からっぽの人間であることを、突きつけられる。

それが怖くて、私は走り続けているのだ。

働いて、稼いで、お金を貯めて。働いて、稼いで、お金を貯めて。

百合のため、百合のため、と唱えながら。

「……桐ちゃん。今日はおれ、帰ろうか」

松太郎が心配と苦笑の入り混じった表情で私の顔を覗いていた。すでに腰を浮かしかけている。咄嗟に服の裾を摑んだ。

「待って。ごめんなさい、帰らないで」

疲れてるの、と呟いた声は我ながら言い訳じみていた。しかし松太郎は追及せず、腰を落として私を抱き寄せた。

洗いたての髪のにおいを吸い込んで、目を閉じる。

私も今いる場所をきちんと見つめて、ここで、幸せを探すべきなのかもしれない。

背中に触れる松太郎の手が温かい。触れることで香り立つ肌のにおいにも慣れた。

しかしそれが幸せなのかは、まだわからないのだった。

別荘について楽観的に聞こえた松太郎の言葉は、それでも嘘ではなかった。紹介をきっかけにぽつぽつと予約が入り、来春の四月から六月までという三ヶ月間の契約も決まった。

無論、長野の山奥は雪に閉ざされる。雪深い真冬に好き好んで山奥の別荘にやってくる人などいないだろうから、冬は別荘の収入は見込めないと思っていた。しかし、一二月、一月にそれぞれ一週間、三週間という予約が入っている。おそらく、スキー客だろうと松太郎は言った。

「軽井沢は人気だし、いいところだけど、どんなにいい場所でも飽きはくるからね。そういうお客さんが流れてきてるのかも」

松本にある藤宮不動産の本店が、長野の貸別荘を利用している客に私の別荘を勧めてくれているのも大きな理由の一つだろう。

一一月になり、すでに最初の賃料が入ってきている。管理料と仲介手数料を差し引いて十数万という金額は、けして大きくはない。しかし朝から晩まで目まぐるしく働き他人との折衝に心身が疲弊する教員の仕事で得られる給料と対比すると、働きもせずこの金額、とめまいがしそうになる。改修工事のローンも、毎月給料から差し引いていた貯金分を回せば繰り上げ返済できるだろう。

すべてが順調だった。

県外へ進学すると息巻いていた生徒は、案の定その親（川島自治会長の息子の妻である）から連絡があり、どうにかしてくれと泣きつかれた。

想定通りだった。親の言い分を聞き、生徒本人に明確な理由と計画がない限り県外への進学を学校が後押しすることはないと説明し、なんとか安心してもらった。

当の本人に行きたい学校は決まったか尋ねると、うーんと悩ましげに首を傾げ、

「なんか、どれも似たりよったりなんすよね」

と取引先でも吟味しているかのような大人びた口調で言う。

「どうして東京に行きたいの」

「おれ、車のディーラーになるんす。ばしっとスーツを着て、都会の会社で、金持ちにバンバン車を売りたいんです」

ほお、と声には出さなかったが、やや感心していた。一五歳でここまではっきりと夢を思い描けるのは彼の美点だろう。

「ところで、受験方法や受験日は調べた?」と違う方向から切り込んだ。

案の定生徒は、「え」と目を丸くしている。

「A県は三月一一日。他県から出願する場合、願書は県内からよりも一週間早く出さなければならない。B県は三月一〇日。うちと同じ日だけれど、この県はうちと違って群制を取ってる。群制ってわかる?」

生徒は、口を半開きにしたまま首を横に振った。

「試験成績ごとに、群で分けられて、その群に対応する高校に振り分けられるの。一群はA高

か B 高。二群は C 高か D 高というふうにね。A 高か B 高のどちらになるかは、選べない」

「なんすか、それ」

「もしも群制を避けて A 県を受けるとする。うちの県は三月一〇日だから、あなたは学校の友達よりも一日多く受験勉強をする必要があるわね」

ええ〜、と生徒は悲痛な声を上げた。

「県内の高校に通っても、東京の大学に行った卒業生はたくさんいる。むしろ、県内の高校でご両親の支援を受けながら東京か、県外の大学を目指した方が金銭的にも生活的にも現実的で理にかなっていると思うわ」

「理に……？」

「県外の高校に行ったところで、交通費や下宿費の負担が大きかったから大学は県内にしろと言われたら？　中学の友人が一人もいない高校で、勉強や部活を頑張れる？　家が口うるさくても、ご両親に高校の授業料も出してもらえる上、生活費や家賃だって払えとは言われないでしょう？　夢があるのなら、今はかじれるスネはかじっておきなさい。かじり尽くしたら、いずれ嫌でも放り出されるでしょう」

生徒は約三〇度に首を傾げたまま黙って私の話を聞いていたが、やがて「……ほんとは」と言葉を漏らした。

「じーちゃんと父さんがうるさくて、早く家を出たかったんです。父さんはじーちゃんの言いなりで、継げるものでもないのに、いつか自分も自治会長になるって思い込んでるみたいにじーちゃんの後ばっかり付いてって。町ででかい顔してるのもなんか恥ずかしいし。母さんも父さんの言いなりだから」

「……なら尚更、今は少し身を潜めて思い通りに動いていると思わせたら？　高校生って、案外忙しいのよ。電車通学なら朝七時に家を出て、部活があれば一八時近くまで学校にいて、ほかにも補習やら自習やら遊びやらで二二時台に電車に乗っている高校生もよく見るわ。今よりずっと、家にいる時間は短くなる。わざわざ早く県外に出て、目が届かないからと縛り付けがきつくなるよりずっといいんじゃない？」

「ちょっと、考えます」

生徒は憔悴したように立ち上がると、浅く一礼して部屋を出ていった。憔悴したように見えたのは、おそらく考えすぎて頭がパンクしているだけだろう。今夜自分の言葉で私の話を嚙み砕き理解すれば、結論が出るはず。

私も授業以外でしゃべりすぎた疲れか、首の後ろがしびれている。立ち上がり、生徒の椅子を片付けた。

翌々日、生徒の母親からお礼の電話連絡があったことで、この件は落着した。

一二月に入ると期末試験と通知表の作成で猛烈な忙しさがやってきて、帰宅が連日深夜に及んだ。

松太郎は私の身体を心配したが、私がそれ以上に気を揉んでいたのは、百合のことだった。

このところしばらく、百合から連絡がない。最後に顔を合わせたのは八月のことだし、寒くなってきた頃に一度電話があったときは、私の方が仕事が手一杯で都合が合わず、会うことは叶わなかった。

　電話口の声は明るかったが、ふと訪れた沈黙がどこか疲れているようでもあった。一度私から顔を見に行こうと思っているうちに冬休みに入り、新学期の準備を進めていた矢先のこと。

　平日の真昼間に突然、百合が家にやってきた。私はつかの間の休日だった。

　しかも折よく（または折悪しく）、松太郎と家の前で鉢合わせたのだ。百合は会った瞬間松太郎をあの不動産屋だと理解したが、あれだけ百合の話をしていたにもかかわらず、松太郎はまさか妹だとは考えなかったらしく、保険の外交員か何かだと思ったらしい。

　二人が居心地悪そうに並んで玄関先に現れたので、私は一瞬言葉を失い、全身で驚いた。

「いやあびっくりしたびっくりした。小綺麗な奥さんが来たから、絶対銀行か保険屋だと思ったもんなあ。君が妹の百合子さんかあ。ああでも、外交員なら制服を着てるもんな。そうそう、申し遅れましたが私、藤宮松太郎と申します。長野の貸別荘の件では大変お世話になっております」

　松太郎の容赦ない早口に気圧されつつ百合は名刺を受け取った。

「こ、こちらこそ姉がいつもお世話になっております。長野へもご足労いただいたようで、ありがとうございました」

　深々と頭を下げる百合に、松太郎も頭を下げ返す。コートを着たまま狭い玄関で繰り広げられるやりとりを横目に見ながら、私は湯を沸かした。

「そろそろ上がったら」

「お、そうだな」

松太郎が靴を脱ぎ、脱いだコートをたたみながら室内に入ってくる。百合はためらうように立ち尽くしていた。

「百合？」

「……私、やっぱり出直そうかな。藤宮さん、今日はお休みなんでしょう。邪魔したら申し訳ないし」

「そんなこと」

「いやいや、それなら僕が出直しますよ。気が利かず申し訳ない。久しぶりなんでしょう」

「いいえ、私が」

「いいから二人共一旦上がって、お茶でも飲んでいけばいいじゃない。もう淹れるから」

押し問答に入りかけたところを割り込む。おかしなやりとりに笑いを噛む。

しかし、玄関で立ちんぼになっていた百合は、突然、ぽろりと涙をこぼした。

「え」「え」

松太郎と声が重なる。

百合は俯いて、「ごめんなさい」と慌てて鞄からハンカチを取り出す。しかしその間にも次から次へと水が湧くように、涙がこぼれるのだった。

冷めた湯を沸かし直す間に百合の涙は止まった。かと思えば、急に栓が緩んだかのようにほたっと一滴こぼれる。松太郎はおろおろとティッシュを差し出したり意味もなく手をさまよわせたりしていたが、自分にできることはないと悟ったのか大人しく居間の隅に収まった。

「どうしたの」

人数分の湯呑を置きながら尋ねる。松太郎がおずおずと手を伸ばし、一口飲んだ。彼が一番動転していたので、落ち着きたかったのだろう。

「……お義母さんに、頼むから病院にかかってくれって言われたの」

「病院？」

どこか悪かったのか。突如横腹から刺されたような架空の痛みを覚え、眉間に皺が寄る。

「……子ども。できないのは私にどこか悪いところがあるんじゃないかって」

百合の涙の栓が、また緩んだ。松太郎が、「自分は席を外した方がいいんじゃないか」と言いたげな視線を私の横顔に送ってきたが、百合は松太郎がいようがいまいが構わないようだったので、無視した。

「百合、子どもを持つつもりだったの」

百合はぶんと首を横に振った。百合らしくない激しさに、目を瞠(みは)る。

「ううん、だって、だって、できるはずがないもの。私たち、なにもないんだから。洋次さんはそういうこと、できないんだから」

一息に言うと、百合はわっと突っ伏して泣いた。私は震える彼女の後頭部を見下ろし、潮が引くように胸が冷たくなるのを感じた。

洋次さんには、知的障害がある。百合が生活のあらゆることを手助けし、支え、ようやく日常生活を送れるような状態だ。生まれたときから身体も弱く、大人になっても幼子のようによく寝込んでいるようだった。

子どもを作る能力が彼にあるのか、能力があってもできないのか、しないという選択なのか、私にはわからない。

ただ唯一わかるのは、義母が四〇になった百合に「子どもを作れるように病院に行け」と言うのはお門違いだということだけだ。

冷えた胸に、やるせなさと、熱い怒りが同時に流れ込む。感情を抑えながらかろうじて絞り出す。

「……たとえ夫の母でも、干渉すべきことではないと思う」

百合は洟をすすりながらわずかに顔を上げた。

「本当は、ずっと言われてたの。私が、三〇を過ぎた頃から。『子どもは作らないのか』『早い方がいい』って。結婚して一〇年以上経ってたし、もう私に子どもは望めないって薄々わかってた。でも、お義母さんに『もう子どもは諦めてる』って言えばいいのか、『子どもは持たないと決めた』って言えばいいのか、わからなくて」

揺れる百合の声を聞くほどに、胸が詰まった。

一〇年近く百合は、この痛みと一人静かに向き合っていたのだ。

「曖昧にかわしているうちに、いよいよ子どもができないなら一度身体を調べてもらえって言われて」

ジオラマの池のように、座卓には涙が溜まっていた。

どれだけ百合のことを愚弄（ぐろう）すれば気が済むのだろう。自分の息子に対する想像力は微塵もないくせに、希望ばかり押し付けて、百合が傷ついていることには気付きもしない。

百合の口から聞かなくてもわかった。

百合はずっと、子どもが欲しかったのだ。

それは私には思っても見なかった彼女の一面だった。百合たち夫婦は、百合が洋次さんの生活をすべて請け負うという矢印と、吉沢家が二人を経済的に支えるという矢印のつり合い関係だけで成り立っているものだと思っていたから。

でも百合は、子どもが欲しかった。結婚してすぐに叶わないことを知って、自分の気持ちと折り合いをつけて生きてきたのだ。

それを踏みにじるような真似をよくものうのうと。

「……どの口が」

低く漏れ出した言葉に、松太郎が聞き返すように顔を上げた。

「私が話してくる。吉沢のおばさんに。金輪際（こんりんざい）口を出さないよう、言ってくる」

百合はぱっと顔を上げ、口を引き結んだまま首を横に振った。

「なにか言わないとあの人、百合が五〇になっても言ってくるわよ」

「お義母さんも、本当はわかってるのよ。もう無理だって。でも、最後の諦めるきっかけが欲しくて、私に病院に行けって言うの」

そう言って百合は鞄から何かを取り出した。座卓に置かれたのは一センチほどの厚みがある白封筒だ。

息をひそめていた松太郎が、丸い目をさらに丸くした。

「お金は出すからって、これを」

茶色い座卓の上に置かれた封筒が、ひどく汚いもののように見えた。

今すぐ封筒を摑み上げ、紙幣もろとも引き裂いて、その紙くずを吉沢家の門前に叩きつけたい衝動に駆られた。そしてなぜか想像の中の私は、その紙が舞い散る中で声を上げて泣き崩れてしまいたかった。

どうして百合は、百合と私は、いつまでも誰かや何かに付帯し続けなければならないのだろう。

一人きりあるいは二人きりになるために、どうして努力をしなければならないのだろう。

胸に衝き上げた怒りと悲しみをならすために、私は目を閉じた。

次に目を開けたとき、封筒は鞄の中にしまわれたのか座卓の上から消えていた。

松太郎の手が肩に触れた。視線を上げると、心配げな松太郎と目が合う。百合に目を向けると、彼女も涙を止めて放心したように湯吞を見つめていた。

「もっと早く、言ってくれたら」

声に出してから、百合を責めるような響きになっていることに気付いた。しかし言ったことは取り返せない。

「姉さんだったら、本当に吉沢家に乗り込んでしまうと思って」

ようやくかすかに百合が笑った。私は笑えなかった。

「百合が一人で抱えなきゃいけないものではないのよ」

百合は黙って目元を拭った。洋次さんには相談していないだろう。言ったところで、おそらく彼には理解できない。

「……あの、健康診断には行かれていますか」

藪から棒に松太郎が切り出した。百合が、自分に問うているのかと確かめてから、頷いた。

「はい、国民健康保険のものですが、毎年」

「じゃあ、一度さっきのお金で身体の隅々まで調べてみるのはどうでしょう」

何を言い出すのか、と松太郎を睨んだ。百合はきょとんとしている。

「お義母さんを納得させる必要があって、お金も用意されているなら、使ってしまってはどうですか？　ただ、子ども云々のことは関係なく、これを機に脳だとか血液だとか肝臓だとか、全身の検査を済ませてしまうんです。四〇にもなればどこかしらガタが来ているところが見つかるかもしれないし、お義母さんには病院に行ったという事実とそれらしい理由をつけたら、煙に巻けるような気がします」

百合の目が松太郎を見つめている。夜の海のように暗く陰っていた瞳が、そっと明るくなった。

松太郎が穏和に微笑む。

「もし婦人科系になにか見つかったら、それはそれで百合子さん自身も、納得できるんじゃないですか」

光が差した百合の目に、また涙が膨らんで、はらりと落ちた。そうだ。松太郎は前の妻との間に子どもができず、それが原因で離婚したのだ。

「……はい」

百合はそれきり目元を拭うと、恥ずかしげに笑って片手で顔を隠した。

「すみません、突然こんなお話を聞かせてしまって」

「いいんですよいいんですよ。勝手に立ち会ってしまったのは僕の方ですし、ずっとお会いしたいと思ってましたからね。そうだ、今日はお土産があるんですよ、ちょうどよかった。先日、出張で栃木の方に行ってきまして……」

松太郎が鞄からがさごそと菓子箱やら箱に入ったラーメンやらを取り出す。あれもこれもと押し付けられて、百合は口を開けて笑っていた。

松太郎の土産を片手に百合が先に帰ると、松太郎は肩の荷が下りたように息をついた。

「桐ちゃんが百合子さんのことを自分の子どもみたいに話すのが、よくわかったよ」

かわいい人だね、と松太郎は私を見下ろす。

「子どもみたいに？」

そうだっただろうか。

「貯金も、別荘の件も、もしかして百合子さんのため？」

すぐに「うん」と言えなかった。真正面から尋ねられたとき、はたして本当にそうだろうか、と思いとどまってしまった。

たぶん違う。

「……自分のためよ」

私はいつか、私の努力だけで手に入れた大きな家で、手足を伸ばし、深く息をしたい。

そこに百合がいて、なにもかもから解き放たれた彼女に、「ありがとう」と言われたい。

ただそれだけのことなのだ。


松太郎は甲斐甲斐しかった。

こまめに別荘の利用状況や評判を私に伝え、徐々に人気が出ていることや夏まで予約が埋まっていることを私以上に喜んだ。

あの日以来、ことあるごとに「百合子さんは元気か」と尋ね、私が「連絡していないからわからない」と言っても「あれから大丈夫だったかな」と松太郎の方が実の兄であるかのような口ぶりだった。

私はそれが徐々に重苦しく感じられるようになっていた。

私が教師の仕事に真面目に取り組むことも、貸別荘の経営も、彼の頭の中ではすべて百合に対する私の献身という美談でまとまっているらしかった。

そうではないのだと説明する機会のないまま、鬱々とした気持ちを抱えて年が変わった。

松の内が明けて新学期が始まったその日の夜、家の電話が鳴った。夜の九時近かった。百合だろうと思い込み、軽い気持ちで電話を取った耳に聞こえたのは、まったく別の女性の声だった。

『夜分遅くに申し訳ありません。私……杉谷綾です。あの、再従姉妹の』

名前を聞いてすぐに綾のことは思い出したが、百合だと思い込んでいたせいで混乱し、返事が遅れた。

「……こんばんは。ご無沙汰しております。長野の土地の件では大変お世話に」

こちらこそ、と恐縮する綾と表面的な挨拶を繰り返したあと、綾が小さく咳払いをして本題に入った。

『私の母が、今も長野に暮らしているのですが、その土地を買いたいと、藤宮不動産から連絡がありまして』

寝耳に水だった。

綾の母は、貸別荘から二〇キロほど離れたところにある集落に暮らしている。別荘がある場所ほどの山ではないが、麓に位置するその集落もなかなか不便な場所ではある。

別荘の件は、建てることが決まってすぐに綾にも報告してあった。綾は自分のことのように喜んでくれた。藤宮不動産を頼ったことはそのときに伝えてある。

『どうやら、母の土地に別荘群を建設する計画があるようです。用地開発、って言うんでしょうか。桐子さんにご相談するのはお門違いだとわかっているのですが……母は、今の家を離れたくないんです。信頼できる地元のヘルパーさんにお世話してもらってますし、入院の必要がない限り、今の家で死にたいとも申しております。私も、できる限り尊重したいんですが、その……確かにとても辺鄙な場所で、母がいなくなったあと私の方でも土地をどうすべきかわかりかねるので……』

「今、売ってしまった方がいいかもしれないということですね」

頷いた気配があり、遅れて『はい』と聞こえた。おそらく、具体的な金額も提示されているのだろう。

『あの、別荘になるということは、今の家をまるきりすべて潰してしまって、更地になるということですよね』

「そうだと思います。私の場合、すべて壊さず改修工事で建て替えましたが、別荘群ともなるとそうはいかないでしょうね」

『そう、ですよね。だからといって立ち退かなきゃいけないことに変わりはないんですが……なんでしょう、上手く言えないんですが、言われた通りにすべきなのか、わからなくて』

「藤宮不動産はなんと言っているんです」

長野の土地なら、おそらく本店の方の仕事だろう。松太郎が噛んでいるのかはわからない。

『今、別荘用地というのはとても人気が出ている。今この価格はすごく高く出せていて、もし一連の別荘群の建設に乗り遅れたらその後は安く買い叩かれてしまう、とか……あの、私も高く売りたいとかではないんです。ただ、母を説得してまで売るべきなのかと。土地を売ってしまったら、母は愛知に呼び寄せるつもりですが、慣れない場所で母が穏やかに過ごせるとは思えなくて』

そうだろう。もしかすると、綾の母は愛知で施設に入らざるを得ないかもしれない。

でも、と綾は逡巡を込めて続けた。

『土地を売ったお金があれば、そのお金で母が快適に暮らせるとも思うんです。うちを住みやすくリフォームしたり……古い長野の家は、段差も多いし建て付けも悪くて、住みやすいわけではないので』

綾が悩んでいる全体像が見えてきた。綾は、土地を売るべきタイミングかどうかという悩みを覆うさらにその上に、母親の快適な余生をいかに確保すべきか、ということに悩んでいるのだろう。母親を一人長野に残している罪悪感もちらついていた。

「お母様のことは……綾さんが、お母様ご本人とも相談して納得がいく形にするのが一番いいかと思います。土地の売り買いのことがなくても、いずれ考えなくてはならないことだと思うので……ただ、土地の買い上げのことについては、急なことですし、すぐに返事をするのは待った方がいいと思います。私も詳しくはありませんが……よろしければ、私からこちらの藤宮不動産の方に聞いてみましょうか」

『ぜひ、お願いします。桐子さんなら、別荘の関係で藤宮不動産とやりとりがあるのでなにかご存じかもと思い……急に不躾なご相談をして、本当にすみません』

何度も謝る綾にこちらは構わないと告げ、電話を切った。ちょうど週末、松太郎と会う約束がある。

落ち着かない気分で風呂を済まし、寝床に入っても、それは変わらなかった。

松太郎にこの話をしたくない、と強く思った。

ここ数日感じていたもやつきとは無関係であるのに、何か、自分から決定打を打ち込んでしまいそうな予感がしていた。

週末は松太郎の自宅近くで外食をする予定だった。酒が好きなくせに甘味も好きな松太郎は、嬉々として私をデザートの付くランチが食べられる店に連れ出す。

席につき、注文を済ませて早々、私は切り出した。

「長野の杉谷さんの家を、別荘用地に買い上げようとしているのは本当?」

顔を上げた松太郎の目を見たら、彼が事情を知っていることは明らかだった。

「ああ、その件」

松太郎は、手に持った水のグラスに目を落とし、意味もなく眺める。

「杉谷さんが拒否したらどうなるの?」

「拒否って……もう決まってることだよ。元々、以前から話は出てたんだ。年配の居住者が多いから反応は悪かったけど……まだ言えないけど、大手開発会社が辺り一帯を買い占めるみたいでね。うちはその下請け」

「詳しいのね」

松太郎は気まずそうに目をそらし、肩をすくめて「親父の仕事だから」と理由にならないことを呟いた。そして、言い訳のように言葉を連ねた。

「別荘地って、これからすごく価値が出るんだよ。土地の価格もどんどん上がっていくはずだ。買うなら今なんだ。桐ちゃんの別荘も、あのときは『売れるかわからない』なんて言ったけど、あと数年経ったらきっと欲しい奴らがうようよ現れるはずさ」

「そんなことを聞いてるんじゃなくて、杉谷さんを無理やり立ち退かせる予定なの？」

「無理やりって」

松太郎は、むっとした顔でようやく私を見た。

「桐ちゃんは知らないと思うけど、あの集落の民家はほとんど人がいなくて、機能してないんだよ。杉谷さんも住んでるって言っても、週に四日は集落を出てヘルパーのいる福祉施設に通っているらしい。一人で暮らすのもおぼつかない老人をあんな鄙(ひな)びた場所で放っておくよりは、さっさと土地を手放して家族が引き取った方が本人のためだ」

「それは業者の都合のいい解釈じゃない」

「桐ちゃん」

むっとしていたはずの松太郎が、いつの間にか悲しげに眉を下げていた。

「こんなことで桐ちゃんと言い合いをしたって仕方がない。おれはおれの仕事をしているだけだ」

その通りだ。私も言い過ぎた気がして口をつぐんだが、すぐに違和感に気付いた。

おれの仕事？

「長野の仕事も手伝ってるの？」

松太郎が言いよどむように口元をもたつかせる。ちょうどそのとき、注文した料理が運ばれてきた。私たちを取り囲む空気とはちぐはぐな、トマトの酸味と肉の脂が混ざった甘酸っぱいソースの香りがテーブルから立つ。

私を誘う際、すごくうまいんだって、と子どものように目を輝かせて言った松太郎の顔を思い出した。

あんなにも楽しみにしていた料理を目の前にして、彼は物憂げに俯いている。

「この三月で、親父が引退する。本店の仕事はおれに任せるって言われてるんだ」

「……長野に行くの」

「うん。桐ちゃん、一緒に来ない？」

松太郎は一息に言った。一度言葉を詰まらせれば、次に口火を切るのが難しくなるから。わざと軽い口調で言ってしまったのだと、そんなことまでわかった。

「私は」

「百合子さんのことが心配なのはよくわかるよ。でも、彼女も結婚しているわけだし、子どもじゃない。去年みたいに長野は日帰りもできる距離だ。何かあったらすぐに行ける」

それにさ、と松太郎は私に話す隙を与えず続けた。

「桐ちゃんの仕事は、長野でも続けられる。中学校はいくらでもあるんだから」

そうだろう、と言いたげに松太郎は両手を広げた。

そうだ。その通りだ。でも、私はまた、感じていた。あのときの喪失感。足元が掬われるようなおぼつかなさ。

悲しくて仕方がなかった。松太郎と過ごした時間でさえ、私を『理想の家』という夢から引き離してくれない。

本当はわかっていた。

私が頑張らなくても、百合は幸せに生きていける。

洋次さんの世話、義実家とのまめなやりとり、そして子どものこと。彼女に絡みつくそれらの問題を私がなんとかしてやらなければと思っていた。

でも、そうじゃない。百合はこの二〇年でとっくに、汗をかき、休み、傷つき、自らを癒す方法を身につけていたのだろう。私が知らなかっただけ。

それでも私は、どうしても走ることをやめられない。

「桐ちゃん、そんな顔しないでよ」

松太郎がテーブルに置かれた私の手に、自分の手のひらを重ねた。

「結婚とか、同居とか、そんな難しい話はしてないんだよ。ただ、ここで離れるのはいやなんだ」

私だってそうだ。でも、この土地を離れ夢を諦めることも耐え難かった。

百合の幸せを私が作ってあげなくていいとしても、私の幸せはどうなる?

人の家で肩を縮め、人の金でまかなわれたものを食べ、いつも頭を下げてきたあの日々を取り返すことは、もうできなくなる。

松太郎と長野に行けば、私はまたそこで教師を始め、松太郎は家業を継ぎ、やがて私たちは結婚、あるいはともに住むことを考え出し、藤宮家の大きな庇護のもと、安穏と暮らすのだろう。

それでは何も変わらない。

結局私は誰かの傘の下でしか、生きていけないみたいじゃないか。

「……長野のお酒を、送ってちょうだい」

松太郎は私の顔をじっと見た。本心を探ろうとしているのか、それとも見つめれば私の気が変わるとでも信じているのか、手を重ねたまま微動だにしなかった。

もしも本当に松太郎がこのまま目をそらさなければ、私はいつか彼の言葉に頷いてしまうのだろうかと思いかけたとき、松太郎が目の力を緩め、脱力した。

「いいよ、わかった。桐ちゃんが長野に来たくなるくらいうまいのを、送るよ」

乾いた手のひらが、さらりと私の手の甲を撫で、離れる。

「食べよう。せっかくうまいの食いに来たんだから」

松太郎はそう言ったが、私には目の前に置かれたスパゲッティの、運ばれてきたときに感じた香りもそれに付随する味も、なにもかもそっけなく感じられた。

それでもデザートまで食べた。松太郎が「聞いていた通りだ、うまい」と言いながらフォークをしきりに動かして冷たいコーヒー風味のデザートを平らげる。私も負けじと、口に運んだ。流行りのイタリアンを食べたいと思い、恋人を連れてきて、別れ話をしたあとでもうまいうまいと言って食べられる松太郎のしなやかな強さが、心底うらやましかった。

二度と会うことはない、とわかりながら背を向けるのは、悲しくはあったが身を裂かれるほどの痛みはなかった。

家まで送るという松太郎の申し出を断り、駅まで歩く道すがら、また私はからっぽになったことを芯から感じた。歩くたびに、少ない身体の中身が揺れてかさこそと音が鳴るような気さえした。

身体はすうすうと空虚ではあったが、でもそれは、寂しいとかむなしいとかいう感情とは別物だった。

もとに戻っただけ。私は私が決めたやり方で、欲しいものを目指すだけ。

足取りは確かだった。


綾の母親の土地の件は、松太郎に聞いた通りのことを話した。綾は、静かに話を聞いたあと、

『潮時ということかもしれませんね。母にとっても、私にとっても』と納得したようだった。

『お手間をおかけしてすみませんでした。母は……どうにか説得して、愛知に来てもらおうと思います。夫も、それがいいと言っていますので』

「いいご家族ですね」

綾は、はにかむような声を漏らしたあと、再度礼を言い、電話を切った。

土地の売り買いのタイミングのことについては、なにも訊かれなかった。もとより気にかけていなかったのだろう。訊かれたところで、私には何も答えられないので、安心した。

別荘の件は、引き続き藤宮不動産が世話をしてくれている。郵送で事務手続きの書類が送られてきたが、そこに記された担当者名は松太郎ではなく、別人になっていた。おそらく、松太郎が本店に移ったあとに支店長になる人物だろう。

書類の中には、形式的な文面の「担当者変更のお知らせとご挨拶」という紙が一枚入っていた。私はそれをさっと読み、溜めてある雑がみの束にまとめて捨てた。

百合と会う約束がある。コートを羽織り、家を出た。

約束した喫茶店に、百合は先に着いていた。窓辺の席についた彼女の姿が外から見える。ふっくらとした頬は健康そうで、話を聞く前に一つ安心した。

「呼び出してごめんね、遠かったでしょう」

「ううん、でもどうしてここなの？」

喫茶店があるのは、私たちがかつて暮らした街。吉沢家がある問屋の建ち並ぶ区域だ。

「吉沢の家に寄ってきたところだったの。この喫茶店、私たちが高校生の頃からあるでしょう。ここのクリームソーダが飲みたくて」

そう言って、百合はオムライスとクリームソーダを注文した。子どものような取り合わせに思わず笑みがこぼれる。私はナポリタンとコーヒーを頼んだ。

「健康診断、行ってきた」

百合は鞄からA4サイズの茶封筒を取り出すと、中から白い用紙を一枚取り、私に差し出した。『総合健康診断結果票』とある。

「左下の……婦人科系、って書いてあるところ、そうそこ」

おおむね『良』の字が並ぶ中、一つだけ、『要精密検査』とあった。『子宮内診・触診』の項目だ。

弾かれたように顔を上げた。

「子宮内膜症だって。再検査もしてきた。予約の空きが取れ次第、手術すると思う」

「手術……」

「薬でごまかすよりも、いいかなって。子宮内膜症って、よくあるんだって。姉さんも一度調べてもらった方がいいわ」

「なにか……症状はあったの？」

「うん。五年くらい前から生理不順で、ときどき立てないくらい生理痛が重い日があった。でも、昔から重い方だったから、こんなものだと思ってて……藤宮さんに言われなかったら、ずっと病院に行かずじまいだったと思う。それでね、この結果を持って、さっき吉沢家のお義母さんと話してきた」

百合はあくまで淡々と、わずかに微笑みさえ浮かべながら話す。

「病気がありました、手術をします、子どもはもう難しそうです、って。もちろん、子宮内膜症があったら子どもができないわけじゃないのよ。ただ、そう……藤宮さんが言ってたみたいに、方便よね。お義母さん、なんて言ったと思う」

私は無言で首を振った。百合は含み笑いで言う。

「『んはぁ～』って大きなため息ついて、『そう、そう……』って言いながら作業場の方に行っちゃった。全然、諦めてなかったみたい」

百合は笑いながら、鞄から真っ赤な毛糸のかたまりを取り出した。小さな毛布のようだ。

「なにそれ」

「腹巻き。私が妊娠したら、腹帯代わりに渡そうと思ってたんだって。手術まで冷やさないようにって、くれた」

私と百合は目を合わせ、笑い合う。

「勝手に期待して、そんなものまで作ってたの」

「そう。自分の息子のこと、全然わかってないんだから」

はあ、と笑いを切って百合は目元を拭った。

「悪い人じゃないの。良くしてもらってる」

「知ってるわ」

それでも、私はあの人たちのことを一生許せないだろう。

「姉さん」

百合が腹巻きをしまい、顔を上げる。

「きっと、始めから誰も悪くなかったのよ」

言葉を失い、百合の顔を見つめた。

「誰も悪くない。お義母さんも、洋次さんも。姉さんも、私も。みんな幸せになりたいだけ」

百合は、運ばれてきたオムライスとクリームソーダに嬌声を上げ、スプーンを手に取った。

私は目の前で湯気を立てるナポリタンを見下ろし、百合の言葉を噛みしめる。

みんな幸せになりたいだけ。

「百合は……もう」

「姉さん、私ね」

オムライスのケチャップを、スプーンの背で塗り広げながら百合が言う。昔から百合はこうして食べるのだった。

「姉さんが仕事を頑張れば頑張るほど、私は何もしてないって責められてるような気になるときもあったの」

私は見開いた目を百合に向ける。

「私は働いたこともないし、毎日家のことをして……お金にも、困らなかった。姉さんを働かせて、何をやってるんだろうって思ってたわ」

「そんな、だって百合は」

百合は顔を上げ、眉尻を下げて笑った。

「姉さんは姉さんで、ずっと私に悪いと思ってたのよね。わかってたから、何も言わなかった。

こつこつとお金を貯めてくれているのも、私のため」

「百合、はっきり言って。百合がもういいなら、いいの」

私がずっと欲しかった、百合と二人だけの家。でも、もう百合が必要ないのなら、そして彼女に私の努力が負担になるのなら、一抜けたっていい。

しかし百合は確かに首を横に振った。

「私もずっと迷ってた。姉さんに『そんなに頑張らないで』って言うのも、『もっと自分のために生きて』って言うのも」

百合は言葉を震わせた。

「姉さんを、う、裏切るようで」

「百合」

百合はかすかに目元を拭うと、オムライスを一口、口に運んだ。咀嚼して、飲み込み、口を開く。

「でも、さっき子どもは無理そうですってお義母さんに言って、やっと私も諦めがついたの。本当は、誰より諦められなかったのは、私なのよね。すごく気持ちが軽くなって……初心に戻ったような心地なの。そうだ、私いつか、姉さんと二人で大きな家を建てるんだった、それまで頑張るんだったって、思い出した。姉さんが頑張っているように」

百合は強い目で、私を見た。穏やかな表情は変わらないのに、その強さにたじろぐほどだった。

「わかったの。みんな自分が幸せになりたい。誰かを不幸にしたいわけじゃない。だから私は私の場所で、できることをやり抜く。それが私の幸せ」

百合はにっこり笑い、またオムライスを突き崩して食べ始めた。

百合がこんなにも自分の気持ちを整理して私に話してくれたのに、私は何一つ言葉を返すことができなかった。

ただ、私のすべてを百合が肯定してくれているという強い信頼が、腹の底からこみ上げた。

百合が目を上げずに言う。

「姉さん、藤宮さんと別れたでしょう」

「えっ」

未だフォークを手に取れないまま、私は身を固くした。なぜか悪いことをしたような気になった。

「わかるわよ。姉さん、意外とわかりやすいもの」

「百合以外にそんなこと、言われたことないわ」

「でしょうね」

呆気にとられる私の前で、百合は不敵に笑い、クリームソーダをすすった。


別荘経営は順調で、不動産屋との密なやりとりが必要な段階は終わっていた。管理会社から定期的な報告があり、藤宮不動産を経由して、賃料が入る。貸別荘を始めてまだ一年ほどなので収益はわずかだが、やがてこの収益が大きな糧になることは間違いなかった。

土地の価格は、徐々に上がっていた。発端は、ニューヨークで行われたプラザ合意だ。急速に円高が進み、みるみる株価が上昇していった。

黒田先生の機嫌がいい日が増えたのは、おそらく投資がうまく行っているからだろう。津田先生に自慢げにノウハウをしゃべっている声が耳に届く。

黒田先生が意気揚々と席を立つ。しゃべりたいだけしゃべって満足したのだろう。若干聞き飽いていたらしい津田先生が振り返ったところで、ちょうど目が合った。

「いやあ、黒田先生、随分羽振りがよさそうですね。いいなぁ、僕も本当にやってみようかな」

私は肩をすくめ、あえて何も言わなかったのだが、津田先生はひそめた声で言葉を続けた。

「だって、僕らの給料は株価が上がったところで上がらないじゃないですか。企業に就職した大学の同期なんかは、給料が上がるボーナスが出るって浮足立ってて、悔しいんですよ」

津田先生の方を向き直る。ぎくりと、彼は生徒のように直立した。

「黒田先生がどこに落ち着くのか見届けてから、始めたらいいんじゃないですか」

「どこに？」

「景気は、上がった後は下がるんですよ」

津田先生は「はあ」と腑に落ちない声を上げ、ぽりぽりと頭を掻いていた。

そろそろ次の授業の時間だ。風邪を引いた教師の代理で、臨時のクラスを受け持つことになっている。教材を持ち、教室へと向かった。

私の姿を見て、蜘蛛（くも）の子を散らすように生徒たちは教室内へ駆け戻っていく。そのうちの一人が、腰の高さのロッカーの上に厚い冊子を開いたまま置き忘れていった。声をかける間もなく彼は教室へ入っていったので、まったく、とその冊子に手を伸ばす。

国語資料総覧だった。国語の授業で使うものだろう。開いたままのページに写った、鮮やかなアルプス山脈の写真が目に飛び込んできた。写真の隣に、太字で強調された詩が掲載されている。

『山のあなたの空遠く　『幸（さいはひ）』住むと人のいふ』

「さいわい住むと……」

思わず口ずさむ。突然、それ以上の思考を断ち切るように、「なにそれ」と高い女子生徒の声が耳に届いた。

ロッカーの隅で女子生徒が二人、授業の準備をするでもなく立ち話をしていた。予鈴が鳴ったことにも気付いていないのかもしれない。一人は知っている。女子バレー部の早川さんだ。

私は国語資料総覧を片手で閉じて手に取ると、彼女たちに声をかけた。

「予鈴が鳴りましたよ。早く席につきなさい」

「あ、はい」

早川さんと話していた女子生徒が、慌ててロッカーに置いていた用紙を掻き抱くように握りしめた。進路調査票だ。

「……進路の相談？」

女子生徒の名前は知らなかった。顔も、見覚えがない。確か夏休み明けに転校生が一人来ていた。その生徒かもしれない。

女子生徒はただ頭を下げ、「すみません」と教室に戻ろうとしたが、早川さんが意を決したように「先生」と声を上げた。

「どうして女子は、商業高校を勧められるんですか？　普通校に行って大学に進んでもいいですよね」

「もちろん」

「女子だから商業高校に進んで簿記を習えなんて、おかしくないですか」

「誰がそんなことを言ったの？」

「この子の、親が」

女子生徒はおろおろと早川さんを見つめていたが、小さく「美大に行きたくて」と言葉を添えた。

「そう。ご両親には言ったの？」

「まだ」と首を振る。

「なら、早く言ってしまいなさい。こんなところで友達に相談していても、進路のことは埒があきませんよ」

「でも、お金がかかるし……早く手に職をつけて働いた方がいいって、私もわかってて」

「お金のことはご両親が考えるでしょう。あなたは自分の気持ちと考えをまとめて、整然と話せるようにしておきなさい。美大に行きたいとはっきりした希望があるのなら、そこに至るまでの具体的な方法と道筋を考えて戦略を立てなさい。美術だって立派な手に職よ。今どき、進路に女も男もないわ」

早川さんと女子生徒は、ぽかんと私の顔を見つめていた。

ここにも大きな力の誰かにおもねる非力な者たちがいる、と思うと、言葉はためらいなく流れ出た。

「来月から三者面談が始まりますから、それまでにね。担任の先生に話が通じなければ、私が話してあげますから」

本鈴が鳴った。

「授業を始めますよ。早く席について」

早川さんたちは我に返ったように踵を返す。細い背中が寄り添い合うように近づき、「千絵、よかったね」とささめく声が聞こえた。

軽い足音が小走りで教室の中に消えていった。

一九六四年　百合子

ちろちろ、埋火（うずみび）のような赤がくすぶっている。崩れた木片や割れた瓦を踏まないようまたぎながら、子どもが瓦礫（がれき）の山を歩いている。

危ないわよ、こっちにおいでなさい。

声をかけようとして、その子どもが赤子を抱いていることに気付く。歩いている子どももまだ三、四歳だろうが、腕の中の赤子は生まれたばかりのように小さい。犬か、猫の子かと思ったが、すすに汚れたおくるみから小判のような人の足が飛び出していた。

瓦礫をまたぎ越した子どもが、不意に体勢を崩した。

「桐ちゃん！」

危ない、と叫ぼうとしたのに、咄嗟に飛び出たのは姉の名だった。

明るい陽光に刺激され、瞼を持ち上げた。遮光性のないカーテンを透過した朝日が、部屋をぐんぐんと暖めている。額に薄らと汗をかいていた。

未だ見慣れない部屋は確かに私の部屋だ。一週間前、そう決まった。真新しい畳からい草の良い香りがした。

物音はしない。時計を見ると、六時前だった。布団を抜け出し、畳んで押入れに上げる。六時半には夫が起きてくる。お手洗いに行き、顔を洗い、玄関から居間までの廊下を二往復してから食卓にやってくる。それまでに、朝食を完成させておかなければならない。

手早く着替えと洗面を済まし、居間と食堂のカーテンを開け放つ。

一六からお世話になった吉沢の家にはいくつか洋間があり、そこで初めてカーテンというものを見た。柔らかく膨らんだひだは上品で美しく、カーテンを開くときのシャーという細かい音も素敵だと感じた。いつか自分の家を持てたら、刺繍の美しいカーテンを下げ、毎日開け閉めして好きなだけこの音を聞いて暮らしたいと思っていた。

夢はいとも簡単に叶ってしまった。

炊きたての白米、じゃがいもと玉ねぎの味噌汁、青菜のおひたし、そしてポーチドエッグの朝食がすべて食卓に並んだ頃、夫が廊下の二往復を終えて食卓にやってきた。

「おはようございます」

「おはようございます」

まるで初めて会う者に対するような注意深い目で私の顔を見つめながら、夫ははきはきと「今日は仕事に行きます」と言った。

「はい。お弁当、用意しますね」

食卓についた夫は、味噌汁をすすり、米を口に運んでから、青菜を崩したポーチドエッグにつけて食べる。毎日、毎日、必ずこの献立とこの食べ方を繰り返す。物心ついた頃からの習慣らしい。吉沢の義母に教わった献立と作り方を私も受け継いだ。

夫の食べ方は美しい。無駄のない箸運びに、規則正しい三角食べ。味噌汁を飲むとき以外、ほとんど音も立てない。

夫が箸を置く音で、我に返った。黙って席を立ち、洗面所に向かう夫の背を見て慌ててお弁当箱におかずを詰める。夫は、歯磨きと身支度を終えたあと庭先の郵便受けに新聞を取りに行き、きっちり五分間今日の一面を眺める。読んでいるわけではなく、一面の写真をただ凝視するのである。そしてその後、私からお弁当箱を受け取って出勤する。

夫が新聞を取りに行ったことを確かめて、私は自分の朝食の味噌汁をお椀によそった。ポーチドエッグを食べるのは、夫だけだ。そもそも、湯に落として固めた卵を食べるというハイカラな料理は、吉沢の家以外で見たことがない。しかも高級な卵を毎日。

白米を茶碗によそい、しゃもじについた米をこそげとっていたとき、ふと、夫が戻ってこないことに気付いた。裏口から外を覗くと、夫は郵便受けのそばに立って上方を見上げている。微動だにしない。

「どうしました」

駆け寄って、彼の目線の先を追う。すぐに気が付いた。昨日までなかったもの。日の丸の旗が郵便受けの隣の木にひもでくくりつけられて、朝日を遮りながらはためいていた。

「昨日、下村さんが差してくださったんです」

商工会長である電気屋の店主、下村さんは、庭先に飾る用、室内で振って応援する用、と日の丸の旗を何本か渡してくれた。得意先に配っているのだという。

『うちで買ったテレビで、これを振って応援してくれな』

はあ、と言われるがまま受け取り、言われるがまま庭先に差すのを許した。

夫はしばらく薄く口を開けて国旗を見上げていたが、おもむろに郵便受けに手を突っ込み新聞を取り出すと、「仕事に行きます」と隣家にも聞こえそうなほど大きな声で述べ、家の中に戻っていった。私も慌てて後を追う。

夫が新聞を眺めている間、大急ぎで自分の朝食を済ませる。日の丸に気を取られたぶん、いつもより数分時間が過ぎている。新聞を早く切り上げるかと思ったが、夫は計ったように五分間、一面を眺めてから顔を上げた。

「仕事に行きます」

「はい、はい」

ソフト帽を被り、薄手のジャケットを羽織る夫をしり目に、私も自分の帽子を深く被る。食器洗いは帰ってきてからだ。食卓の上に食べ終わった皿を出したままにしておいても、誰に咎められることもない。一八で結婚して夫の両親と暮らす高校時代の友人は、ことあるごとに姑から家事の遅さや粗さをつつかれるとぼやいていた。次男の嫁とはいえ、のんきな二人暮らしをしている自分は恵まれているのだろう。

「行きましょうか」

夫はすでに靴を履き、首からバスの定期を提げている。玄関のすりガラスに映った明るい空を見上げていた。

「良いお天気ですね。暑くなりそうですよ」

暗にジャケットはいらないのでは、と伝えたかったのだが、夫はすりガラスから視線を外して外に出ていった。

夫の手荷物に忘れ物がないことを確認し、私も後を追って家を出た。

夫を作業所まで送り、家に帰ってくると、まだ朝の九時だというのに足元が重く疲れていた。少し休憩、と居間の絨毯(じゅうたん)に正座して夫が置いていった新聞を眺める。

新聞の一面は、ギリシャのオリンピアで採火されたオリンピックの聖火が沖縄に到着した、というものだった。白黒の陰影でかろうじて炎か、と判別できる写真が大きく載っていた。

オリンピックがスポーツの祭典だということはわかるが、どうして遠いギリシャという国からわざわざ火を運ぶ必要があるのか、何に使うものなのか、ちっともわからない。ただ、『聖火』と言われるとなにかありがたいような気持ちになり、今日の一面が良いニュースであるらしいことに気分が華やいだ。

「いけない」

ひとりごちて、朝食の片付けに取りかかる。一五時にはまた夫を迎えに行かなければならない。それまでに部屋の掃除、洗濯、買い物、夕食の下ごしらえを済ませるとして、朝の涼しいうちにお米の代金を吉沢の家に届けに行ってしまおう。

　流しと食卓を片付けると、私はまた帽子を手に取った。

　吉沢の家は、私が一六、姉が一八のときから居候していた小間物問屋である。戦後の好景気に引っ張り上げられるように大店になったこの家は、吉沢の父、母、長男夫婦が常に忙しそうに立ち働いている。たった四年とはいえお世話になった吉沢の家の門を見ると、懐かしさに軽く胸が疼いた。

「ごめんください」

　玄関口に声をかけたが、案の定返事はない。家の長い塀をぐるりと回り、裏の作業場に顔を出すと義父と義母、それに長男の嫁が揃っていた。皆、忙しそうに商品の箱詰め作業や伝票の貼り付けなどを行っている。

「ごめんください」

　最初に顔を上げた長男の嫁、幸恵(さちえ)さんが私を確かめ、義母を呼ぶ。「まぁまぁ」と駆け寄ってきた義母に何度か頭を下げながらこちらも駆け寄った。

「お義母さんおはようございます。お忙しい時分(じぶん)にすみません」

「いいのよ、今日は朝から仕入れ屋さんと予定があってね。正洋が出てくれてるんだけど、ちょっと伝票の掛け違いなんかがあって、もう大わらわ。ああ、何の用だった？」

これ、と言ってお金の入った封筒を差し出すと、義母はきょとんと封筒を見下ろした。

「先日いただいたお米のお代金です。遅くなって申し訳ありません」

嫁入りのとき、当座の食べるぶんと言って半俵の米を吉沢の家に分けてもらっていた。

「お米？　ええ？　なんだ、百合ちゃんそんなこと気にしてたの？　いいのよあれは、もらってくれて。お金なんて気にしなくていいの！　百合ちゃんは堅いのねぇ」

そういうところ、桐ちゃんにそっくり、と義母はがらがら笑った。でも、と言い募ろうとした私を遮り、義母は「そうだ、スイカ。もう遅いんだけどねえ、堀田さんにいただいたのがあるから、持って帰ってちょうだい。小玉スイカだから、百合ちゃんも持てるでしょう」

付いてきて、と家の裏口に向かう義母の背中を追いながら、「ええ、はい、ありがとうございます」と答えて小走りで付いていくのが精一杯だった。

スイカを受け取って、結局米の代金は渡せないまま、踵を返そうとしたところを義母に呼び止められた。

鼻の頭に汗を浮かべた義母は、さっきまでの溌剌とした様子が嘘のように、言いにくそうに目を泳がせてから口を開いた。

「家は、なにか困ったことはない？　洋次は」

「洋次さんは、毎日きちんとお仕事に行かれていますよ。まだ、送り迎えがないと行き方が少し……迷うみたいですけれど。家の方も、特に問題ありません」

「そう」

「お気遣いありがとうございます」と深々と頭を下げて、今度こそ踵を返した。数歩歩いて振り返ると、忙しく作業場の方に戻る義母の後ろ姿が見えてすぐに消えた。

吉沢の家は、私と姉が居候する七軒目の家だった。吉沢の義父が、私たちの父方の祖母の姉の末の子、という互いに親族と言っていいのか微妙な間柄ではあったが、六軒目の家に四人目の子が生まれ、家は手狭な上に家計も苦しいのでどこか行き先を考えてほしい、と相談されたとき、行き先候補に挙がった親族の中で真っ先に「では、うちが」と手を挙げてくれたのが吉沢家だった。

吉沢家は、家業こそ忙しいものの資力は私たちを養うくらい屁でもなく、むしろ手のかからない一六と一八の娘二人が雑用や家事を手伝ってくれるなら万々歳、と言っておおらかに私たちを受け入れてくれた。五軒目（父の叔父の家）や六軒目（母のいとこの嫁ぎ先の家）に居候していては行けなかったであろう高校にも、難なく進学させてもらえた。

しかし姉は、六軒目の家を出なければならなくなった際に深くふさぎ込んだ。次の居候先が決まるまでの短い期間、姉の笑顔は数えるほどしか見られなかった。今になって思えば、多感な年頃の間ころころと住む場所や頼る人が変わり続けた姉にとって、七度目でついに心がくじけたのだろう。吉沢家に移ることが決まってからも、親戚家族にはこぼせない愚痴を私に聞かせた。

『いつまで、私たちは根無し草でいればいいの』

『早く大人になって、百合と二人で暮らしたい』

そのたびに私は、「きっと次の家で落ち着くよ。大きな家だもの」とか、「そうね、楽しみね」とか毒にも薬にもならない言葉で姉を慰めた。

いざ吉沢の家にお世話になると、食事は十分で家は広く、忙しい家族に代わって家のことを手伝えば「女の子はよく気が付いていい」と褒められ、姉の高校の成績が良いと知ると大学進学まで勧めてくれるような厚い待遇を受けた。

私は吉沢家の懐の深さを甘受し、好景気に色付いていく社会に背中を押されるように高校生活を思う存分に楽しんだ。

建設される高速道路を横目に見ながら放課後は喫茶店に行き、友人と甘いソーダを飲んだ。『安保反対』と叫びながら国会議事堂前に押しかける大衆や、手を繋いで行進する人々の群れを新聞記事やテレビで目にしたが、私の高校生活にはなんの関係もないのだった。成績はよくも悪くもなかったが、家政科の授業だけは「手際が良い」と褒められ、友人に「百合ちゃんはいいお嫁さんになるわ」と囃し立てられまんまとその気になった。

一方で姉は、私と違い、夕食で一人一枚大きなカツレツが出ても、通学途中で他校の男子生徒にラブレターを渡されても、歓声一つ上げなかった。

また、姉は何か探しものでもしているかのように、新聞の一字一字をさらって記事を読んだ。主に世間を賑わせていた安保闘争、紙面から叫び声が聞こえるかと思うほど激しくぶつかり合う全学連と警官たちの衝突について、細かく見ているようだった。その意図は私にはわからなかったが、一九六〇年六月一五日、激化した安保闘争はついに学生たちの国会乱入にまで至り、デモに参加した女子学生が一人、亡くなった。そのときには、姉は「あぁ」と一声上げたあと、まるで姉自身が過ちを犯して懺悔するかのように、うなだれた。

私は愚かにも、突如豊かになった自分の生活を満喫することに手一杯で、このとき姉が何を考え、何に悩み、何を憂いていたのか、深く彼女の胸の内を知ろうとはしなかった。

ただ、きっと姉は、いつかまた吉沢の家も追い出されるはずだという疑念に胸が覆い尽くされているのだろうと思うばかりだった。

確かに、私たちは一歳と三歳で両親を失ってから長くて三、四年、早ければ半年で親戚の家を転々とした。そのたびにお世話になりますと頭を下げ、供される食事の量にやきもきし、私たちを負担に思う親族のため息を背中で聞いては肩身の狭さに身が縮こまった。

しかしもうその必要はないのだ。与えられた広い空間で手足を伸ばして、何が悪いのだろう。

『もはや戦後ではない』

随分前に流行った言葉だ。そのときは意味がわからなかったが、吉沢家に来てやっと実感を伴って理解した。家々を転々とし続ける限り、私たちの『戦後』は終わらなかった。しかし吉沢家では、きっと『もはや戦後ではない』と政府が経済白書に記したそのときにはすでに、『戦後』ではなくなっていたのだ。

そしてまた、吉沢家に来た私たちの『戦後』も、ようやく終わった。

しかし姉は、まだ受け入れられていない。疑り深い猫のように、じっと暗闇に目を光らせて、吉沢家がいつ手のひらを返すかと構えている。

居候先の親族が私たちを重荷に感じることは当然だが、その思いが負の感情となって私たちに向かってくることもあった。そういったとき、姉はいち早く気付いて私に荷物をまとめるように告げた。そして、向こうに言われるよりも早く「お世話になりました」と頭を下げるのだ。中学生の頃などは、次の行き先が決まるまで、裕福な友人の家に数日寝泊まりすることもあった。

私は姉の言うがままに荷をまとめ、ほどき、頭を下げ、礼を述べるのだった。

私は、吉沢家に来て半年が経っても、いつ姉が「百合、荷物をまとめて」と昏い目で告げるかと気が気でなかった。それくらい、私は吉沢家に馴染み、豊かな暮らしを心から楽しんでいた。

実際、食べ物に困らず、好きなだけ学業に励めて、肩身の狭さを感じることなく過ごせる吉沢家での生活は、姉にとっても快適なはずだった。

そうでしょう、と尋ねてみると、姉は俯いて考え込んでから、「でも」と言った。

「ここは私たちの家ではないもの」

「それは、そうだけど」

「百合」

姉は私を見据えて、強い光を放つ目で言う。

「いつか必ず、私たちだけの家を持ちましょう」

「うん、でも……たとえば姉さんが結婚したり、私も」

「結婚すれば、家は夫のものよ。その家もいずれは子どものものになる」

それではいけないのだと姉は言う。

「私と百合が、誰にも気兼ねせず、自由に、本当にのびのびと暮らせる家を持つの。誰にも邪魔をされない、私たちだけの」

姉が話す『理想の家』は、とてつもない輝きを放っていた。私と姉は、思い浮かぶ夢と理想をすべてその家に詰め込んで、暇さえあれば『理想の家』について語り合った。

「大きな光取りの窓が欲しい。障子(しょうじ)ではなくて、洋風の出窓がついた」

「玄関は大きな木の扉にしましょう。板チョコレートみたいな、濃い茶色の扉よ」

「庭も欲しいな。季節の花を植えるの」

「螺旋になった大きな階段もいるわね。当然二階建てよ」

ある日、また『理想の家』について尽きない願望を並べていたとき、姉がなにか考え込み真顔になったあと、口を開いた。

「私、大学に行かせてもらうことにした」

「本当？　おばさんもおじさんも、前から姉さんに大学を勧めていたものね。姉さんの成績なら、国立大学に行けるでしょ」

姉は神妙な顔で頷く。喜ばしい話のはずが、姉の顔が曇っていることが気にかかった。私は、あえて発破をかけるように言葉をつなぐ。

「奨学金を借りれば、入学金だけおじさんにお借りして、なんとかなるんじゃないの?」

「どうして、私を大学に行かせてくれるんだと思う?」

私は、予想外の質問に面食らった。

「どうしてって……姉さんの成績がいいから」

「成績なんて、大学に行かなければそれまでよ。女だもの、働いたって結婚してすぐに仕事を辞めなきゃならない。私が大学に行けば、吉沢の仕事の担い手が減る。それなのに、おじさんとおばさんはにこにこ、私に『好きにすればいい』って言うの」

どうしてだと思う? と姉は真剣に尋ねてきたが、その視線は私ではなく、絨毯の灰色の毛足に落とされていた。

「姉さんが大学に行って、女だてらに働いて立派な大人になれば、おじさんたちだって鼻が高いはずよ。ゆくゆくはそうして姉さんが稼いだお金で、恩返ししてもらうつもりなのかも」

後半は冗談交じりだったが、姉は視線を動かさず、考え込むように口をつぐんだままだった。姉が本当に知りたい答えではないと知りながら、私は「おじさんもおばさんも……いい人よね」とおずおずと口にした。

視線を上げた姉は、ふと頬を緩め、「そうね」と言った。話はそれきりだった。

一九六一年四月、姉は国立大学に合格し、無利子貸与制度と吉沢家からの援助を受けて晴れて大学に入学した。姉の入学式に顔を出すと、かしこまった格好の入学生たちの中にはちらほらと女性が交じっていた。姉以外にも女性の学生がいることに、私はほっとしていた。

そうだ、もう戦後ではないのだ。女も勉強をしたければ勉強をし、働き、しっかりお金を稼げる時代になったのだ。

姉は大学生になっても、高校生の頃と変わらない規則正しい生活を繰り返し、真面目に学業に取り組んでいた。

私も相変わらず高校生活を謳歌し、卒業したら吉沢の家から通える小さな会社の事務とか、得意な家政科を活かせるような仕事を見つけようとのんきに構えていた。

風向きが変わったのは、二年後、姉が大学三年生となる二一歳、私は高校を卒業し、運送会社の事務で働いていた一九歳のときだった。

夕食の後、白桃をいただいていたときのことだ。正洋さんと義父が目配せをして、正洋さんが食卓を去っていった。洋次さんは入浴中だった。雰囲気の変化に気付いて私が顔を上げたとき、同様に姉も気付いたのか、手の中のガラスの器から視線を上げた。

「桐子ちゃん。今後のことで話があるの」

切り出したのは義母だった。いつの間にか、二人は私たちに向かい合って居住まいを正している。

「大学を卒業したら、教職に就くのでしょう」

「はい。そのつもりです」

「その後は、結婚も考える年になるかと思うの」

姉は白桃の入った器を食卓に置き、膝の上で拳を握った。

「まだ……わかりません」

「いえ、そうなるのよ。それでね、そのときは……その、うちの洋次と一緒になってほしいの」

私は目玉が零れ落ちそうなほど目を見開いて驚愕したが、隣に座る姉は、固く握る拳を膝においたまま、じっと前を見据えていた。

義母は、矢継ぎ早に言葉をつないだ。

「結婚は急がないの、そうね、桐子ちゃんが二四、五になった頃でもいいわ。数年教師として働いて、結婚のお話が出てくる頃になったら……ほら、桐ちゃん、とても美人さんだから。周りも放っておかないと思うのよ。うちに嫁いでくれれば、いらぬ奪い合いに煩わされることもないかな、なんてね、ねぇお父さん」

義母に突かれて、我に返ったように義父が「あぁ、あぁ」と相づちを打った。

「洋次は……あの様子でしょう。うちは家の仕事が忙しいし、幸恵さんもお腹が大きいし……あぁでも、なにも大変なことはないと思うのよ。おうちのことを整えて、洋次の身の回りの世話さえお願いできれば。子どものことも無理には……ねぇ。もちろん、孫ができればそれに越したことはないけれど」

私はようやく驚きが胸の下に沈んできたので、姉を盗み見る余裕ができた。

——ああ、何度も見た、あの昏い目だ。『百合、荷物をまとめて』と言うときの目。

そしてはっとした。姉は薄々、勘付いていたのだ。『どうして、私を大学に行かせてくれるんだと思う？』と私に尋ねたあのとき、吉沢家が私たちに与えてくれる恩恵と引き換えに、差し出さなければならないものに。

　みずみずしく濡れた白桃が、ひどく場違いなようだった。

　義父が重々しく口を開いた。

「もちろん、洋次に必要な費用や、新生活にかかる費用はすべてうちが持つ。家も、ここは正洋たちもいるし、その……肩身の狭い思いをしなくても良いように、別で建てよう。結婚式やなにやら、形式的なことは無理にやらなくてもいい」

「あら、結婚式くらい」

　義父が目を隣に滑らせる。その強い視線に気圧され、義母は言葉を飲み込んだ。

　私は固唾を飲んで姉が口を開くのを待った。

　あんまりだと思った。

　食べてしまったカツレツも、ビーフシチュウも、この白桃も、やっぱり返しますなんてできない。これまでの生活費も、高校の学費も、姉の大学費用も、今更すべて返すことなどできるだろうか。

　断ることなんて、できない。

　でも、私たちの夢は？　姉と暇さえあれば口にした理想の家。私たちが夢見た未来は、二度と来ない。胸がひしゃげるようだった。

　教師になって、真面目に働いて、たくさんお金を貯めて、百合と二人で暮らす大きな家を建てるの。そう語る姉の夢が今、握り潰されようとしている。

姉の唇が、わずかに上下に開いた。それを確かめた途端、考えるよりも先に言葉が飛び出していた。

「私では駄目ですか？」

義父母が、私の存在に今気付いたかのようにこちらに目を向けた。姉も弾かれたように私を振り返った。

「私は、事務よりも家事の方が得意だし、姉さんよりも家にいることが多かったから洋次さんの様子も見ていましたし、洋次さんも慣れてくださっているかも……」

「百合」

姉が、強い口調で遮った。しかし私は、中途半端な笑みを顔に貼り付けてしゃべり続ける。

「洋次さんと年は離れていますけれど、私と姉も二つしか違わないし……おうちのことを整えるなら、姉のように学がない私でも務まるかな、と」

義父母は困ったように、でも口元は緩ませて、顔を見合わせている。

姉は固めていた拳をさらに強く握り、義父母が口を開くより早く言った。

「考えさせてください」

おもむろに席を立つと、短く私の名を呼んで、与えられている二人部屋へと私を引っ張っていった。

私と対峙し、唇をわななかせながら姉がなにか言う前に、私は微笑んでみせた。

「姉さんより、私の方が適任だと思ったの」

「馬鹿、しっかり考えなさい！　洋次さんの世話を、一生押し付けるつもりなのよ！」

「わかってるわ」

姉はぶんぶん頭を横に振り、普段の冷静できりりと締まった様子をどこかに忘れてきたみたいに、「わかっていない、わかっていないわ」と顔を歪めて繰り返した。

洋次さんは、身の回りの世話を自分ではできない。障害者雇用施設である作業所になんらかの仕事をしに行っているが、毎日規則的に繰り返す行動だからできているようだった。こだわりが強く、彼独自の決まりを徹底する（当時から、朝起きたら廊下を二往復することは欠かさなかった）など私には理解できない行動をよくとっていた。居候してしばらくすると、近所の噂で彼が『知恵遅れ』と呼ばれていることを知った。日常生活で身体的に困る様子はないが、身体は弱いらしく、よく風邪を引いたりお腹を壊したりして寝込んでいた。

吉沢の父と母は忙しい家業の合間に彼の世話をしていたが、兄の正洋さんが洋次さんに声をかけるところは見たことがないし、正洋さんの妻である幸恵さんもまた、同様だった。

吉沢家の人たちは、洋次さんの変わらぬ営みを当たり前のこととして受け入れていたが、逆に言えば、気にもかけていなかった。

私は洋次さんとまともに会話もしたことがなかったが、彼が朝の挨拶はまっすぐ目を見てすることとか、廊下で出会うとさっと道を譲ってくれることとか、突然家に住み始めた私という人間を認め、受け入れてくれていることはわかっていた。

ほかの人とは違っても、優しく穏やかな親戚のお兄さんであることに変わりはなかった。

もちろん、特別な感情を抱いたことはない。

それでも、この瞬間に姉の未来を救えるのなら、私は彼と結婚してもいいと思った。

「姉さん」

私は取り乱す姉の顔を覗き込み、無理やり視線を合わせた。

「こうするのが一番いいわ。おじさんたちのあの様子だと、きっと私でもいいのよ。単に姉さんの方が、洋次さんに年も近いし、大学の費用なんかでお金をかけたから懐柔しやすいと思ったのよ。せっかく大学まで行ったんだから、納得がいくまで教師をして。お金を貯めて、家を建てて」

言葉にすればするほど、それ以外にないという八方塞がり感と、そうするのが一番だという納得が身体の奥へと落ちていった。

怒りで真っ赤に染まっていた姉の頬から、赤みが鼻先に移った。膨らんだ水泡が決壊するように、大きな目からぼろりと涙がこぼれた。

「くやしい。くやしい……!」

姉はその場に崩れて泣いた。

百合を身代わりになどさせられない。姉がそう言い出さなかったことに安堵し、安堵している自分の心にまた、安堵した。

話はトントン拍子で進んだ。

来年は東京オリンピックが控えている。景気も縁起も良いから来年の夏にしよう。百合ちゃんは和服が似合う、せっかくだから幸恵さんが着た打ち掛けを着て写真館で写真を撮りましょう。新居はこの家を建てた信頼できる大工がいる、あそこに任せよう。

浮き立った義父母と、冷ややかに祝辞を述べる義兄夫婦に囲まれて、私と洋次さんの結婚準備は進められた。

姉はその間ほとんど口をつぐみ、吉沢家と距離を取るようになった。義父母の方も、妹と交替した負い目があるのだろうと、姉をそっとしておいているようだった。姉は朝早く大学に行き、家庭教師のアルバイトをかけもちしているらしく夜遅くまで帰ってこなかった。私が頼り、話しかけたときだけ、ほんの少しの笑顔を見せた。

ふと、洋次さんはどう考えているのだろうと気になった。

写真館での撮影も、引っ越しの準備も、されるがまま、言われるがままにあっちに行けと言われたら行き、ここにいろと言われたらうろうろ落ち着きがなくともその空間にいた。

一度、意に沿わないことがあったのか腕を振り回していたことがあったが、普段から乱暴な素振りは見せない人だったので、何かよほど嫌なことがあったのだろう。

義父母は、『もうすぐ百合ちゃんと暮らすのよ』『かわいいお嫁さんをもらって幸せね』と言い含めているようだったが、会話らしい会話もしない洋次さんに、その言葉は届いているのかどうだか判断がつかなかった。

入籍と引っ越しをひと月前に控えたある日、姉は突然、自分も吉沢家を出ていくことを明らかにした。私も、義父母も、寝耳に水だった。

「出ていくって……桐ちゃん、大学は？」

「ここより大学に近いところに、アパートを借ります」

「でも、姉さん、家賃なんか支払っていたら、奨学金の返還が」

姉は教師となってからも、吉沢家に住むものだと思い込んでいた。なぜなら、論理的で合理主義の姉なら、そうすることが一番お金がかからずに済むと考えるはずだからだ。

しかし、姉は毅然と首を横に振った。

「私が利用した貸与制度は、教育職について一定期間勤務すれば奨学金の返還が免除されるの。教育実習も終わって、大学の単位もほとんど取れています。教員に、なれる見込みが立ちました。アルバイトで少しお金も貯められたので、当面の家賃や生活費もなんとか自分で工面します。お金の心配はありません」

姉は座っていた椅子をおり、床に正座すると三つ指を突いて頭を下げた。

「今まで、大変お世話になりました」

私も、義父母も、有無を言わさぬ姉の後頭部を見下ろしたまま呆気にとられていた。

実際、義父母には、姉を引き止める理由など何もなかった。

姉は私が結婚して吉沢家を出るよりも一週間早く、言葉の通り大学近くに借りた、小狭いが清潔なアパートで一人暮らしを始めた。

一人暮らしを始めてすぐ、私が姉の新居を訪ねると、姉は相変わらず机に向かって勉強していた。教員採用試験の試験勉強だろう。

小さな湯呑に注がれた薄い茶を二人で飲み、窓の外でうるさくわめく蟬の声を聞いていると、なぜだか子どもの頃にもこうしていたような懐かしさがこみ上げた。

「……なんだか、懐かしい気がする」

ぽつりと姉がこぼすので、私は驚いて「同じことを思ってた」と湯呑から目を上げた。

「おままごとね」と姉が薄く笑った。その言葉に、記憶の蓋が開く。

あれは二軒目か三軒目の居候先、家の中に私たちの居場所はなく、私と姉はいつも屋外で遊んでいた。真夏の容赦ない日光が照りつける八月の朝、私たちは日陰の遊び場を探し歩き、大きな木の陰に逃げ込んだ。そこには祠（ほこら）があり、可愛らしいお地蔵様が静かに目を閉じていた。私たちは不敬にも、そのお地蔵様をおままごとの一員にして、お供え皿や湯呑を拝借して遊んだ。

姉と私とお地蔵様は三人家族で、架空ではあるが平和で豊かな暮らしを送ったのだった。

くっく、と姉が笑った。

「信じられないくらい罰当たりなこと」

「……罰が当たったと思ってる？」

口に出してから、自分の発言に驚いて姉を見つめた。姉は私の視線を受け止めて、「百合は、そう思うのね」と静かに言った。

「そうじゃない、そうじゃないけど、でも……罰、とまでは言わなくても、納得はできているの。みなしごの私たちが吉沢のおうちで、不相応な暮らしをさせてもらったんだもの。どこかで恩を返さなきゃ……仕方がないよね」

「仕方なくなんてない」

ぴしゃりと断じた姉の声に、私は徐々に俯いていった顔を上げた。

「私たちが戦争孤児になったのは、私たちのせい？　お父ちゃんが戦争で死んだのも、私たちのせい？　違うでしょう。吉沢の家にお世話になったことは本当に幸運でありがたいことだった。もちろん私も感謝している。でも、この結婚話は後出しにも程があるわ。取り引きがしたかったのなら、事前に伝えるべきだったのに、あの人たちは、私たちが子どもだと思って侮ったのよ」

思わぬ姉の熾烈さに触れ、息を呑んだ。

確かに、吉沢家のあの提案は、私たちが断れないよう着実に外堀を埋めてなされたものだった。そのことに、私も怒りを感じないではない。ひどい、と単純に思った。

しかし、反駁したいわけではなくても勝手に口が動く。

「でも、みなしごならみなしごなりに、もっとつつましく……ふさわしい生活があったはず」

「じゃあ、戦争に負けた日本はオリンピックなんてしている場合じゃないんじゃない？　東京タワーも、新幹線も、分不相応だと責められるべき？　もっと、敗戦国なら敗戦国らしく、貧しくてみすぼらしい様子を世界に見せるべきなの？」

涙がにじんだ。悲しかった。

吉沢家で私が高校生活を謳歌する間、絶えず心の奥底を流れていた思いが、姉の言葉に乗せられて今、はっきりと浮かび上がってきた。

——私だって、幸せになっていいはず。

ぐずぐずと洟をすする私を、姉はじっと待った。姉は、下手に慰めたりしない。

ふと気付けば、蟬の声がやんでいた。ぼうっと窓の外を見やる私に釣られ、姉も窓を振り向く。

「……でも、結婚するのは百合だから。納得も、後悔も、百合次第よ」

姉は唐突に、頭を下げた。

「本当にごめんなさい」

「もうやめてよ。私が言い出したんだし、納得しているのは本当よ」

「私が必ず百合を助ける」

私に向き直った姉の目は、兵士を連想させた。

『納得している』という言葉に嘘はなかったが、では自分に言い聞かせている気持ちが少しもないかと言われれば、それは違った。兵士のような目をした姉は、そのような私の気持ちの揺れをがっちりと捕まえて、覚悟を迫ってきた。

「百合は百合で、洋次さんとの生活を、精一杯やりきるのよ。私は働いて、お金を稼いで、必ず百合と二人で暮らせる大きな家を手に入れる。いつか時が来たら、自由になれるわ」

いいえ、と姉は首を振った。

「自由になるのよ。闘って、手に入れるの」

そのとき私ははっとして、姉の目を見つめ返した。

姉は、新聞記事の中の、理想の社会を求めて戦う若者たちにずっと自分を重ねていたのだ。拳を振り上げる代わりに、腕を組んで道路を練り歩く代わりに、確かな生活を築くことで闘う地盤を作っていこうと言っているのだ。

私は緩む洟をすすり上げ、頷いた。すがるような気持ちだった。

「わかった。私も頑張る。諦めない」

子どものような台詞だったが、本心だった。私は幸せになることを諦めない。

姉はにっこりと笑った。いつも目も口も引き結んでいる姉が、どこを歩いても一人は振り返るほどの美人であることを、久しぶりに思い出した。


晴れた空が目に染みる。洗濯物を取り込んで、空き瓶を庭の隅に片付けていると、門前から我が家を覗き込む人影が見えた。

「どちらさま?」

家の裏手からひょこりと現れた私に心底驚いたのか、その人物は飛び退くように一歩後ずさった。見たことのない女性だった。五〇代ほどだろうか。

女性はしばしばと小さな目を泳がせて、慌てて笑みを作った。

「いえ、あの、吉沢さん?」

「はい、吉沢です」

「最近引っ越してきたのねぇ。いえ、お家を建ててるなぁと思ったらすぐに若い奥さまがお見えになったから。あらやだ、ごめんなさい、私そこの角を折れたところの田口ってもんですけど」

「あら、こちらこそご挨拶が遅れまして。今後どうぞよろしくお願いします」

ええ、ええ、としきりに頷く田口さんは、私の背後に何度か視線を走らせて立ち去ろうとしない。何か用だろうか。それとも、ごみの出し方などまずいことがあったのだろうか。心配になってきたとき、田口さんは人目をはばかるように口元を隠して、そうっと言った。

「ご主人は、おうちにいらっしゃるの？」

「いえ、仕事に出ておりますけど……」

「あらっ、そうなの。まぁまぁ、私てっきり……」

ぽかんと口を開けて彼女の顔を見つめているうちに、「あらやだこんな時間。私も洗濯物を取り込まなきゃ」と勝手に話を切り上げて、田口さんはそそくさと立ち去っていった。

「こんな時間」が何時だろうかと確かめたら、一五時を回っている。夫を迎えに行かなければならない。家の中に駆け戻って前掛けを外し、出かける準備をした。

吉沢家からは一人で作業所まで行き来できていた夫は、新居から作業所までの行き方がまだ混乱するらしく、一人ではたどり着くことができない。帰りも同様だ。夫の送り迎えをするようになって、もう一週間が経つ。

作業所に向かうバスの中ですでに見慣れてきた車窓を流し見ていたとき、先程の田口さんの様子に覚えた違和感が喉元に戻ってきた。

あれは、我が家の夫に知的障害があると知り、いったいどんな生活をしているのか覗いてやろうという好奇心から門前をうろうろしていたのだ。

なぜだか腹は立たなかった。浅ましい、という単純な感想だけが浮かび、それきりだった。結婚したばかりだからだろうか。それとも、身内とはいえ心を通わせたこともない他人だから。夫に好奇の目を向けられても納得できてしまう。そのような自分の心が寂しかったが、どうしようもなかった。

バスが終点の停留所に停車し、身を震わせてエンジンが止まる。停留所のそばで、夫は朝出たときとまったく同じ格好で時刻表を見上げていた。

「洋次さん」

バスを降り、声をかけると夫は振り向いた。その目は私の中身まで浚おうとするかのように深く、私を凝視する。

「迎えに来ましたよ。さ、帰りましょう」

「終わりました」

「え?」

「仕事が終わりました。明日は九時に仕事が始まります」

「ええ、はいそうですね。今日はもう帰りましょう」

「帰ります!」と高らかに宣言する夫を、通りすがりの小学生がじろじろと眺めている。子どもの視線を背中で遮って、「はい、はい」と答えながら夫の背を乗り場の方へと軽く押した。

帰りのバスの窓からは、真新しい住宅団地が見えた。買い物袋を提げた主婦たちが、忙しく坂を登って団地へと向かっていく。

六〇年代に入ってから次々と現れた住宅団地は、義母の話によると倍率の高い抽選に通らなければ住むことができないらしい。彼らは勝ち組なのだ。

「何がいいのかしらねぇ、隣近所と壁一枚隔てたうちなんて。お庭もないのよ」

義母はあからさまに住宅団地を腐したが、それは、私が憧れて住みたいなどと言い出したりしないように言っているのだとわかっていた。だから、私も調子を合わせて「本当ですね。戸建ての方がいいですよねぇ」と相づちを打って義母を安心させた。

実際は、朝のニュース番組の特集で、新しい住宅団地に住まう若い夫婦たち――彼らは、私のように夫の両親と同居をしていないという点だけは共通していた――のインタビューを観ていると、不思議といいなぁという気持ちになった。

しかし、住宅団地は確かに近所と隣合わせで、夫の大きな声は隣家に筒抜けだろう。好奇の目は田口さんだけでは済まないはずだ。

これでよかったのだ。

夫は、使い始めて一週間経つバスの定期を、不思議そうに何度もひっくり返しては眺めていた。

バス停は家からほど近い。バスを降りてすぐ、我が家の庭先からひょいと顔を出す日本国旗が見えた。うちだけではない。隣も、そのまた隣も、電気屋の下村さんにもらったのか、日の丸を差している。

「さあ着きましたよ。洗い物を出してくださいね」

夫を先導するように門をくぐった私は、夫が足を止めていることに気が付かず、玄関の鍵を開けた。どうぞ、と扉を開けながら身体をずらしたところで、夫が今朝のように日の丸を見上げて固まっていることに気が付いた。

――今朝も見たじゃない。

思わずうんざりとしたため息が漏れかけたが、あやういところで飲み込んで、夫のもとへ歩み寄った。「電気屋の下村さんが」とまた同じ話をすればいいのだろうか。

そのとき、ぶんと耳元を羽音がかすめ、首をすくめた。

蜂だった。脚と胴の長い大きな蜂が、郵便受けのすぐ側に立つ樫の木の茂みに飛び込んでいった。まさか、と奥を覗き込むと、木の幹と太い枝の分かれ目にこぶし大ほどの蜂の巣がかかっている。

「大変。洋次さん、は、蜂が」

夫は国旗から樫の木に目を移したが、興味が無いのかまた口を開けて国旗に視線を戻した。

大変、と言ったところでこの人にはわからないのだ。当然、蜂の巣を駆除してくれるわけでもない。

とにかくこの場を離れようと、夫の腕を取りわずかに引いた。

「洋次さん、蜂がいて、危ないので」

途端、ぶんと腕を振り払われた。勢いでよろめき、転びはしなかったが二、三歩たたらを踏んだ。

夫は、はっはっと短く呼吸して私を見つめていた。まるで私に突然突き飛ばされたかのような表情だった。腕を振り払われたのは、私の方なのに。

「ご、ごめんなさい。あの……」

また、別の蜂が私と夫の間を飛び去った。ブンッという凶暴な羽音に我に返る。

「家に入りましょう」

夫は蜂が飛んでいった方向に目をやったが、何事もなかったかのように玄関へと向かった。

腕を振り払われたこと、樫の木に作られた蜂の巣、東京オリンピックを囃す日本国旗など、様々な事柄が千千(ちぢ)に頭に浮かんではばらばらと霧散していった。


夫は、次の日も新聞を取りに行っては足を止めて日の丸を見上げるので、蜂が夫の身体に止まりやしないかとひやひやした。裏口から夫に向かって「洋次さん、蜂がいますよ」と声をかけたが、二、三回繰り返したところで夫は煩わしそうにぶんぶんと首を振り始めた。

「洋次さん？　洋次さん！」

夫は首を激しく振り、ぎゅっと目を閉じていた。樫の木の蜂が警戒しているのか、様子を見に夫の頭上を旋回しているのが遠目にもわかる。

早く、夫を家の中に避難させなければ。でも、腕を引いたところで昨日のように振り払われてしまう。

「洋次さん、仕事に遅れますよ！」

咄嗟に発した呼びかけに、夫は首を振るのをやめ、つと顔を上げた。目が合った。

「仕事、遅れますよ」

「仕事に行きます」

夫は思い出したかのようにそう言うと、郵便受けから新聞を取り出し、家の中に戻ってきた。私は全身の力が抜けるような心地で、夫が入ってすぐに裏口の戸を閉めた。

夫はその後、普段通り支度して私の送迎により作業所へ出勤した。しかし、きっとまた今日も帰宅した際、日の丸を見上げるだろう。今朝の行為で、きっと蜂は夫を要注意人物とみなしたに違いない。次こそ攻撃されるかもしれない。夕方までに、蜂の巣をなんとかしなければ。

しかし、蜂の巣の駆除の仕方など知るはずもなく、近所に頼れる男性もいない。吉沢の義父か、正洋さんに頼めばいずれなんとかしてくれるかもしれないが、今日も家業で忙しくしているはずだ。いきなり今日、おいそれと来てはくれないだろう。

蜂が近くにいやしないかとびくびくしながら洗濯物を干していると、西側の隣家から田口さんが出てきた。そういえば、隣家から女性たちの話し声が聞こえてきていた。

田口さんは、家の裏手にいる私に気が付いていない。うちの門前で足を止め、また先日のようにじろじろと我が家を眺め回していた。

そんなところで不躾な真似をしていると、蜂に刺されてしまうんだから。

腹立ち紛れにそんなことを思い、声もかけずに家の中へと引っ込んだ。

結局その日は何も対策できず、自分が刺されないよう足早に庭を行き来するのが精一杯だった。

夫は、やはりまた夕方、日の丸の前で足を止めたが、私はもう声をかけなかった。蜂が忍び寄ってきたらはたき落とせるよう、鞄の中に潜めた雑がみの束をひっそりと握りしめていた。

翌日、夫が出勤すると、私は長袖を二枚着込んで厚手の長ズボンを穿き、口から下を覆うようにタオルを巻いて麦わら帽子を被ったのち、厚手の靴下と長靴を履いて樫の木へと向かった。

電話帳に載っていた便利屋に蜂の駆除が頼めるものか電話をしてみたが、『蜂の巣の大きさによるけれど大体一万円前後』と言われ目を剝いた。

我が家はほとんどないに等しい夫の給料と、吉沢家からの仕送りで生活している。

姉の言葉によると、吉沢家は「今は羽振りが良くても、いつ梯子(はしご)を外されるかわかったもんじゃない」らしいので、なるべく切り詰めて生活するよう心がけている。そんな中、蜂の巣の駆除だけに一万円もかかるなどとんでもなかった。

電話口の男は、人を舐めたような話し方をしていた。きっと、若い女だと侮られ、ふっかけられているのだろう。気付いていたが、値切り方もわからなかった。

自分でなんとかするしかない。

私は家で一番大きなバケツに湯を張り、樫の木の根元に置いた。柄の長い箒をかかげ、蜂の巣を覗き込む。今は蜂が出入りしている様子はないが、きっと中には働き蜂と女王蜂、それに蜂の子なんかがいるはずだ。想像するだにぞっとしたが、気を引き締め、そろそろと箒を振りかぶる。

狙いを定め、一気に振り下ろした。

ばすっと乾いた音がして、樫の葉がばっと散った。手応えがなかった。外した。

今の音で蜂の巣から一匹の蜂が顔を出した。ああああっと叫びながら無茶苦茶に蜂の巣を箒で叩き、何度か手応えを感じたのち蜂の巣がぼとんと地面に落ちた。

はっとその場から飛び退き、バケツの湯を蜂の巣に向かってぶちまける。飛び立とうとしていた蜂が熱い湯に溺れるのが見え、やった、と思ったそのとき、耳元をぶんとあの羽音がかすめた。

きゃあっと叫んでその場から逃げ出した。だめだ、やっぱり私になんとかできるわけがない。

しかし背後から、シューッと薬缶から湯気が沸き立つような音とともに薬剤の臭いが充満し、はっと振り返った。

田口さんが、私のように口元にタオルを巻いた姿で殺虫剤を辺り一面に撒きちらしている。

「箒っ！　早く！」

奪うように私から箒を受け取ると、田口さんは濡れた蜂の巣めがけて箒を何度も振り下ろした。そして、自身の長靴で地面をだんだんと踏み鳴らした。

薬剤の臭いが、私のぶちまけた湯の蒸気と一緒に立ち込めている。足元にはばらばらと黒い点が落ち、その惨状の真ん中で私と田口さんが荒く息を切らしていた。

「……やったわね」

田口さんが言った。

「全部、やっつけましたかね」

「やったと思うわ。ほら、女王蜂」

田口さんが長靴の先で示した地面に、大きな羽を持つ蜂が潰れて転がっていた。思わず目をそむけ、鼻に皺が寄った。

「まったく、一人で蜂の巣を片付けようなんて」

帽子とタオルを取り去った田口さんの呆れ笑いを見て、今の状況がだんだんと飲み込めてきた。

「あの、ありがとうございました。どうして……」

「今日ここを通りすがったときに、ああ蜂の巣がかかってるって気付いてたのよ。まさか奥さん一人でやっつけようとするなんて思わなかったけど。だから、これのついでにうちの息子に頼んでやろうかって言いに来たら、あなたが物騒な格好で木に向かってるじゃない。慌てて私も着替えて、助太刀に来たのよ」

これ、と言って指さした先に、ふろしきに包まれた容器が地面に直接置いてあった。

「おはぎ。もうすぐお彼岸でしょう」

「え、よろしいんですか」

　田口さんは頷き、ふろしきを持ち上げた。

「うちで作ったやつだから、不格好ですよ。でも売ってるものよりお砂糖控えめで、家族には結構人気なの」

　受け取るとずしりと重かった。いくつ入っているのだろう。

「ありがとうございます……」

「若い人は食べないかしら。そんなことないわよね。ご主人も食べる？」

「はい、いただきます。好きだと思います」

　夫は、甘いものも好んで食べるはずだ。

「困ったことがあったら、何くれと近所を頼ってくれていいんですよ」

　おはぎから目を上げる。田口さんは愉快そうに笑い、「意外と肝の据わった奥さんみたいだけど」と言うので、途端に自分の重装備が恥ずかしくなった。

　ぺこぺこと頭を下げておはぎを捧げ持つ私に、田口さんは手を振って帰っていった。

　蜂の巣の残骸を片付け、昨日の残り物で簡単な昼食を済ませた。いただいた包みを開けると、それは大きな、あんこに包まれたおはぎときなこに包まれたおはぎがそれぞれ二つずつ、行儀よく並んでいた。

　あんこのおはぎを一つお皿に取って口に運ぶ。和菓子屋のものより小豆（あずき）の粒が残っていて、ほくほくと確かな食感がした。田口さんの言っていた通り、甘さはかなり控えてあったがそのぶん小豆の良い香りがした。ほのかに温かかった。

帰宅した夫は、やはり日の丸の前で足を止めた。私は何も言わず、夫と一緒に日の丸を見上げていた。

夏がもう終わる。日も少しずつ短くなってきた。

結婚してしまった、という感覚は、まだ胸の奥で小さくくすぶっていた。それも好きではない人と、愛され選ばれたわけでもなく。

私は自由にはなれない、この場所でやり切るしかないという諦念も、どこかにあった。

しかし、それは不幸なのだろうか。

不幸であるはずだと、思ってはいなかったか。

視線を感じて横を振り向くと、夫と目が合った。いつの間にか、夫は日の丸ではなく私の顔を見つめていた。

夕方の淡い光が、夫の顔の側面を優しく照らしていた。

ふと、この人は待ってほしかっただけではないかと思った。

私の腕を振り払ったときも、朝、頭をぶんぶんと振っていたときも。もしかすると、吉沢家で腕を振り回していたときも。

「……家に入りますか？」

夫は私からまた、日の丸に視線を移した。

「もう少し見ていますか」

「はい」

初めて、まともに返事がもらえた。嬉しくて、涙で目がかすんだ。

話してしまいたかった。

この樫の木に蜂の巣がかかっていたこと。便利屋に高額な駆除代金をふっかけられたこと。一人で駆除しようとして、大騒ぎしたこと。田口さんが駆けつけて、二人でやっつけたこと。

でも、待つのだ。この人は待ってほしいのだから。

夫が顔を戻し、玄関へと向かった。あとに続き、靴を脱ぎながら「おはぎがありますよ」と言うと、夫は帽子を脱ぎかけていた手をぴたりと止め、おもむろに食卓に座った。

私をじっと見つめている。

おはぎを待っているのだと気付き、私は噴き出しそうになるのを堪えながら「まず手を洗いましょうか」と夫を再び立たせた。


いなりずしがぎっしりと詰まったふろしきを提げ、姉の家へと向かった。私を出迎えた姉は、わずかに痩せたようだった。試験勉強ばかりしていて、ろくに食べていないのかもしれない。

私は、香りで姉の食欲を誘おうと、姉の顔の前にいなりずしのふろしきを差し出した。

「なあに」

「おいなりさん。お昼まででしょう」

「百合が作ったの？」

「半分は」

「半分？」

首を傾げる姉に背を向けて、こぢんまりとした食卓でふろしき包みを広げた。

いなりずしは、田口さんに教えてもらって仕込んだものだ。あれ以来、田口さんは何かと用事を見つけて、我が家の世話を焼いてくれている。

「換気扇の吹き出し口に蜘蛛の巣がかかってるわよ。払ってあげようか」

「町内会の寄合いに顔は出した？　面倒だけど、町内会長のじいさんがうるさい人だから、一度だけ挨拶しときなさいな」

頻繁に顔を出すようになった田口さんは、どことなく義母に雰囲気が似ていた。押し出しの強さや、話す速さなんかが。

先日も、田舎から送られてきたという大量の蓮根を持って我が家にやってきた田口さんは、「いつもすみません」と頭を下げる私に、「困ってることはないか」と尋ねた。

「特に……」

どういう意図かと首を傾げると、田口さんは「ないならいいの」とからっと笑った。

「ご主人、わかくさ作業所に通ってる？」

どきりとした。緊張した胸を持て余したまま、「はい」と答える。

「うちの甥も、あそこでお世話になってるの。妹の子で、妹は嫁ぎ先の八百屋で働いてるから、ときどき代わりに迎えに行ってやったりしてるのよ。前に、作業所の近くでご主人を見かけてね。甥と就労体系が違うみたいだったから、毎日通われてるのかわからなかったんだけど」

それで洋次さんの様子を知っていたのか。近所に越してきた新婚夫婦の夫に知的障害があると知り、私が困ってやしないかと気にかけて、家の様子を窺っていたのだと合点がいった。

初対面の際、田口さんを浅ましいとまで感じたことや、障害のことを知られると走る緊張。浅ましく、狭量なのは私の方だわ、と自分を恥じた。

いなりずしは、姉の家へ向かう際の手土産を何にしようか悩んでいたら、田口さんが提案してくれたのだ。

「うちの分も作るから、教えてあげる。おあげは一度にたくさん炊いた方がおいしいからね」

田口さんの作るいなりずしは、お彼岸のおはぎのようにまるまると太っていた。

「詰めすぎじゃないですか？」

「大きい方が食べごたえあるでしょう」

額に汗して酢飯を詰め込む田口さんを真似て、私も目一杯おあげに酢飯を詰め込んだが、私が作ったものはいくつかおあげの底が破れてしまった。

姉は皿と箸を用意しながら、「きちんと奥さん、しているのね」と呟いた。あまり嬉しそうではなかった。

「きちんとなんかしてないわ。昨日なんてお風呂を入れ忘れたし」

昨日は久しぶりにテレビをつけて、洋次さんと聖火ランナーが走る姿を観た。たくさんの人が沿道から聖火ランナーに手を振っていた。私もその路上にいるかのような心地で、笑顔で手を振る聖火ランナーの顔を見つめた。聖火は、うちの街のすぐそばも通過したようだった。

洋次さんは、「走っています。走っています」と繰り返して座ったまま脚をばたばた動かした。

「聖火ですよ、オリンピックの。東京まで行くんですって」

説明してみたが、洋次さんは「走っています」と言って急に立ち上がり、まさか走り出すのではないかと慌てたが、何事もなかったかのようにまた座った。その動作がおかしくて、私はこっそり笑った。

おかげでお風呂の用意が遅れてしまった。まだ私がテレビに見入っている間に、洋次さんはお風呂に入ろうとしたらしい。彼のくしゃみの音で気付いた私が慌てて風呂場に行くと、何も用意されていない風呂場で洋次さんが肌着のままうろうろと困っていた。

「すみません、すぐにお風呂用意しますから、一旦お洋服を着て待っててください」

脱いだばかりのシャツを彼に押し付けると、彼は黙ってもぞもぞと服を着た。洋次さんは急かされるのは苦手だが、待つのは一向にかまわないらしい。リズムを崩すと一人では立て直すことができないが、誘導すれば、普段通り行動できる。

食器と淹れたての茶を盆に載せて来た姉は、私が広げたいなりずしに「まぁ」と目を細めた。

「随分と欲張って詰めたわね」

「崩れてるのは私が食べるから」

おいしそうな色、と言って姉は箸を取った。嬉しげにいなりずしを頬張る顔に心配が多少緩んだが、一応水を向けてみた。

「姉さんはきちんと食べてるの？　痩せたみたいだけど」

「大丈夫よ。大学は学食があるもの」

姉の背後の台所は、整理整頓がなされている。片付いているというより、あまり台所を使っていないのかもしれなかった。

「勉強は順調？」

「ええ」

しっかりとした口調で答えた姉は、言葉の通り勉強方面での心配はいらないのだろう。彼女自身、教員採用試験に失敗するつもりは毛頭なさそうだ。勉強に熱中しすぎて体調さえ崩さなければ、姉は間違いなく試験に合格するだろう。

いなりずしを持ってきて正解だった、と私は満たされた気持ちで、先日の蜂の巣の騒動について、身振り手振りを交えて話してみせた。姉は口を押さえて笑い通しだった。

いなりずしは、甘い出汁が染みたおあげに刻み野菜を混ぜた酢飯がよく合って、持ってきた一〇個を二人でぺろりと平らげた。

姉が淹れ直した熱い茶で一息ついていると、姉は湯呑に目を落としたまま「洋次さんは、どう」と静かに尋ねた。

「元気よ。今のところ、体調を崩したりもしていないし……そう、最近、一人で通勤できるようになったの」

姉は眉をひそめた。

「ずっと、送り迎えしていたの？」

「ええ、でもこの前、なんとはなしに『一人で行けますか』って訊いてみたのよ。そうしたら、『はい』って言うの」

私はそのときのことを思い出し、自然と口角が上がる。

「前から一人で大丈夫でしたけど？　くらいの返事なのよ。笑っちゃった」

洋次さんは返事の通り、一人で通勤し、一人で帰ってきた。

私はバスが作業所前に着く時間までそわそわと落ち着かず、耐えきれなくて九時過ぎに作業所に電話を入れたところ、「吉沢さん？　ええ、いらしてますよ」と不思議そうな職員の返答があり、ようやく息がつけた。

もしかすると洋次さんはこれまでもずっと、自分でできるはずの機会を奪われ続けていたのかもしれない、と思った。

「奪う」というのが乱暴なら、見逃されてきたのだ。

家業の忙しい吉沢家では、洋次さんの決まりきった世話をこなすのが精一杯で、彼の「できる」という気持ちや「やってみたい」という気持ちに応える余裕も時間もなかったのだろう。

彼が一人で作業所に行き、そして帰ってきたとき、私は我がことのように嬉しかった。

「すごい、すごいです。洋次さん！　バス乗り場、迷いませんでしたか？」

彼はきょとんと私を見つめ、邪魔そうに横をすり抜けて手洗い場に向かった。

翌朝も、当然のように一人で家を出ていく彼に「お気をつけて」と声をかけたら、洋次さんは振り向いて、不敵な顔でにやりと笑った。笑う顔を見るのは、初めてだった。

姉は探るような目で私を見つめている。随分心配をかけていたのだろう。だが、「百合は柔軟ね」と言った姉がどこか寂しそうで、私はなぜか焦って言葉をつないだ。

「でも、蜂の巣も本当なら旦那さんがささっと片付けてくれたりするものでしょう？　そういうところを頼れないから、参っちゃうわ」

「ああ、そうね。なにか困ったら私か、もっと吉沢家に頼りなさいよ」

「ええ。あ、それにね、この前なんか私が服を仕舞う場所を間違えてたみたいで。気に入らなかったのか、タンスの中身を全部出されちゃった。部屋中に服が散乱して」

思い出し笑いを噛み殺し、私は一生懸命洋次さんとの生活で困ったことを並べ立てた。

彼との生活は、まるで二、三歳の子どもと暮らしているようなのだ。大変だが、予想外の連続で飽きない。

姉は私がついたため息を目で追うように頷きながら、目を細めて話を聞いていた。

なぜだろう。私は、姉の前では彼女が想像する大変な毎日を装わなければならないような気になる。

姉の勉強机が目に入った。開いたままの参考書とノート、転がる数本のペン。

姉の努力が、私の辛い日常を救うためのものだからだ。そのための努力なのだから、前提となる私の日常は、辛く困難でなければならない。

くらりと疲労を感じ、私は口をつぐんだ。

「……私、勉強の邪魔になってない？　そろそろ帰ろうかしら」

「ああ、じゃあ駅まで送るわ」

「いいわよ。勉強するんでしょう」

次は豪華なサンドイッチでも持ってくるからと約束し、私は姉の部屋をあとにした。外の空気を吸うと、妙にすがすがしく、肺が大きく膨らんだ。


東京オリンピックは大きな台風のように世間をぐるぐるとかき回し、私が日常の些事にかまけているうちにやってきて、わーっと大きな風を巻き起こしたかと思ったら、あっという間に閉会を迎えていた。くるぞ、くるぞ、と思っているうちが一番盛り上がったのではないかと思う。

ただ、我が家には吉沢家に買ってもらったカラーテレビがあり、それを知った田口さんが近所で話を漏らしたため三軒隣の住人たちまで家族ぐるみで我が家にやってきた。そしてみんなでバレーボールの試合を観戦し、年甲斐もなく子どもたちと一緒になって大きな声を上げ、目一杯日の丸を振って応援した。

見慣れないご近所さんたちと家の中の異様な空気に、洋次さんは目を白黒させていた。

そのすぐあと、洋次さんが体調を崩した。ぜろぜろとおかしな音が鳴る咳をしていたので病院に連れて行き、薬をもらった。咳は治ったが、熱が引かず、朝から晩まで横になっている日々が一週間以上続いた。

　オリンピックの観戦のために大勢を家に上げてしまったので、子どもたちから何かしらの菌をもらったのかもしれない。自分の軽率な行動を反省した。

「洋次さん、りんご、食べますか」

　食べたいものだと身体を起こす。気が乗らなければ、ふいと顔を背ける。このときは身体を起こしたので、どうやら食べる気があるらしい。朝食はいつもの献立を用意している（そうしないと、彼は困ったように席に座ったり立ったりを繰り返すのだ）が、だいたい味噌汁とごはんに少し手を付けて終わる。お腹はすいているはずだ。

「切りますか。すりおろしますか」

　洋次さんは何を問われているかわからない、という顔で私を見返してきた。一瞬、義母に電話で尋ねようかという考えが頭をよぎったが、断ち切って「すりおろしますね。食べやすいから」と告げて寝室のふすまを閉めた。

　洋次さんが体調を崩していることは、病院に行ったあとすぐに吉沢家に連絡してあった。何か、私の知らない持病や症状があるかもしれないと思ったからだ。しかし義母は、

『ああ、よくあることだからきっと大丈夫。一週間くらい寝込んだら、ケロッと良くなるのよ。洋次は身体が弱いから』

　義母の電話口の向こうでは、忙しい声が飛び交っている。仕事場のある裏手の方で電話を受けたのだろう。こういうときに洋次さんに何を食べさせたら良いのか聞きたかったのだが、義

母は今にも電話を切りそうな声音だ。

「先日うちにたくさんのお客さんがいらしたので……なにか風邪をもらってしまったみたいで」

『客？　家に人を上げたの？』

義母の声が尖った。なにかまずかっただろうか。洋次さんが風邪をもらったのはたしかに私のせいだ。

「す、すみません」

電話の向こうで、義母がはっとしたように声を高く切り替えた。

『ああ、違うのよ。洋次のことで大変なのに、お客さんまでお迎えしてたら百合ちゃんが忙しいでしょう』

あくまで優しげな口調で義母は続ける。

『百合ちゃんには面倒をかけるけど、よろしくね』

そう言って電話は切れた。

私は受話器を置き、電話本体に体重をかけるようにして義母の言葉を反芻する。

『家に人を上げたの？』

張り詰めたあの声は、私を咎めていた。義母は、洋次さんを人目に晒したくないのだろう。

私の役目は彼の身の回りの世話だけではなく、彼が人目につかないよう見張る意味も込められていたのかもしれない。

知ったもんですか。

私は腹立ち紛れにいつもより大きな足音を立てて、洋次さんの部屋へと向かった。

私自身、居候暮らしが長く自分の体調を扱うすべが身についたのか、身体が強かったので一週間も寝込むという経験をしたことがなかった。姉も同じで、私たちは看病というものを知らない。仕方がないので田口さんに聞き、お粥やうどんなどを作って洋次さんに食べさせた。田口さんによると、

『病人なんだから、食べたくなければ食べなくてもいいし、一週間同じもの食べさせたって大丈夫』

すりおろしたりんごを彼の前に差し出すと、洋次さんは初め戸惑ったように「りんごを食べますか？　食べますか？」と繰り返した。

「ええ、りんごですよ。どうぞ」

「りんご、りんごを食べますか？」

洋次さんは、すりおろしたりんごをりんごとして把握できないようだった。しまった、すりおろすのではなく、いつも通りに切ったら良かった。りんごは、洋次さんの手の中でぬるく茶色く変色していく。

見かねた私は、スプーンでりんごを掬って彼の口まで運んだ。

「どうぞ」

鼻先に触れた甘い香りに気付いたのか、洋次さんが口を開けた。そっと口の中に入れてやる。

「りんごですよ」

念を押すようにそう言って、彼が飲み下すのを待った。喉を動かした洋次さんは、りんごの器をじっと見下ろしている。

「もっと食べますか」

スプーンを差し出すと、洋次さんは迷いなく受け取り、私を見た。

「ありがとうございます」

告げられたお礼に、咄嗟に返事ができなかった。洋次さんはすりおろしりんごを気に入ったのか、鼻歌でも歌いだしそうな顔でスプーンを動かしている。洋次さんのそばを離れ寝室から廊下に出ると、私は足元から空気が抜けるようにその場にへたり込んだ。

なぜ泣いているのかわからなかった。私は、こみ上げる嗚咽を手のひらで抑え込みながらその場でうずくまって泣いた。

おろしたりんごを食べたことがない洋次さんが悲しいのか、ありがとうと言われたことが嬉しいのか。

ただ、かつて他人の家で肩をすぼめて細い息をする子どもの私と、大きな家の一室で一人こんこんと咳をする子どもの洋次さんが、まるで今、手を取り合って生きているかのような気がした。

その年の暮れ、姉が教員採用試験に無事、合格した。

私はお祝いをしようと我が家に姉を招いたが、「洋次さんに迷惑がかかるから」と姉はやんわりと来ることを拒んだ。

一月に控えている大学の試験さえ乗り越えれば、姉は大学を(おそらくとても優秀な成績で)卒業し、教師となる。有言実行していく姉の姿は眩しく、とても大きく見えた。

私は以前約束した通り、野菜に卵、ハムや唐揚げなど盛りだくさんに挟んだサンドイッチをこしらえて、姉の家に押しかけた。

一一時、(直前に電話はかけたが)突然やってきた私に姉は呆れ笑いを浮かべてアパートの扉を開けた。しかし私は中には入らず、「外に出ない?」と表を振り仰いだ。

「いい天気よ。すごく」

「外? 寒いじゃない」

「風がないから平気。サンドイッチ作ってきたの。どこかで食べましょ」

一二月の晴れは、思いのほか暖かい。丈の長いコートを着込んで出てきた姉は、大人びて見えた。

「どこに行くの?」

「姉さんの大学に行ってみたい。誰でも入れるんでしょう?」

大学生というものを見てみたかった。自由で、流行りの服を着て、広い庭に横になって本を読んだり、ギターを弾いたり。流行りのフォークソングが聞けるかもしれない。

私がそれらを口にすると、姉は馬鹿にするでもなく楽しげに笑った。

「百合はいつまでも子どもみたいでいいわね」

「褒めてる？　けなしてる？」

「褒めてる。いいわね、って言ったでしょう」

目線の先には大きなメタセコイアの木があった。紅葉を終えた葉が、はらはらと落ちてくる。姉からすると、私は彼女の教え子たちのように幼く見えるのかもしれない。単純で、未発達で、庇護すべき子どものように。

私自身、つい最近までそのように思っていた。

姉の大学に近づいてくると、学生と思しき若い男女の姿が多くなってきた。みな楽しげで、重そうな鞄やリュックを肩に提げながらも力強い足取りで歩いて行く。

今は身軽な姉も、こうして毎日この道を通っていたはずだ。

横目で姉の顔を盗み見た。すべらかな額からすっと顔の中心に伸びる鼻梁、大きな目と凜々しい眉。細い唇は神経質そうに見えるが、ふっくらと女性らしく膨らみ、顎の線はきゅっと締まって隙がない。

『私が必ず百合を助ける』

姉は今このときも、私たちが思い描く理想の家を手に入れるための闘いのさなかなのだ。この美しい人は、自分の美しさには目もくれず、勉強に明け暮れ、来春からはきっと仕事に明け暮れ、彼女の目指す場所へとひたすら登りつめていくだろう。

すべて私の、私たちのために。

そんなに頑張らなくてよいなどと、誰が言えるだろう。

「図書館前に芝生の広場があるから、そこで食べましょうか」

姉は手が冷たいのか、コートのポケットに両手を入れて歩いて行く。

「卒業式は、私も見に行っていい？」

「あら、私出ないつもりなのに」

えぇ!?　と大きな声を上げると、姉はうるさそうに眉間に皺を寄せて私を振り返った。

「どうして出ないの？　袴、着るでしょう？」

「やだ、着ないわよ。そんなお金もったいない」

「卒業証書は？　記念品は？」

「式に出ない人は、窓口で受け取ればいいのよ」

「友達と打ち上げしたりしないの？」

姉は声を上げずに笑って、何も言わなかった。だから私も、それ以上何も言えず口を閉ざした。

姉は赴任先が決まったら、場所によっては引っ越しが必要になる。そのためのお金を少しでも貯めておきたいのだろう。それに、大学の友人の話もほとんど聞いたことがなかった。サークルや、同好会には何も所属していないはずだ。

姉は楽しかったのだろうか。いや、今このときも、これからも。

姉が連れて行ってくれた広場は、私が思い描いた通りのキャンパスを具現化していた。学生たちが思い思いに座り、本を読んだり語らったりしている。なんと、ギターを抱える学生さえいた。

「ここでいい？」

姉が示したベンチに腰を下ろすと、私は肩から提げていた大きなバッグからお重に詰めてきたサンドイッチを取り出した。

「またすごい量」

「洋次さんのお弁当もサンドイッチにしちゃった。これが卵、こっちが唐揚げ、ここがハムレタス。甘いのもほしいかと思って、いちごのジャムとマーガリンのも」

姉は卵のサンドイッチを手に取りながら、「洋次さんには毎日お弁当を？」と尋ねた。

「ええ」

「えらいわね」

よしよし、と褒められたような気になったが、これまでのように満たされた気持ちにはならず、かといって気分を害するわけでもなかった。

「そうだ、忘れないうちに」

私はバッグに忍ばせていた小さな箱を取り出して、姉に差し出した。

「合格祝い。早いけど、卒業祝いも兼ねさせて」

姉は「ええ、ええ」と繰り返しながら目を丸くして、手にしたサンドイッチの置き場に迷っておろおろと手をさまよわせた。私は笑って彼女に紙皿を差し出す。

艶のある黒と金の万年筆は、姉が持つとより一層静謐な雰囲気をまとった。

「ありがとう、百合」

こんなお金、と言われるかと思ったが、姉は口にせず、ただ嬉しそうにいつまでも万年筆を眺めていた。

ほっとしながらも、どこか苦しかった。

姉が学業と就職試験に邁進し、生活費を切り詰めて暮らしてきたこの数ヶ月は、今後形を変えながらも同じように回り続けるのだろう。

一方で私が結婚し、洋次さんと暮らしてきたこの数ヶ月もまた、この後何年も何十年も同じように回り続ける。

どちらの方が良かったのだろう?

雑音のような問いかけが、胸の奥から剝がれない。

理想を持ち、自分を信じ、ひたすら闘っていくことを選んだ姉と、決められた生活の中に囚われたように見えて、その中では自由に息ができる私と。

私はこちら側で良かった。

胸をよぎった思いに耐えきれず、私は姉から目をそらした。朝に詰めたときはしゃっきりと背を伸ばしていたレタスが、今はパンに水気を吸い取られてしんなりと背を曲げている。

「サンドイッチに唐揚げは、食べにくいんじゃない?」

万年筆を置いた姉は、機嫌よくサンドイッチを手に取った。私は笑い返しながら、自分の思いに蓋をした。

考えてはいけない。私も姉も、あの日、自ら選んで各々の側に来たのだ。

どちらの方がハズレだったなどと、考えてはいけない。

思考を振り切るように、手に取ったサンドイッチにかぶりついた。

姉は、食べていた手をふと止め、上空を見上げてから呟いた。

「……いい時代になったわね」

「なあに、急に」

「ねぇ。百合は、どうしてお母ちゃんが帰ってこなかったんだと思う？」

お母ちゃん。

久しぶりに聞いたその呼び名に、私は言葉をつまらせた。

『お母ちゃん』と私が呼んだ記憶はない。姉がそう呼ぶから、そういう人がいたのだと知っているだけだ。

母がいなくなった日、私は一歳だった。戦後間もない頃で、父の戦死の知らせが届いた。そのすぐあと、当時お世話になっていた親戚の家から日雇い仕事に出かけた母は、それきり帰ってこなかった。手続きを踏んで、母は戸籍上でも死んだことになっている。

すべて、姉から聞いた話だ。姉も当時、まだ三歳だった。

事故かもしれない。戦後すぐの混乱した社会では、不運な事故がわざわざ家族に知らされることは難しかっただろう。

しかし姉は、事故のたぐいではなく母は自らの意思で帰ってこなかった、つまり、命を絶ったのだと確信した物言いをした。そして私も、そうなのだろうと想像している。

姉は答えない私を見ないまま、「想像できなかったのよ」と言った。

「こんなふうに、日本がまた息を吹き返して、ううん、それ以上にもっと素晴らしい世の中になるなんて、思いもしなかったのよ」

でもそれは、当時の日本人の大半ができなかったことだ。

好景気、整備されていく都市、東京タワー、東京オリンピック。

どれくらいの日本人が夢としてでも思い描くことができただろう。

「私は想像できるの。もっと良くなる未来が、想像できる。自分の努力次第でどうとでもなるって知ってる」

わっと広場の一角が湧いた。五、六人の学生たちが立ち上がって手を叩いたり笑ったり、楽しげに輪を作っている。

姉は彼らに一瞥をくれて、私に視線を戻した。

「理想の家、覚えてる？」

「……もちろん」

「今も、ほしいと思う？」

私に問いかけた姉の声に、初めて不安が混じっていた。

私はすかさず頷いた。その気持ちに嘘はなかった。

そうだ。いつか私たちは、誰にも邪魔されない自分たちだけの、自由な暮らしを手に入れる。

そのために『今』をやり抜くのだ。たとえ今が苦しくても、苦しくなくても。

私の頷きを見た姉は、わずかに頬を緩め、肩の力を抜いた。空気を切り替えるようにサンドイッチを手に取り、「唐揚げ、意外とおいしい」などと言っている。

唐突に思い出した。

赤子を抱いて焼け野原を歩く子どもの夢。あれは、私を抱いて歩く姉の姿だ。

戦火が激しかった頃、私は一歳で、夢で見た赤子ほど小さくはない。それに私たち家族は母も含め、祖母の家がある長野県の山村に疎開していた。実際に姉が私を抱いて空襲の跡を歩くことはなかっただろう。あれは夢だ。

では、どうして私はあの子どものことを姉だと決めつけているのだろう。

「桐ちゃん……」

こぼれた呼びかけに、姉が顔を上げた。くすぐったげに笑う。

「懐かしい呼び方するのね」

物心つくまで、私は姉のことを「桐ちゃん」と呼び、子犬がじゃれつくように姉の後を追っていた。戦後の貧しい暮らしも、居候の気まずさも、私には桐ちゃんさえいれば大した問題ではなかった。

それが、半身を姉に溶け込ませるようにして生きてきた子ども時代から、私はいつの間にか私という形を手に入れてしまった。桐ちゃんではない、一人の百合子という人間として、桐ちゃんとは別の思考を持ち、異なる感じ方をする人間に。

しかし姉の心は、今もまだ、赤子の私を抱いたまま戦火の中を歩いている。

姉を傷つけることなく、私はもう大丈夫だと、どうしたら伝えることができるだろう。

「おいしい」

パンくずを払い、姉が微笑む。

私の前でだけ屈託なく笑う姉に、私はどんな言葉を尽くしたとしても、今私が考えることをそのまま姉の胸に届けることはできないだろう。

それならば、できる限り寄り添っていきたい。姉が追い求める二人分の幸せに、私も寄り添っていく。

その幸せが、私のそれとは違っても。

「もっと食べて。余らせたら悪くなっちゃうから」

姉の紙皿にサンドイッチを載せていくと、姉は慌てて私の手を押し留めた。

「もうお腹いっぱいよ。百合はいつも作りすぎなのよ」

「じゃあ、余った分は持って帰って。今日明日中なら持つでしょう」

ギターを抱えていた学生が、突如弾き語りを始めた。私たちは驚いて食事の手を止め、髪の長いその学生の方を見やる。姉がこらえきれず笑い出した。

「百合のイメージは、あながち間違いじゃなかったわね」

キャンパスの中は平和だった。ここには姉が過ごした四年間があり、私の知らない彼女がいたはずなのに、私の前に現れる姉はいつも私の知る姉でしかなかった。

姉にとっての私も、おそらく同じだろう。姉が知る『私』しか、姉の前ではさらけ出すことができない。

　お重をしまい、年明けに一緒に初詣に行く約束をして、姉とは別れた。姉は大学の図書館に寄っていくと言って、目の前の大きな建物の中に入っていった。

　私は学生の多い並木道を歩きながら、今晩の夕食の献立を考える。昨日はお肉だったから今日はお魚。洋次さんは淡白な魚が好きだから、鱈を買って帰ろう。ああでも、一昨日のお鍋にも鱈を入れたのだった。じゃあ今日は鯛か、鮭でもいい。

　軽くなったバッグを振りながら家路をたどる。体調が戻った洋次さんは、あと数時間で家に帰ってくる。向かい合わせで食卓に着き、会話はなくともともに手を合わせてから食事をする。日常となったその繰り返しを、私は温かい湯に手を浸すような心地でかみしめ、味わっている。

二〇二四年　百合子

梅雨の時期は階段がよく軋む。

一歩ずつ音を立てながら階段をのぼっていくが、その音は二階の部屋にいる姉には聞こえていないだろう。

案の定、私がノックして戸を開けても、姉は書棚に向かって腰掛けたまま振り返りもしなかった。

「姉さん。夕食ですよ」

本棚と本棚の隙間に埋もれるように、小さな椅子にちょこんと腰掛けた姉は私の声でようやく気付いて振り返った。

「あら、もうそんな時間？」

そう言いつつ、姉は再び書棚に目を向けてしまう。本や資料などもう、久しく読まないのに。

元々少食だった姉は、近頃特に食べなくなった。「もういいわ」と疲れたように箸を置く。

料理をすることは嫌いではなかったが、それも喜んで食べてくれる人がいたからだ。手を付けられなかった残り物が冷蔵庫を占めていくたびに、作る気力は目減りしていった。

　しかし私も姉も、高血圧に気をつけろと医者からきつく言われている。出来合いのものは塩分が高いので、なるべく減塩を心がけて料理をしなければならない。

「ほらほら、冷めちゃうから」と姉を急き立て、立たせる。

「わかったわかった。行きますよ」

「階段、気をつけて」

「いやねぇ、私だけ年寄りみたいに」

「はいはいごめんなさい」

　ふふ、とほのかに笑い合いながら二人で階段をおりていく。焼き魚の皮が焦げた芳ばしい香りが強くなり、姉が階段をおりながら「魚は焼くのが一番おいしいわよね」とひとりごちる。食欲が出てきたのだろうかと思った矢先、浴室の前を通りかかった姉が足を止めた。

「姉さん？」

「……私、お風呂に入るんだった。そうそう。百合、先にもらってもいい？」

　そのままふらりと浴室に向かう姉を、慌ててつかまえる。

「姉さん、夕飯。お夕飯がまだよ。お風呂は、いつもお夕飯の後じゃない」

「そうだったかしら」

「そうよ、さ、早く。冷める前に食べちゃいましょう」

　姉が次になにか言い出す前にと、浴室の前から彼女の腕を取って食卓まで連れてきた。

食卓に並んだ食事を見たら、夕飯の時間だと理解したようだ。特に何も言わずに席につき、「いただきます」と箸を取った。

「そういえば、さやえんどうをいただいたの。あとで筋を取るの、手伝って」

「はいはい。誰に？」

「飛田さんの、奥さん。先生によろしくって言ってたわ。夕方いらしたの」

「そう」

姉の箸がまた、止まりかけている。焼き魚は半分も進んでいない。

「そうだ、レモンあるの。こういうのをかけると、薄い味付けでもおいしいってテレビで言ってたのよ」

席を立つと、背中で姉が笑う気配がした。

「レモンなんて洒落たもの、よくあったわねぇ」

「これももらったの。国産よ」

切った一切れを姉の皿に添える。姉は目を細めて、レモンに指を伸ばした。

姉が笑うと、ほっとする。子どもの頃からそうだった。

姉の認知症がわかったのは、彼女が八〇を超えた頃だ。

物忘れは、この歳になれば私だってひどい。そんなことはもう二〇年近く前から始まっている。だから、姉が私が言ったことを忘れてしまっても、来客の予定を覚えておらず出かけてしまっても、単なる物忘れで済ませていた。

認知症を疑ったのは、姉が日に何度も風呂に入りたがるようになったからだ。汗を流したいのかと思っていたが、思いついたように「そうだ、お風呂に入るんだった」と呟く様子に違和感を覚えた。

かかりつけ医に相談したら、総合病院の専門医を紹介してもらえたので、そちらに姉を連れていき、あえなく、認知症だ、と診断された。

姉には総合病院に行くときから、包み隠さず話している。だから彼女は彼女なりに、自分の病状を理解しているはずだった。

しかしこの病気は、完治しない。様々な方法で、進行を遅らせることしかできない。私にできることは、姉の薬を管理してきちんと飲ませること。そして、細々とした手先の仕事を与えて、ぼうっと過ごす時間を減らすこと。

私はカレンダーに目を走らせ、言った。

「明日は病院の日ね。ついでにお墓参りも行きましょうか。しばらくお花を替えていないから」

吉沢家の墓は、病院のすぐそばの墓地にある。義父母と正洋さん夫婦、そして夫である洋次さんが眠っている。

「明日は午後から天気が崩れるらしいから、お墓参りが終わったらすぐ帰らなきゃ。病院は予約をしたって、混むんだから」

「……ええ」

静かに咀嚼する姉が遠い目をしている。こういうときは、たいてい私の言ったことをあまり理解できていない。想像だが、会話に脳の処理が追いつかないのではないかと思う。耳が遠い人が聞こえているふりをするように、姉もわからないままに適当な相づちを打つ。

どうせ明日の朝、また繰り返し伝えるのだ。今しつこく言う必要はない。

口に合ったのか、珍しく食事を完食した姉が手を合わせてから席を立った。洗い物や食事の後片付けは、姉の担当だ。日常生活で繰り返す基本的なことには困らないのだ。

だがそれも、今はまだ、というだけだ。いずれできなくなる日がくるのだろう。

『老い』は『時間』だ。誰にも等しくやってくる。いつか私も、誰かの世話にならなければ日常生活を送れないときが来るはずだ。

しかし時間が同じ速さで時を刻むのに対し、老いは少しずつ歩み寄ってくることもあれば、ある日急にやってくることもある。

姉の場合は、後者だった。

数年前、姉は教育関係の知人から相談を受けることを一切辞め、教育の世界から身を引いた。姉を頼って我が家に訪れる人々は、教え子、教職の同僚、後輩、教え子の子、教育委員会の職員、PTA会長など様々だったが、姉はできることはできる範囲で最後までやりきったし、できないことは始めから「それは私にはできない」とはっきり断った。その見極めも、確かだったのだと思う。

我が家は姉を頼ってやってきた人からいただくお礼の品物で溢れたが、姉は再雇用や臨時採用などを打診されても、けして受けることはなかった。あくまで、外部の人間を貫いた。

相談に乗り続けた定年後の十数年、いきいきとしていたのかと言われると、今思い返しても特別そうであった気はしない。

しかし、「もう教育には携わらない」と言って姉がすべての相談や持ち込まれる話を断るようになった日から、姉は急に老いた。

歳を重ねても美しかった頬の輪郭は痩せた老人のそれに、まっすぐに伸びていた背はしなるように曲がった。おそらく認知症も、この頃から徐々に発症し始めたのだと思う。

そばで見ているとまるで、「仕事」という若返りの薬を飲み続けた姉が、薬を失い一気に皺寄せを受けたかのようだった。

でも私は、それを特別不幸だとは思わなかった。

むしろ、これでようやく私たちはまた何も持たない子どもの頃のように、記憶や習慣すらも手放して、自由になっていくのだと、すがすがしくさえあった。

「姉さん、明日は九時には家を出ましょうか」

「明日？」

洗い物を終えた姉が手を拭きながら振り返る。

「病院。予約は一〇時だから」

「ああ、そうだったかしら」

ちっとも覚えていないわ。そう呟いた姉は、微塵も悲しそうではなかった。自虐的でもなかった。ただ、姉の変わらない部分が、変わりゆく自身をただ受け入れているらしかった。

その日の病院は姉の認知症の方の診察（姉も私も、高血圧で心臓内科にもかかっている）だったのだが、私が花屋で吉沢家の墓に手向ける花を買って戻ってきても、まだ順番が回ってきていなかった。毎度のことながら、辟易としてしまう。姉は待合室の椅子に腰掛け、ぼんやりと上方のテレビを眺めていた。

「どこか、お茶か散歩でもしに行きましょうか」

テレビを見続けることは、脳に良くない。しかし姉は、テレビから視線を外さず首を横に振った。

「その間に呼ばれたらいけないから、いいわよ。百合、悪いけどお墓は先に行ってきて」

墓参りに行くことを覚えていたのかと驚いたが、なんのことはない、私が手にした仏花で気付いたのだろう。

「じゃあ、そうさせてもらうわね。姉さん、診察が終わったらまたここで待っていてちょうだいよ。一人で帰っちゃだめよ」

「帰りませんよ」

乏しい表情で答える姉に念を押して、私は吉沢家の墓へと向かった。

夏のように暑い日だった。病院から墓地まで徒歩五分ほどなのに、歩き始めてすぐに額に汗がにじむ。今年はから梅雨だろうか。雨などちっとも降りやしない。

墓地の入り口で水を汲み、しおれた花を新しい花と挿し替える。汲んだ水で墓石を洗い、新しい線香を立てた。

しおれていた花は、以前来たときに私が供えたものだった。墓石自体はきれいだが、吉沢を継いだ正洋さんの子はそう頻繁に墓の世話などしていないようだ。孫たちも、次々に東京の大学に出ていった。小間物問屋はほそぼそと続けているようだが、今はなんでもパソコンで買える時代だし、主に吉沢が櫛やかんざしを卸していた呉服屋なんかも、随分減ったらしい。かつてのような盛況はなくなってしまった。

「私たちはさっさといち抜けて、良かったわね洋次さん」

手を合わせながら、くすくすと笑う。笑ってから、ここには義父母も眠っているのだと思い出し、咳払いをした。

洋次さんは、二一年前、肺炎で亡くなった。風邪がなかなか治らず、呼吸障害があって一年以上入院生活が続いた後のことだった。

洋次さんが亡くなる一年前に姉は教職を定年退職し、念願の家を建てて住み始めた。まるで、「僕はもういいから」と洋次さんが身を引いたようなタイミングだった。洋次さんがそのようなセリフを口にしたことなど、一度もないのに。

姉は洋次さんの見舞いにも来てくれたし、入院中の彼の世話と家のことで慌ただしく過ごす私を親身に労ってくれた。時にはおいしいものを食べに連れ出してくれたり、疲れが出て寝込んだ私の代わりに、入院中の洋次さんの着替えを病院まで届けてくれたりもした。

同時に姉は、新居を整えていた。私の寝室、私の衣装棚、二人がけのソファ。

姉は私を待っていた。

私は、姉が私を待っている、という焦燥感にさいなまれた。それは、姉が洋次さんの死を待っているのと同義であり、私はそんなことをけして望んではいないのだった。

洋次さんの病院に付き添ってくれた姉とともに自宅に帰ったある日、姉が靴を脱ぎながら、「百合、キッチンのものはあなたが揃えたらいいと思ってるんだけど、私の古い鍋は捨てちゃっていいかしらね」と何気なく尋ねた。鍋の処分について尋ねられただけだ、適当な相づちで流せばいい。それなのに私は、気持ちが突然沸騰し、手に持っていた家の鍵を玄関横の靴置きに叩きつけていた。

驚いた姉が振り返ったが、私が一番驚いていた。豆鉄砲を食らった二羽の鳩のように、私たちはしばらく見つめ合っていた。

「……どうしたの」

姉が尋ねた。わからない、なんでもない、と口を突きかけたが、たった今私の手のひらから飛び出した大きな音は、私の心が破裂した音だった。一年に及ぶ入院の介助は私の心身をゆっくりと削り、もう洋次さんが回復することはないのかもしれないと気付きながらそばにいることも、それに疲れてしまった自分のこともどこか辛く、膨れ上がった倦怠感と疲労感を姉の言葉が針となって突いたのだった。とてもじゃないがなんでもないことにはできなかった。浅く息を吸って、口を開いた。

「私、まだ、姉さんとは暮らせないわ」

姉の開いた瞳孔が、私の言葉を理解しすっと奥へ引いた。誰かを説得、あるいは納得させようとするときの顔だ。背筋が寒くなった。賢い姉に私が言葉で立ち向かったことは今までにない。姉も静かに言い返す。

「知ってる。百合、なにを怒ってるの？」

「私が姉さんと暮らすっていうことは、洋次さんとは暮らさないってことよ」

「そうよ」子どもの稚拙な言い分を聞くように、姉が大きく頷く。私はもつれそうになる舌で、負けじと言葉を探した。

「それは、つまり、その……洋次さんが、亡くなるってことよ」

姉は眉一つ動かさずに、「ええ」と言った。

私は咄嗟に言葉が継げず、息を呑んで姉を見つめた。姉はそんな私を待つかのように、見つめてくる。

――あぁ、姉はこう言いたいのだ。『そんなのわかっていたことじゃない』と。

それでも私は、いつか死ぬだろうと思いながら洋次さんと暮らしてきたわけじゃない。当然人はいつか死ぬけれど、死んだあとのことを思い待ち望んで、彼と生きてきたわけではけしてないのだ。

「姉さんの、その、態度は」

意味もなく涙が出そうになったが、泣いたらまるで責めている、あるいは責められているようだと思いこらえたら声が震えた。どちらの言い分が正しいとか間違っているとかという話ではない。

「不謹慎だと、思う」

「そうかもしれない」

姉は一呼吸置いて、言った。

「私だって、洋次さんに死んでほしいわけじゃない。亡くなればいいなんて、思ったことはないわ。でも、百合、昔言ったよね。私と一緒に暮らすのが夢だって。二〇そこそこのときじゃなくて、大人になった百合に私ははっきりと聞いた。それを私は鵜呑みにすべきか悩みながら、でも、聞いたから、叶えたわ。あのときの百合の態度は、あなたの言う不謹慎とは違うの?」

いつか姉と二人だけで、自由に暮らす家を持つ。

その夢は嘘ではない。ずっと胸の奥にしまい、ときどき取り出しては眺め、辛いことがあれば抱きしめ、支えとなった。

姉が本当に家を建てたときには涙が出た。たくさんの洋間、螺旋階段、大きな窓。私たちの夢が詰まったその一つずつに、信じられないくらいの愛を感じた。

でも、私が洋次さんと過ごした四〇年もまた、穏やかで、安らかで、いとおしいものだった。

誰に理解されるものでもないと思う。

押し付けられた結婚で、相手は会話さえままならない人で、これまで世話になった手前逃げることもできず、四〇年間変わらない営みを繰り返した。

それでも、私たちしか知らないうつくしい時間があった。互いの失敗を笑ったり、おいしいものに舌鼓を打ったり、円滑な言葉のやりとりがなくても、私たちは確かに、様々な感情をやりとりしてきたのだ。

回復の見込みが立たない洋次さんのそばで、そういった日々を思い返して過ごした。そのかたわら、彼が亡くなったあとのことが頭をよぎった。

姉が言っているのはそういうことだ。

私たちの夢ははなから慎みなどない独善的なものに違いないのだから。

姉は私の内心を汲み取るように、「洋次さんが入院している今、こういう話をしてしまっていることは悪いとは思ってる」と冷静な声で告げた。

「でも、私はいずれこうなるだろうとわかっていたし、こうならなければ、私たちが一緒に暮らすことは叶わないのよ」

「たとえそうだとしても、私は夫が死んで叶えた夢を手放しで喜ぶなんてできない。姉さんは、家族がいないからわからないんじゃない」

姉の表情に亀裂が走った。しまったと思ったが、補うべき言葉も見つからず、取り返せない言葉が姉に染み込んでいくのをただ見ているしかなかった。

姉はかかとだけ脱げていた靴を履き直した。

「そうかもしれないわね」と言った姉の顔は薄く微笑んでいた。

「本当はずっとわかっていたの。百合が私と一緒に暮らしたいと言ってくれたのは、私のためだって。同情でしょう？」

「……違う、姉さん聞いて」

「結婚の話が持ち上がって、百合が私の肩代わりをすることになったとき、私は百合にハズレくじを引かせてしまったと、ずっと思ってた。一生かけて、償わなければいけないと」

いつもまっすぐ視線を合わせてくる姉が、顔を上げない。つま先を見つめたまま私などいないかのように話し続ける。

「でももしかしたら、違ったのかもしれない。私が……」

姉はそこで言葉を切った。続きを待ったが、一言「今日は帰るわ」と言っただけだった。

私と肩をすれ違わせて姉が出ていく。切り揃えた彼女の髪がまばらに揺れたのとは裏腹に、一瞬見えた横顔がかたくなで、もうこのときを逃せば二度と姉の心の声を聞くことも、私の声を伝えることもできないということがはっきりとわかった。

同時に、すべて一人で理解したような気になっている姉に対し猛然と怒りが湧いた。

「私が、なに？　姉さんの方がハズレだったたって言いたいの？」

姉が眉間に皺を寄せ、振り返った。彼女が口を開く前に言葉を重ねる。

「言っておきますけどね、私が二〇歳で結婚してどれだけ大変だったか。他人と一緒に一から生活していくことがどれだけ気苦労なことか、姉さんにわかる？　悪い悪いと思いながら、姉さんは私の生活を私がどう感じているのか、一度も聞いてこなかった。様子を聞いて、勝手に想像して、大変そうだと遠慮したり大丈夫そうだと安心したり、理解した気になっていただけよ。私は別にそれでも良かったですけどね。でも、今になって思ったより幸せで良かったわねなんて言われたくない。それを言ってもいいのは、私だけよ」

　姉の眉間の皺を見つめたまま一気にぶちまけた。姉は、言葉を呑んで呆気にとられている。

「たしかに私は、思ってもみないほど恵まれたけれど、乗り越えたものだっていろいろあった。私、子宮を取ったのよ」

　姉の目が、一層大きく開いた。

「四〇のとき、手術でね」

「……どうして黙って」

「辛かったからよ、決まってるじゃない。傷口はぐちゃぐちゃといつまでも痛んで、でもお腹の下の方はなんだかからっぽで、わかっていたけどもう二度と子どもは産めない。もしももっと若い頃に子作りしていたら望めたかもしれないのにって、しばらくうじうじと泣いたわ。それでも、ハズレくじを引いたとは思わない。姉さんが引いたとも、思わない。だって姉さんが洋次さんと結婚して妻になるなんて、絶対に無理よ。私だったからできたの。私だから幸せになれた。だから、私が結婚したので良かったの。誰もハズレなんて引いていない！」

　背中を照らす直射日光が、どんどんきつくなる。

　このまま暑さにやられてしまったら、墓場で倒れたおばあさんを見つける人に申し訳がないわ、と立ち上がった。

「また来ますからね」

墓石に声をかけ、線香などを入れてきたバッグと、空になったバケツを持ち上げる。あの言い争いのあと、姉がなんと言ってどうやって別れたのかちっとも覚えていない。おそらく明確な落としどころもないまま、曖昧に姉は帰ったのだと思う。

墓地から病院へ向かう国道に出てすぐ、救急車がサイレンを鳴らして私を追い越していった。おそらく病院の駐車場に向かっているのだろう。赤く明滅するランプを見送って、私も同じ方向へと足を進めた。さすがにもう、姉も診察に呼ばれているだろう。そう思って待合室に戻ったら、姉の姿はなかった。ちょうど診察室に入ったところだろうかと、しばらく椅子に腰掛けて待ってみたが、二つある診察室のどちらからも違う人が出てきた。

おかしい。慌てて受付に寄り、「あの、香坂桐子ですが、診察は終わってますでしょうか」と尋ねる。

「香坂さん……何科ですか?」

「脳……神経科だったかしら」

「脳神経内科ですね。ああ、お会計も終わってますよ」

辺りを見回すが、やはり姉の姿がない。今まで、一人にしてもふらふらと出歩いてしまうことがなかったから、大丈夫だと思ったのに。認知症の症状には、「徘徊(はいかい)」があると言う。姉の認知症はまだ軽い方で、迷子になるようなことはないと思っていたが、油断した。

「どうしよう、お手洗いにでも行ったかしら」

顔色を変えた私を見かねたのか、受付の女性がこちらに身を乗り出した。

「大丈夫ですか？　お連れ様が、見当たりませんか？」

「ええ、姉なんです。八二歳で、今日も認知症の薬をもらいに」

受付の女性の表情が引き締まった。

「すぐに人を呼んで、捜しますね。館内放送もかけますので、ええと……」

「吉沢です」

「吉沢さん。おかけになってお待ちください」

女性はうさぎのようにぴゅっと駆けて事務室に飛び込むと、すぐに人を連れて戻ってきた。

「吉沢さん、香坂桐子さんの今日の格好は？」

「いつも診察はこのフロアですか？」

「このあとどこかに行く予定を話しましたか？」

白い服を着た看護師のような男性に次々と質問をされ、目を回しながら答える。男性は、私の肩に手を添えて、「大丈夫ですよ」と力強く言った。

「まだそう時間は経ってないようですし、近くにいらっしゃいますよ。捜してきますから、座ってお待ちくださいね」

「はい、はい、すみません、お願いします」

祈るように頭を下げる私を残し、男性は走っていった。頭上で、姉の名を呼ぶ館内放送が流れている。私も捜しに行こう、と立ち上がったが、受付の女性がすかさず「吉沢さんはここでお待ちください。戻っていらっしゃるかもしれませんので」と私を呼び止めた。

トイレにもいない、三階は、エントランスは、カフェテリアは見たか、と姉を捜してくれている数人の声がとびとびに聞こえる。

たった一〇分程度のことだったが、両手をきつく握りしめ続けたその一〇分が、とてつもなく長い何時間にも思えた。

「吉沢さん！　お姉さん、いましたよー！」

そう言って先程の男性が姉の肩を抱いて戻ってきたとき、私は身体の力が抜けて椅子から立ち上がることができなかった。骨でも抜かれたかのようにぐったりと椅子にもたれ、歩み寄ってくる姉と男性を見上げた。

「姉さん、どこに」

「どこって、百合、お墓参りに行くって言っていたじゃない」

姉は大勢が自分を捜していた様子に気が付いたのか、若干腹を立てているような口ぶりだった。大げさにしたことを怒っているのだ。

「病院の裏手ですぐに見つかりましたよ。墓地までの道を迷ったのかな。暑いのにね、香坂さん。こんな暑い日は帽子を被った方がいいですよ！」

「あら、私日傘を持ってますもの」

「なら差さないと」

ははは、と笑う男性は軽い調子で姉を椅子に座らせて、「ちょっと飲み物持ってきましょうか。吉沢さん、よろしいですか」と言って目で私を呼んだ。

姉を振り返ると、姉のそばには看護師の女性が膝をついて姉の血圧を測っている。安心して、男性の後に続いた。

男性は、給水器の水を紙コップに注ぎながら「すぐに見つかって本当に良かったです」と真面目な口調で言った。

「はい、あの、本当にありがとうございました。見つけていただいて」

今更ながら礼を言いそびれていた。頭を下げると、男性は「いえいえ」とにこやかに言ったが、「少し質問させてください」とすぐに真顔に戻った。

「名乗り忘れていました。私、作業療法士の安元(やすもと)です。いつもお姉さんの付き添いは、吉沢さんが？」

「はい、二人暮らしですので」

「そうでしたか……介護サービスを使うことなんかは、考えていませんか？　デイサービスなど」

「いえ……今のところ、日常生活は困りませんし」

「そうですか。あの、無理に勧めるわけではないんですが、なにか福祉のサービスを受けることを考えられたらどうかな、と思います。失礼ですが、吉沢さんが今後もお姉さんをサポートしていくとなると、いわゆる老々介護と言って、吉沢さんの負担がかなり大きくなると思うので」

「はあ」

「たとえばこういう病院の付き添いなんかだけでも、やってもらえるサービスがあると思います。市の、地域福祉課にご相談されてはいかがでしょう」

「わかりました。ご親切にどうも」

深々と頭を下げる。紙コップの水を受け取り、姉のもとに戻ると、姉はまたぼんやりとテレビを見上げていた。画面では、食器用洗剤をかかげた俳優が歯を光らせて笑っていた。

ふと、少し疲れたな、と感じた。


家に帰ると姉は、ちょっとだけ休むと言って二階の寝室に上がっていった。昼食はいらないと言う。私は、誰もいない一階の居間で、しばし放心したようにソファに身体を沈めて座り込んだ。

今更ながら、恐怖が這い上がってきた。あのまま姉が見つからなければ、墓までの道で迷子になり、熱中症で倒れていたかもしれない。見つかって、本当に良かった。

受付の女性も、姉を捜しに走っていった安元さんも、本当に親切な人たちだった。彼らがいなかったら……

ああだったらこうかも、という悪い想像ばかりが頭を巡る。

そろそろ、限界なのかもしれない。

二人だけで誰にも気兼ねをしない自由な暮らしは、私たちが長く求めてきた通り、素晴らしい時間だった。神経質な姉と考えの浅い私はしばしば衝突したが、それでも二人共いい年の大人なだけあって、しばらくすればまた、二人だけの快適な暮らしを楽しむことができた。

しかし、姉が認知症を患い、私も八〇を超え、今日のような事態が起こっても走って姉を捜しに行くことはできない。これまで以上に誰かの手を借りなければ、生きてはいけない。

福祉、介護、デイサービス。

頼るべきだとわかっている。それでも、どうしても、重い腰が上がらない。姉から言い出すわけがないのだ。私が決めなければならない。

他人の介入にどうしても二の足を踏んでしまうのは、私が、そしておそらく姉も、変わることを恐れているからだ。

私たちがともに暮らすという決断は、とても大きな変化をもたらしたから。

――ずっと願っていたはずじゃなかったか。

姉との口論の夜、自分の口から飛び出した様々な言葉、間違いなく姉を傷つけ、しかしそのどれもが本心だった言葉を反芻しては、どういう言い方が正解だったのかちっともわからない、と頭を抱えた。

そして自問した。私は本当に、姉さんと暮らしていきたいの？

洋次さんはおそらく、もう長くはない。現実問題として、これからの身の振り方を考えなければならないだろう。

姉はすでに、新居に一人暮らしている。この辺りでは見ないようなとても大きな家だ。姉だけでなく、私の憧れも詰まっている。姉が何十年もかけて叶えてくれた。

九〇年代に入ってすぐ、いわゆるバブル経済のさなかに姉は長野の別荘を高値で売った。あっさりと手放してしまったことに私は驚いたのだが、あの別荘には藤宮さんとの思い出もあるのだろうし、持ち続けることに何かしらの苦痛があったのかもしれない。

しかしその後バブルがはじけて株価や地価が暴落し、世間が不景気に喘ぎだしたとき、姉の思惑はそんな湿ったものではないのだと気付いた。姉は、別荘の売却代金と教職の貯金で土地を買い、家を建てた。各地の不動産価格は未だ低迷していたので、かなり「買いどき」だったと思う。

姉が、解放感にあふれた私が目を輝かせて喜ぶことを望んで家を建てたのは明らかだった。でも、あの諍いでその望みは断ち切られた。

『同情でしょう?』

一度でもそう疑ってしまったら、私が否定したところで疑っていない頃には戻れない。同情で一緒に暮らすつもりはなかったけれど、本当に? と繰り返し聞かれたら、わからない、というのが正直なところだった。

どうしたらいいのだろう。答えのないまま時間だけが進み、それからひと月もしない明るい冬の朝、洋次さんは亡くなった。

自分でも信じられないくらい涙が出た。

洋次さんの薄く開いた唇から、命が身体の奥へ吸い込まれて消えていく瞬間をこの目ではっきりと見た気がして、洋次さんの心やぬくもりはどこへ行ってしまったのかと、途方に暮れたように立ち尽くした。

　ふと気が付けば姉が私の肩を抱いていた。病院で看取りの手続きが終わり、姉や吉沢家への連絡、葬儀屋の手配などをしたのは自分であるはずなのに、その記憶がすっぽりと抜け落ちている。いつの間にか病室へやってきていた姉は、きれいに清められた洋次さんが横たわるベッドの前で、ただ椅子に座る私の肩を時間が許す限り抱いていてくれた。

　終わったのだ、という感慨がすうすうと胸を幾度も通り過ぎる。ささやかな葬儀を終え、一人きりの自宅へ帰る。これから少しずつ、洋次さんの衣類や日用品を処分して家を片付けなければならない。たいした趣味もなければ持ち物もない彼の遺品の整理はすぐに終わるはずだった。それなのに、衣類を箱に詰めてはしばらく部屋を眺めたり、作業所で彼が作ってきた季節飾り（小さな鯉のぼりだったり、クリスマスのリースだったり）を一つずつ確かめては捨てられずに元の場所に戻したり、そんなことをしていたらちっとも片付けは進まなかった。

　これから自分がどうするのかを考えなければならないのだが、家の片付けを永遠に終わらせることなく繰り返していれば、少なくともその間だけは何も考えなくて済む。中身のない作業をしばらく続けていたある日の夕方、姉が連絡もなく家にやってきた。

　洋次さんが入院して以来、何かと世話を焼いてくれた姉が我が家に来ることはあったが、洋次さんが元気なうちは、用もなくおしゃべりしに来たり、夕飯を食べに来たりすることはほとんどなかった。

「どうしたの？」

洋次さんの葬儀を挟み、口論の一件はうやむやになっていた。一抹の気まずさを抱えながら尋ねると、姉は「今夜の夕飯って、決まってる？」とおもむろに聞き返してきた。

「まだ……最近あまり、作ってなくて」

「適当に食材買ってきたんだけど、なにか作ってよ。手伝うから」

姉が手渡してきたビニール袋には、白菜、ネギ、にんじん、さつまいも、豚肉、白身魚、豆腐、厚揚げ、卵など、無秩序な食材が詰まっていた。姉はコートを脱ぎ、腕まくりしている。

「えーと、じゃあ何作ろうかしら」

さつまいもと厚揚げを甘辛く炊いて、にんじんは細切りにして卵と炒めてしまおう。残った食材は……ええい、鍋にしてしまえ。

「寄せ鍋と、少しおかずも作るわね。姉さんはにんじんの皮を剝いて、このスライサーで千切りにしてちょうだい。場所がないから悪いけど……後ろのテーブルで」

「全部？」

「まさか。一本でいいのよ」

私が目を剝くと、姉は恥ずかしそうに顔を背けてにんじんを手に取った。

私が鍋に出汁をとって白菜を切っている後ろから、姉がにんじんをスライサーにこすりつけるさりさりという音が届く。何か、話をしに来たのだろうことはわかった。

「……少しは落ち着いた？」

姉がさりさり音に紛れる声で尋ねた。

「あぁ、そうね……葬儀のときはありがとう。香典のこととかお返しの関係とか……私わからなくて」

「百合が喪主じゃないんだから、そういう事務も吉沢がやるべきなのよ。煩雑なことだけ百合に押し付けて」

姉の尖った声がいつも通りで、妙に安心した。出汁が出るだろうと、砂抜きした冷凍あさりを凍ったまま鍋に落とす。

「でもね、仕事があった方が気が紛れて逆に良かったの。むしろ、人前でしゃべったり葬儀屋さんとやりとりするようなことをやってもらって、私は助かったし。洋次さんのお友達は吉沢家じゃなくてちゃんとうちにお線香を上げに来てくれたりしてね……ほら、見て」

小さな祭壇（位牌は、吉沢家の義父母と同じ仏壇に入ったのでうちにはなかった。私一人に仏壇の世話を背負わせるのは申し訳ないとかいうはからいで）と、遺影の方を示す。野花を摘んだような可愛らしい花束に、折り紙の鶴や花。ちりめん織りを貼り付けたお手製の菓子箱には、甘党の洋次さんがよく食べていた市販のクッキーやチョコレートが盛られている。

「私はあまり関われなかったけど、洋次さんには洋次さんの社会があって、友達がいて、こうして悼んでくれる人がいるのよね」

姉は、小さくなった人参を持ったまま、遺影をじっと眺めていた。ふと視線を落とし、「これは、手作り？」とおもむろにテーブルに置いてあるコースターを手に取った。

「ああ、うん。作業所で作る製品なんだけど、表の絵柄が少しズレてるでしょう。失敗したからって、もらってきたの。もう二〇年は使ってるわね」

ふうん、と姉はコースターを表裏確かめ、テーブルに戻す。「こっちの鍋敷きは？」と藁編みの鍋敷きを手に取った。淡いピンクに着色した藁と無染色の藁を組み合わせて作ったものだ。

「それも、二〇年ものよ。もっとかも。私の誕生日にね……あれ、母の日？ 敬老の日？ 忘れちゃった。とにかく、洋次さんがね、くれたの」

「……母でもないし、二〇年以上前ならまだ老人でもないじゃない」

「そうなんだけど、なんかね、作業所で家族に贈り物をしようってイベントがあったみたいで。きちんと『どうぞ』って言って渡してくれたんだけど、どういう名目なのか、本人はピンと来てないのがおかしくって」

思い出し笑いがこぼれる。あとから作業所のスタッフの人に、「奥さんの好きな色を選んでくださいって言ったら、迷わずピンクを選んだんですよ」と告げられたときの照れくささがよみがえり、顔を伏せて「にんじん、できた？」と尋ねた。

「ええ」

「じゃあ、こっちにもらうわ。次はさつまいも。輪切りにして、水にさらしてちょうだい。厚揚げは手でちぎって」

「……こういうの、毎日一人でしているの？」

千切りのにんじんとさつまいもを交換しながら、姉が尋ねた。

「洋次さんが入院するまではね。一人だとなかなか、こんなにしっかり料理する気にはならなくて。煮物一つで十分だし」

とすん、とさつまいもを切る音がゆっくりと聞こえた。慎重に、慣れない手付きで包丁を扱う姉の様子を思い浮かべ、何事も直截(ちょくせつ)な姉にしては話すのをためらっているのだろうかと思った。と、姉が急に「今から作るの、洋次さんが好きだったメニューでしょう、どうせ」と含み笑いした。

「ええ、まぁ」と私はなぜかあたふたする。

「というか、気に入った食事を繰り返し出した方が安心するみたいなの。だから献立はほとんど毎週同じ。季節が変われば変わるくらい。楽よ、すごく」

自然と、今でもそういう日常を続けているかのような言い方になった。彼のために料理をしていたのは、もう一年以上前のことになるのに。またいつでもあの日々に戻れるような気がしている。

鍋に具材を並べ、蓋をする。弱火に調節して、別の小鍋を取り出した。ささっとにんじんを炒って塩で味付ける。

「百合……」

姉が何かを話しかけたとき、とんとんとん、と裏口の戸が慣れたリズムで叩かれた。

「あら」

姉は、もう夜なのに、と不審げに眉をひそめたが、私は人物に心当たりがあった。ほぼ完成した炒め物の火を止め、裏口の戸を押し開けると、案の定、田口さんがこちらを見上げている。

すっかり曲がってしまった腰に手を回し、反対の手にビニール袋を提げている。

「まぁ田口さん、こんばんは」

「こんばんは。百合ちゃん、忙しい時間にごめんねぇ。あのね、これ、うちの畑で採れたやつ。良かったら使って」

差し出されたビニール袋からは、くろぐろとした厚い葉のほうれん草が根元に土をつけたまま、どっさりと入っていた。重たそうな袋を急いで受け取り、「いつもありがとうございます。この前いただいた冬瓜も、おいしくって」

「ああそう、食べられた？　なり始めだったから、ちょっと小さかったけどねぇ」

田口さんは私の背後に視線を走らせ、きょとんと目を丸くした。

「あ、姉です」

「まぁそうなの、お姉さんが……おうちは落ち着いた？　いつまでも気落ちしてちゃだめよ。最近めっきり朝見かけないじゃない。うちの嫁がこないだ『大丈夫かしら吉沢さん』なんて言って覗きに行こうとしてたのを、私止めたのよ。百合ちゃんまだしっかり悲しみたいんだから、そっとしておきなさいって。でもね、そろそろ外の空気も吸った方がいいわよ。洋次さんだって、いっつも休みの日は庭の木陰に腰掛けて、庭仕事をするあなたのこと見てたじゃない。普段通りにした方が、洋次さんも安心するんじゃないかしらって、私思うの」

ええ、はい、そうですね、と田口さんの言葉の隙間に相づちを差し挟む。嫁は押し留めたが、自分はちゃっかり様子を窺いに来たのだろう。すっかりしゃべって満足したらしい田口さんは、

「じゃあまたね。今度、豆餅を作るから、また持ってくるわ」と背を向けた。

「暗いので、お気をつけて」

後ろ手に手を振って、田口さんは帰っていった。足取りは遅いし腰はほぼ九〇度近くまで曲がっているが、何年経っても思考も口調もぴんしゃんとしたままだ。

ほうれん草の入った袋を片手に裏口を閉める。家に上がると、呆気にとられた姉がちぎりかけの厚揚げを素手で摑んで立っていた。問われる前に、「ご近所さん」と説明する。

「ここに住み始めてからもうずっと、良くしてもらってるの。世話焼きさんなのよ。もう九〇を超えてるんだけど、頭も身体も元気でね」

揶揄したわけではなかったが、ふふっと笑ってしまった。さあ、ほうれん草も後で下茹でしておかなければ。台所の隅にどさりと袋を下ろす。鍋がこぽりと音を立て始め、出汁のいい香りが広がっていた。野菜と肉の火の通りを確認してから、豆腐とネギを追加する。

姉から受け取った厚揚げとさつまいもに火を入れ、「姉さん、座ってて。もうできるから」と椅子を勧める。姉は所在ない様子で腰を下ろした。

背中越しに声をかけた。

「ごはん、ちゃんと食べてる？」

「食べてるわよ。私がそれを百合に聞こうと思って来たのに」

「私は何があってもお腹がすくタチなのよねぇ、困っちゃう。ちっとも痩せないの」

あんなに泣いたのにね、と笑ったが、返事はなかった。

「百合」

衣擦れの音とともに姉が私を見た気配がして、振り返った。

「一緒に住むの、やめようか」

姉の目は静かで、でもそれはいつもの何かを見透かしたような冷静さでもなく口論の後の疲弊した諦めでもなく、ただ今日それを伝えるために来たのだということがわかる真摯な目だった。

「……どうして？」

尋ねながら、自分が突き放されたような喪失感を胸に抱いていることに気付く。しかしすぐに、思い直す。最初に姉を突き放してしまったのは、私の方なのだ。

背後でぐつぐつと鍋が煮えていた。油を回しているさつまいももじりじりと音を立て、良い匂いがし始めた。姉が席を立ち、鍋の火を止めた。

「そうするのが、今の私たちが幸せになる一番の方法だからよ」

とりあえず食べない？　と姉は弱々しく微笑んだ。

でき上がった鍋と煮物を食卓に並べ、箸を手に取ると、姉はいつになく自分のことを話し出した。新しい家の近所にはたくさんの卒業生たちがいて、代わる代わる挨拶にやってくること、回覧板が回ってきたので面倒だと思いながらも仕方なく町内会の会合に顔を出したところ、住民のほとんどが来ていなかったこと。キッチンがあまりに広いのでなにか料理でもしてみようと肉を買ったがステーキ肉で、そもそも肉が得意ではないし焼きすぎて硬いし、せっかくの国産牛を苦悶の表情で飲み下したこと。

「でもね、妙に全部がおかしくって」

姉は酒も飲んでいないのにどこか上機嫌で、鍋で温まったせいか頬を上気させて言った。

「ずうっと私、一人暮らしの狭いアパートに住んでいて、ちっとも狭いとは思っていなかったのに。広い家っていいものね。心まで広くなる気がする」

快適にやっていけそう、と鼻歌まで歌い出しそうな表情だった。

私に気を遣わせないための方便だろうか。一瞬よぎる。しかし、姉の柔らかな表情は本心を口にしているに違いなかった。私に言うべきことを伝えて、肩の荷が下りたかのようだった。

器の中でくったりと煮えている白菜をつまみ上げ、私は、と自問した。

私はどうしたいの？

鍋から立ち上る蒸気の向こうに、姉の姿と、四〇年近く目に馴染んだ家の風景がある。家は、当初吉沢の義父の名義だったが、義父が亡くなり、洋次さんが相続した。洋次さんが亡くなった今、私のものとなるらしい。私がここに住み続けてもなんら問題はない。

洋次さんが座っていた椅子、毎朝新聞を眺めた座卓、変わらないテレビの位置、帽子掛けに掛かったままの帽子。

彼と私が生きてきた呼吸をそのまま吸い込んできたこの家で、一人同じように暮らし続けることはうっとりとするほど平穏だろう。そう思うと同時に、私自身が生み出す寂しさに飲み込まれていくような果てのない恐怖も、感じた。

私は一人では、幸せになれないのだ。

久しぶりに作った鍋料理に真面目な顔でおたまを差し込む姉の顔を見つめて、そう悟った。

私はいつでも、誰かと生きていたい。

家族と呼べる誰かのために料理を作り、部屋を整え、挨拶を交わしたい。狭くても広くても、美しくても散らかっていてもいい。家族の呼吸が感じられる場所で、私の居場所を作りたい。

居候暮らしを続けた一〇代の私が願った自由はそういうことだ。

「姉さん」

「うん？」

「……姉さんは強い人だから、一人でも、幸せ？」

「そんなことないわよ」

寂しいときもある、と姉は器に目を落としたまま、きっぱり言った。

「でも、一人なら一人の幸せがあるから。どうとでもなる。私は一人でも幸せになれる準備を、ずっとしてきたから」

それが姉の強さだ、と思った。前を見据えて、他人に寄りかかることなく生きてきた自負が彼女を支えている。それに比べて、私の弱さはなんと甘いことだろう。

姉がふと顔を上げて私を見つめる。情けなく迷う私の表情を見て、それからテーブル上の鍋敷きに目を落とした。

「ずっと私、吉沢家だけじゃなくて、洋次さんのことさえも、許せなかった」

姉の痩せた手が鍋敷きの編み目をなぞる。

「洋次さんにその意思はないとわかっていても、彼も吉沢家の言いなりになって百合を縛り付けているように思えたし、百合が吉沢家に尽くすのは、金銭的な援助への礼と、洋次さんへの同情だと思ってた。それを、強いられているんだと」

でも違った。私がなにか言うより早く、姉が続ける。

「なにか……私には見えないものがあったのよね、きっと。憐憫じゃなくて、愛情とか、そういうものが。言葉や形にならなくても、百合にはわかってたのよね」

私は一拍遅れて、頷いた。姉が微笑む。

「私も薄々わかってたのに、わかってないふりをしてた。私の夢には、百合のためという大義名分がないといけないと思ってた。でも年をとるにつれて、少しずつ、そうじゃなくなってたの」

ここまで一人で生きてきた。勉強に励み、奨学金を受け、教員免許を取って晴れて教師となり、一歩ずつ、理想の家に向かって進んできた。手を取り合っているつもりだった妹の手がいつの間にか離れて、彼女一人で進み出したと気付いたときはショックだったが、それでも足を止めなかった。

夢と理想はあくまで私一人だけのものだと気付いたからだ。妹のそれと、自分のそれが必ずしも重なるわけではない。

不遇な子ども時代を取り返すことが目的だった理想の家は、いつしか、これまでの自分を全肯定してくれるはずの到達点になっていた。そこには妹の存在は、なんら関係がないのだった。とつとつと語る姉の高い鼻梁を見つめながら、じわりと涙がにじむ。なぜだろう。悲しい話をしているわけではないのに、姉のひたむきな強さが物悲しく思えた。

桐ちゃん。心の中で呼びかける。

私はあなた一人にどれだけのものを背負わせてしまったのだろう。

姉は言うだろう。『百合のせいではなかった』と。それでも、家と親を失った幼い頃から姉は、ずっと『姉』のままなのだ。妹の存在がなければ、こんなにも姉が強くなる必要はなかった。

それなのに私はまた、姉に頼ろうとしている。一人では幸せになれないなどと甘いことを言って、彼女の強さに腰掛けようとしている。

姉は、急にふふっと声を漏らして笑った。

「家ができて、私、すっかり舞い上がっていたんだと思う。自分を褒めたい気持ちと同じくらい、ここで百合とまた暮らせたら、どんなに楽しいだろうって。子どもの頃から、ずっとそればかり想像してたから」

部屋はそれぞれ一つずつ、寝室は別。姉は好きな本を置く書斎を持ち、私はミシン部屋がほしい。キッチンには窓があって、朝ごはんは洋風にパンをいただく日と白米の日を交互にしよう。

かつて暇さえあれば夢想した生活が、思い起こされた。姉も同じだったのだ。

「洋次さんの容態が不安定で落ち着かない時期に、あんなふうに家のことを話すのは無神経だった。反省してる。ごめんなさい」

私はにじんだ涙を吸い込もうとやや上を見上げ、黙って首を振った。

姉は柔らかく笑みを浮かべたまま、口を開く。

「今日この家に来て、私が今までどれくらい百合たちの生活を見ようとしなかったのか思い知ったわ。百合が二〇年も使っている鍋敷きを、今日初めて見たの。……たぶん、怖かったんだと思う。百合が本当に洋次さんと夫婦になってしまった様子を、目の当たりにするのが」

怖い、という言葉を姉の口から聞くのはどこか違和感があった。しかし同時に親しみも感じて、くすぐったいような心地が胸をよぎる。

「私は……何も変わってないの。情けないほどに」

姉はふっと破顔した。

「そうね。百合は変わらない。私はそれがうらやましい。本気で誰も悪くない、誰も悪者にしたくないと思えることがうらやましい」

姉はそう言ったが、うらやましがられるようなことかは疑問だった。私は誰も悪くないと思うことで、自分の人生を正当化したいだけだ。

「私は」姉が目を伏せて言う。

「誰かを悪者にしなければ、説明がつかないと思ってた。吉沢家でも、洋次さんでも、もっと大きな国とか社会とかとにかくなんでもいいから、誰かが悪でなければ私たちがここまで苦労した理由に説明がつかないじゃない、って」

もうとにかく理屈っぽいの、と姉は自らを笑い飛ばした。

「結局私は百合みたいに、誰も悪くないとは思えない。どうしてもどこかに原因を探して、苦しむ。ばかばかしいでしょう、六〇にもなって。もう、やめにしたい」

嘆くどころか吹っ切るように言い切った姉は、正面から私を見据えた。

「百合は、百合の一番幸せな方法を考えたらいいわ。私もそうするから。ここにいたいのなら、ここにいたらいい」

伸びやかな声でそう言った姉は、やや照れくさそうに「お水、もらう」と言って立ち上がった。「鍋なら、なにかお酒でも買ってきたら良かった……」などと呟いている。

同情だろうか、甘えだろうか、という迷いは消え失せていた。

もう洋次さんはいない。いなくなってしまった。変えようのない事実に打ちひしがれて、終わらない片付けを続けることは、もうやめにしなければならない。

私がこれから生きていくための、一番幸せな方法。

もう答えは出ていた。


は、と声が出て起き上がった。いつの間にか、ソファに座ったまま眠り込んでいた。ぼんやりと霞んだ午後の日差しが窓から差し込んでいる。時計に目を向けると、時刻は一四時近い。いろいろ考えていたはずなのに、寝てしまうなんて。これだから私は、考えなしなのだ。

台所から水の音が聞こえて顔を向けた。姉が、シンクに向かって立っている。蛇口をひねって水を止め、こちらを振り向いた。

「ああ、起きたの」

「姉さん、ごはんは？」

姉はふっと頬に笑みを乗せた。

「百合はいつも、私の食事のことばかり気にしてる」

茶を淹れて飲んでいたらしい姉は、きゅうすを片付けながら「百合も食べてないんでしょう」と手を動かし続ける。

「ええ。でもね、もうこんな時間だし……お腹もあんまりすかないわ」

「なにかつまみましょうか、お菓子でも」

珍しい。姉はいただきものの菓子箱などを入れてある戸棚を開け、目についたものを手に取る。

「甘いものも欲しいわねぇ……」

ぶつぶつと口を動かしながら戸棚を物色した姉は、京都の有名餅菓子屋のあられと、東京の有名洋菓子店のクッキー缶を取り出してきた。その間に、私は姉が片付けたばかりのきゅうすで茶を淹れた。

「これ、誰にいただいたんだったかしら」

「あられは、姉さんの学校の、なんとか先生。ほら、お子さんの出産祝い、したでしょう」

「ああ、そう。おいしいわねぇ」

「昔、ざらめのついたあられを選って食べて、怒られたことあったわ。あれはどの家だったかしら」

「あられがあるなんて、吉沢の家じゃないの」

「そんな大きくなってからじゃないわよ」

どうだかね、と姉が微笑む。

ともに暮らすことを決めた私たちの生活は、今のように向かい合って菓子を口にするような穏やかなときもあれば、姉妹とはいえ他者である私と姉の肘と肘がささいなところでぶつかり合うこともあった。それでも、甘い菓子のほろほろと溶けていく食感を味わっている今、一緒に暮らすことを決めて良かったのだという気持ちがこみ上げる。それはやはり、福祉の手を借りることへの億劫さへも繋がっていた。年をとってからの変化は、私にも姉にも心身への影響が避けられない。他人の手を借りて私は楽になったとしても、姉の認知症は、どうかするとさらに進行するのではないかという懸念もあった。

ふと姉が呟いた。

「こんなものが欲しかったのかしらね、私は」

姉の視線の先に目を向ける。蓋が開いた菓子の箱が二つ、あるだけだ。

「なあに？」

「お礼、お礼って頭を下げられて、菓子やら肉やらもらって、そりゃあ気持ちのいいもんでしたよ。でもどうなのかしらね。みんな、本当はいい気になってる私を笑ってたのかもしれないわね」

姉さんどうしたの、と声をかけようとして、言葉が止まった。姉の目がうるんでいるように見えたからだ。私もそうだが、年をとると涙腺がゆるむのか、勝手に涙がにじむことがある。姉の目もそれだと思ったが、菓子箱に目を据えたまま哀も楽もない表情で言われると、胸の真ん中を摑まれたような心地がした。

ずっと、そんなふうに思っていたのだろうか。いや、そんなはずはない。心底感謝されて、「先生ありがとう」と手を握られて、微笑む姉の横顔を何度も見た。

病気のせいだ。姉の心をむしばんで、幸福な記憶を食い散らかす病にふつふつと腹が立ち、「姉さん、見て」と私は台所の正面にある窓を指さした。曇りガラスの向こうには、縦長で濃茶の影が見える。桜の木だ。姉が顔を向けた。

「庭の桜。あれは、この家の新築祝いで教え子さんにいただいたものでしょう。確か、植木屋さんの。よく覚えてるわ。晴れ晴れしい顔でトラックに大きな桜の植木を載せてきて、『先生これあげます』って。迷惑そうな姉さんの顔を見てもへっちゃらで、本当に植えてしまった。覚えてる？」

「あぁ……」

姉さんは不明瞭な声を漏らしたものの、記憶をたどるように桜の木の影を見つめている。

「食べきれないくらいものをいただいても、代わる代わる人がやってくるおかげでなんだかんだなくなっていくじゃない。みんな姉さんのお客さんよ。なによりこの家だって、姉さんの努力の象徴なんだから。誰が笑ってるもんですか」

姉は家を建てた後、退職金を使って長野の土地を少しずつ買っていった。そしてようやく景気がどん底から少し上向いてくると、その土地に別荘を建てて貸別荘業を再開した。今も、まだ二、三筆の土地や別荘を持っているはずだ。この不労収入のおかげで、姉と私は理想の家での暮らしをここまで続けてこられた。思い返すだけで感嘆のため息が落ちる。

姉はぼうっと私の言葉に聞き入っている。やけっぱちになって、私は言った。

「そもそも姉さんがこの家を建ててくれなかったら、私は洋次さんが亡くなったあときっとすぐにぼけて、孤独死なんてことになりかねなかったんだから。あぁ怖い。私には姉さんみたいに若いお知り合いなんていないんだから、訪ねてくれる人がいるだけでありがたいことよ」

姉は、数秒してようやく私の言葉を飲み下したかのように、頬を緩めた。

「そうね、ありがたいことね」

「そうよ。あれもこれも、香坂先生の人徳の賜物」

「大げさな」

「私が一番の恩恵を受けたわね。ありがとう姉さん」

おちゃらけて言ったつもりだったが、姉はふと真顔になり、虚空を見つめた。どうしたのかと彼女の目を覗き込むが、何を思っているのかはわからなかった。

「……『幸』住むと、というのは本当ね」

「さいわい？」

口の中で呟くように言った姉の不明瞭な言葉を聞き返す。姉は否定するというより、思わずこぼした独り言に照れたように緩く首を横に振り、「なんでもない、ただ」と言った。

「遠くに来てよかった、と思っただけよ」

姉はそれきり口をつぐんだ。きゅうすに残った最後の一滴を私の湯呑に注ぎ切ると、きゅうすを片付けるため腰を上げた。

台所に向かう姉の背中を見つめ、私は姉が、今この瞬間だけでも、彼女自身の人生を肯定できていればいいと切に願った。姉が次の瞬間には忘れてしまうとしても、姉を取り巻くたくさんの人たちが覚えてくれていることを、私も覚えていたいと思った。

夢を見た。

この家に、洋次さんがいるのだ。彼はまるで自分の家のように、この家の艶やかな廊下を二往復している。私は当たり前のように、ごはんと味噌汁と青菜のおひたしと、ポーチドエッグを作っている。

すると姉が起きてきて、自然と洋次さんと挨拶を交わしている。姉の背後を忙しそうに義母が通り過ぎていった。

なんだかみんないるわねぇ、と思った矢先、目が覚めた。

目元が濡れていた。指先でこすると、目やにがぽろぽろと取れた。

階下におり、簡単な朝食を準備する。最近はもっぱら、白米とお漬物で済ましてしまう。

姉はまだ起きてこないが、洗濯機を回し、昨夜もきれいに拭き上げた台所をもう一度水拭きする。

八時を回ったが姉が起きてこないので心配になり、姉の部屋へ向かった。今日も外は暑いらしく、玄関のすりガラスから差し込む朝日で家の中は温(ぬく)い。手すりを摑んで階段をのぼっていくが、螺旋の中央辺りで一息ついてしまった。

手すりには、バイオリンのような美しい装飾がある。二日に一度は水拭きするので、つやつやと美しい。しかし太くどっしりとしていて、私の手には摑みにくい。階段も、急ではないが靴下を履いた足には滑りやすく、のぼるたびにひやひやする。姉はスリッパを履いたまますたとのぼるのだが、私は足先が引っかかりそうで怖くて、いつも下でスリッパを脱いでからのぼるのだ。

「姉さん、起きてる？」

姉の寝室をノックすると、中から返事があった。ほっとして、「朝ごはんは？」と尋ねると、すぐさま「今日はいいわ」と低い声が返ってきた。

一言断ってから、薄くドアを開ける。姉は、まだベッドで横になっていた。

「大丈夫？　調子悪いの？」

「心配いらないわ」

表情は見えないが、薄い掛け布団がかすかに上下している。脇机に置いた水差しには、まだ水が残っていた。昨日、病院であんなふうに騒ぎになって、疲れが出たのだろう。

暑くなるだろうから冷房を付けると、姉がわずかに頭を上げてこちらを見た。冷房が嫌いな姉が、顔をしかめている。

「お水も飲まないと、だめよ」

「はいはい……ああ、今日はさやえんどうの筋を取るんだったわね……」

「もうそれは終わってますよ。いいから、ゆっくりしてて」

姉の寝室を出ると、すぐ隣の書斎の戸が開いていることに気が付いた。

中を覗くと埃っぽく、咳が出た。しかし、突きあたりの窓から光が差している。あそこは常にカーテンが閉まっていたはず。なにか整理でもしたのだろうか。

吸い込まれるように、一歩が出た。今地震が来たら、確実に埋もれ死んでしまうわねと思いながら、窓に近づく。

窓のそばの小さな腰掛け椅子には、カードケースや古い写真アルバムが置いてあった。カードケースは、姉がいただいた名刺を整理しているものだ。開いたままになっているところには、どれくらい前だったか、市役所の若い職員がやってきたときにいただいた名刺が入っていた。

『青葉　祐太郎』

そういえばこんな名前だった。この写真アルバムはなんだろう。カードケースとアルバムの二つを同時に手に取ろうとして、とりこぼした。剝がれた写真が足元にちらばる。

「大変」

かがんで拾おうとしたら、背後の書棚にお尻を打ち付けた。

「アタタ」

こんな狭いところでは片付けるのも一苦労だ。ちらばった写真とアルバム、カードケースを一抱えにして、部屋から出た。

姉はどうして、こんな古い写真を出してきていたのだろう……拾い集めた写真の一枚には、電車が写っていた。電車の写真など、姉が撮ったはずはない。いただきものだろうか。

散漫に考えながら階段の下から四段目に足をつけたそのとき、靴下が滑った。

両手ですべてを抱えていた私は、手すりを摑むことができなかった。

滑った足は手すりの付け根にぶつかり、右側に傾いた身体は横の壁にぶつかった。同時に、強く壁で頭を打つ。

なにがどうなったかわからないまま、気が付けば階段の一番下の段に尻を付けて座っていた。頭を打ったまま壁に沿ってずり落ちたらしい。

ちかちかと、瞼の裏が光った。しばらく痛みで声が出ない。手すりにぶつけた足も、壁に打ち付けた頭も同じくらい痛い。

しばらくすると、ちかちかが和らいできた。ふう、ふう、と呼吸して自分を落ち着かせる。

「はあ、死なないで、よかった」

そんな言葉がこぼれたが、少し頭を揺らした途端とんでもない痛みが走った。しかし痛みは一瞬のことで、かすかな余韻が残っているだけだ。壊れ物でもない写真アルバムを、必死に抱えたままでいるのがおかしかった。

立ち上がろうと足に力を込めたら、滑った方の左足がぴしっと軋むように痛んだ。捻ってしまったらしい。

「いたた……まったく」

手にしたものをひとまず床に置き、這うように四つん這いになり、手すりを摑んで立ち上がる。頭を起こすとまたあのひどい痛みがやってきたので、中腰だ。ぶつけた箇所とは違うところが痛い気がするのだが、どういうわけだろう。

落ちたときに、どどんと荒々しい音がしたはずだが、姉が部屋から出てくる様子はなかった。ひとまず捻った足とぶつけた頭を冷やしてみようと、冷蔵庫によろよろと向かった。

氷枕と保冷剤を使い、それぞれ痛む箇所を冷やす。幸い足は軽い捻挫で済んだようだ。腫れもなく、冷やしていたら痛みも引いた。

頭の方はしっかりたんこぶができていたが、冷やしたら徐々に感覚が薄れ、痛みが遠のいた。

「やんなっちゃうわね、もう」

年寄りじみた独り言が飛び出したが、仕方がない。もうれっきとした年寄りだ。頭は痛むが病院に行くほどではないだろう、と立ち上がったら、おそろしいめまいがして、そのまま崩れるようにソファに沈み込んだ。

だめだ、まだ立てない。おかしなところを打ったわけじゃないでしょうね、と自身の身体を確かめる。震えたり痺れたりということもない。視界もぶれない。

大丈夫、大丈夫だ。このまま休んでいれば、落ち着いてくるはず。

やや動悸がしたが、強いて目を閉じた。頭の下に敷いた氷枕がひんやりと気持ちがいい。たゆたうように、意識が遠のいた。

次に目を開けたら、部屋は真っ暗だった。ソファの背もたれに上体を預けたまま、瞼だけを持ち上げる。

何時だろう。随分暗い。まるで、真夜中のようだ。

真夜中？　だって、さっきまで朝だったじゃない。

ゆっくりと身体を起こす。ちくりと頭痛がして、それで思い出した。そうだ、階段で足を滑らせて、頭を打ったのだった。それで、ここで頭を冷やして休もうと、目を閉じたのだ。

いったい今は何時なのだろう。私はどういう了見で、朝からこんな真っ暗になる時間まで眠ってしまったのだろう。

浦島太郎になった気分で立ち上がり、水を飲んだ。身体を起こしたときに少々痛んだだけだった頭が、またずきずきと痛む。

姉さんは？

はたと気付いた。階下に人気はない。まさか、ずっと起きてこなかったはずはないだろう。食事も風呂も終えて、一人で床に就いたというのか。その間、私はここで寝こけていたのだろうか。

確かめなければ、と思ったわけではない。それでも、しばらく姉の姿を見ていないということが、おぼろな不安を呼んだ。

廊下に出ると、階段の手前に写真がちらばっていた。階段から落ちたあと、ここに置きっぱなしにしたことを思い出す。

散らかしたままで、とそれらを集めている間にも、頭痛はひどく重くなってきた。視界がわずかに暗く、狭いのは、この廊下が暗いせいだろうか。

手に取った写真を、ふと眺めた。

電車。多種多様な電車。新幹線、貨物列車、特急列車、おもちゃのような一両だけの列車もある。その一つずつの名前はわからないが、なにか、懐かしく、甘やかな気分になった。

なぜだろう。子どものいない私たちには、のりもの好きの子どもがこの家でおもちゃの電車を走らせることなどなかったはずなのに。

舌足らずな高い声が、「がたんごとん」と口ずさむ音が廊下に響いたような気がした。

姉もこのような懐かしさと甘やかさを感じたくて、写真を取り出したのだろうか。

「……姉さん？」

寝ているのだろうと知りながら、階上に声をかけた。当然、返事はない。ぐるりと回る螺旋階段を見上げていると、めまいはひどくなった。

――どうして私たちは、こんなものが欲しかったのかしらね。

巨大な階段が私を飲み込もうと、口を開けて上から覗き込んでいるような錯覚を覚える。

手すりに手をかけ、立ち上がった。もはや頭痛とめまいは無視できないほどに辛く、立っているのもやっとだった。

私はなにかに呼ばれるように、手すりを摑んで、階段に足をかける。一段のぼった。

この大きな家は、私たちの理想を叶えただけではない。街の人たちに、私たちという存在を見せつける意味もあったのだ。

可哀想な戦争孤児だった私たち。

また一段、階段をのぼる。軋む音が、暗闇に響く。

姉はあえて、かつて私たちが暮らした吉沢家がある街、問屋街の端にこの家を建てた。そしてこの場所から街を睥睨(へいげい)し、誰にも聞こえない声で、吠えていた。

――私たちは勝った。

また、一段。

家には多くの人が訪れた。そのほとんどの人が、姉に頭を下げた。

「すっかり偉くなったのね」と、いやみなく素直に感心した私に、姉は笑いもせずに言った。

「人が私に頭を下げるたびに、私は心の中で『それ見たことか』って、思うのよ」

唖然とする私に、姉は薄く笑った。

「軽蔑したでしょう」

こんな人が教師だったなんてね、と姉は彼女自身が深く悔いるように、目を閉じた。

私は何も言えないまま、ただ首を横に振った。

また一段、のぼる。一層大きな音で階段が軋んだ。

軽蔑などするはずがなかった。どこにも身の置きどころがなかった私たちが、私たちのやり方で、八〇年生きたのだ。

未婚の女。障害者を世話する嫁。世間の勝手な視線は、私たちを見えない檻に閉じ込めた。でも、ただ結婚しなかったというだけのこと。障害がある人と、家族になっただけのこと。そして夢を叶えた。素晴らしいことだ。そう声を大にして言う代わりに、この家が、建っている。

螺旋のカーブがきつくなる。足場が三角形になり、慎重に、足を乗せる。

二〇歳のときから、私は姉に負い目を感じていた。姉が私に負い目を感じ続けたように。私たちは自分たちが幸せになりたいという命題と、互いを自由にしてあげたいという壮大な勘違いを胸に、この家を目指して生きてきた。

そう、勘違いだったのだ。あの日の諍いがなければ、勘違いはほどけぬままでいただろう。螺旋は最後のカーブを終え、あと数段で、二階に達する。息が切れた。目も回る。

「もう」

持ちにくい、と手すりに悪態をつく。

幼い頃に何を共有しようと、堅く約束したものがあったとしても、別々の人生を歩んでしまえば他者は他者。私は私の幸福を、姉は姉の幸福を、もっと早く追い求めてもよかったのだろう。そのことに歳を重ねるに連れて気付いた、と姉は言った。いつ頃だろう。私は、藤宮さんと姉が別れてしまったあたりのことではないかとふんでいる。

姉は結婚したってよかった。どうとでも続けられる仕事だ。好きな人のそばにいることを選んでもよかったはずだ。それでもそうしなかったのは、きっと私のためではない。彼女自身が、折れることを許さなかった。彼女の人生のために。

私たちは頑張りたかったのよね、と心の中で姉に語りかける。もう、狭まった視界で足元を見ることもおぼつかない。なんとか、階段の最後の段に足をかけ、のぼりきった。

『自由になるのよ。闘って、手に入れるの』

姉のことをあの日、兵士のよう、と思ったことを思い出し、微笑んだ。

姉はなんて、勇敢で、聡く、可愛らしかったのだろう。

闘わなくたって、自由はいつでもそこにある。幸せも、転がっている。

いや、日々が闘いなのだろうか。私たちは知らず知らずに闘って、自由と幸福を手に入れているのだろうか。

もう、わからない。

姉の寝室の隣、小さな自室のベッドに膝を突き、倒れ込んだ。

目が見えない。何が起こっているのだろう。手足の感覚はないのに、口は動いた。

「ねえさん。きり、ちゃん……」

私たち、もう少し生きてみましょうよ。

お風呂に何度入ったっていいから。私の言ったことをすぐに忘れたってかまわない。どうせ私も、そのうち忘れてしまうんだから。

私たちは、わかりあっているようで、わかりあえないままだった。きっとこれからもそれは続く。今度はもっと、私たちのわかりあえなさを楽しむことはできないかしら。

あんな持ちにくい手すりはとっぱらって、もっと使いやすいものに替えましょう。

寝室が二階にあるのも不便だわ。客間なんていらないのだから、あそこを二人の寝室にしてしまいましょう。

玄関も、常々私には上がり框が高いと思っていたの。せめて、もう一段なにか欲しいところ。

実は買い物も、億劫なの。暑い日は特に。誰か、ネットスーパーとやらを教えてくれないかしら。

それにやっぱり、福祉の力を借りたいと言ったら怒る？

うと、と波のようなまどろみがやってきた。すでに目は開けているのか閉じているのかわからないが、このまま浚われていってしまいたい欲望に強く駆られる。

自分の頭をこじ開けるように、抗った。

私たちの理想を壊してしまうと恐れていた『不格好さ』をすべて受け入れて生きていくのはどうかしら。

私たちはもう十分、頑張ったわ。

姉さんも気付いていたでしょう？　だから、教育の世界から身を引いたんでしょう？

定年を終えても、姉さんは怖がっていた。

自分が関わった教え子たちに誤りがないか、自分本位な動機で教師を続けた自分が教え子たちに悪い影響を与えていやしないか、あなたは心配で心配で、仕方がなかったのよね。

大丈夫よ。

姉さんの強さと、まっすぐさに救われた人は必ずいる。

私がそうであったように。

二〇二四年　祐太郎

甘ずっぱい酢飯の匂いが立ち込めている。むせ返りそうになりながら目を覚ました。狭い二LDKの家だ。さんまを焼いたり、焼肉をしたりするとすぐに家中がその匂いで支配される。

「なぁ、お酢くさいんだけど」

抗議の声とともにソファから起き上がるが、キッチンにいる母から「そんなところで寝てるからでしょう」と顔を見ずに返される。休日の午前は、朝食の後リビングでうたた寝するのが至福なのだ。

「一一時には出るって言ったのに。全然起きないから、置いていこうかと思った」

「おれがいないと墓の場所も知らないくせに」

いいから早く着替えたら、と尖った声で尻を叩かれ、おれは重い身体で自室に向かった。

今日は、母と香坂さんたちの墓参りに行く約束をしていた。

香坂桐子さんと百合子さんの葬儀が終わってひと月近く経った頃、母が神妙な様子で言ったのだ。「香坂さんのお墓に、お線香を上げさせてもらいたいんだけど」と。

初め、母が何をしたいと言ったのか飲み込めなかった。香坂さんというのがあの姉妹二人のことだというのはすぐに理解できた。しかし、母がなぜ「香坂さん」を知っているのか、おれの思う香坂さんと母の言う香坂さんが同一人物なのか、しかもなぜ今頃おれに言う？　などと疑問がぐるぐるめぐり、「え、誰だって？　え？」と間の抜けた返答をした。母は簡潔に、

「香坂桐子さん。妹の百合子さん。亡くなったんでしょう。お通夜に行ってたじゃない。お墓がどこにあるのか、誰かに聞いてよ」とどこかぶっきらぼうに言った。

「なんで母さんが……」

「お世話になったことがあるのよ。今度、詳しく話すから。お墓の場所、早めに聞いておいてね」

　それきり、母は香坂さんについて口にしなくなった。

　お世話になってなんだよ。なんで通夜のときに言わないんだ。詳しく言うほどの何があったんだよ。次々と疑問と文句が口を突きかけたが、今度詳しく話す、と先手を打たれてしまったので、言い募るのはしつこく思われて、言えなかった。というよりも、それきり口をつぐんだ母の背中がかたくなに見えて、聞き出せなかったというのが正確なところである。

　とりあえず言われるがままに自治会長に連絡して墓の所在を聞いた。墓は、香坂さんたちの家からは少し離れるが、市内にあった。母に伝えると、「じゃあ、今度の休みに」とすぐさま決められる。当然、おれも同行するらしい。

　そして当日の朝から、母はなぜか酢飯を炊き、あげを煮ている。まさかと思ったが、いなり

ずしを作っていた。おれが着替えて出てくると、すしは丸い平皿に整然と並んでいた。母はその中から二つ、プラスチックのパックに入れ替えて、小さな紙袋に入れた。

「それって」

「お供え用。途中、花屋さんに寄ってね」

かくしておれたちは、香坂家の墓に向かった。おれが運転する車は、あっという間に市境を抜け、香坂家のある市内、おれにとっては自宅のある市よりも仕事で慣れ親しんだ街の中を進んでいく。

「それで？　どういういきさつ？」

助手席に座る母に水を向けてみた。「え？」と何も考えていない緩んだ顔がこちらを見る。億劫そうに、「今日のために昨日の夜遅くまで仕事してたから、ちょっと寝かせてくれない？　今朝も早起きしたから、眠たくって」と返事も聞かずに母は目を閉じた。

じゃあなんで張り切っていなりずしなんか、と口の中で呟く。声に出さなかったのは、母が顔を背けて本当に寝始めたからだ。遅くまで仕事をしていたというのは本当だろう。日をまたぐ頃まで、作業する物音が聞こえていた。ではなぜわざわざ面倒そうないなりずしをこしらえていたのか。普段、いなりずしなど作ってもらった覚えはないのに。

母が作ったいなりずしは、百合子さんが作ったものより随分小ぶりだった。というか、普通サイズだった。百合子さんのいなりずしが大きすぎたのだ。

もう見ることの叶わないそれを思い浮かべ、ひと月ぶりに切なくなった。

姉妹の墓は、宗教法人が管理する広大な墓地の一角にひっそりと立っていた。真新しい石がつややかに光っている。永代供養墓だと、聞いていた。姉妹には結局、近しい親族はいなかったのだが、本人たちもそれを理解して、生前から墓の購入や永代供養してくれる寺院との手続きを済ませてあったらしい。どこまでも準備がいい。

今年の梅雨は、後半によく雨が降った。先日明けたばかりで、まだ目が夏の日差しに慣れない。駐車場から墓までの短い道のりですら、暑さと日差しで目がくらみそうになった。

二人の墓は入り口に近く、すぐに見つかった。

「同じお墓に入られたのね……」

母が一言呟き、足元に紙袋を下ろした。中から、線香やらライターを取り出している。

墓にはすでに、きれいな花が供えてあったので、母はそこからしおれた数本を抜き取ると、持参した花をおれから受け取り、うまく挿し込んで供え直した。

「よし」

煙の立つ線香を上げ、最後に、いなりずしを墓前に供える。母がおれに向き直った。

「手を合わせましょう」

懐かしさを感じる線香の煙の匂いを嗅ぎながら、おれは手を合わせ、目を閉じた。きっと、幾人もの桐子さんの教え子がやってきて、新しい花を供えていくのだろう。永代供養墓とはいえ、しばらくはみずみずしい花は絶えないはずだ。

目を開けると、隣で母がまだ頭を垂れていた。眉間に皺が寄るほどきつく、目を閉じている。何を語りかけているのだろう。母のやや疲れた横顔を眺めていると、母は顔を上げた。

「暑すぎ。首の後ろが焼けちゃう。さっきそこにカフェあったよね。コーヒーでも飲もうか」

あっさりとした母の言葉に拍子抜けする。母は手早く荷物をまとめると、墓に向かって「またあとで取りに来ますから、それまでにおいなりさん食べちゃってくださいね」と声をかけた。

「取りに来んの？」

「当たり前じゃない、置いておいたら猫や鳥に荒らされるでしょう。コーヒー飲んだら取りに来ましょ」

そう言うと、母はさくさくと歩いて行ってしまった。おれは母の後を追いかけた足を止め、一度墓を振り返り、なんとなくぺこりと会釈した。

車は墓地に置いたまま、歩いて五分ほど坂を下るとすぐにシアトル系のコーヒーチェーンがあった。車で前を通りかかったとき、おれは気が付かなかったが母は気付いていたらしい。先に店内で席の空きを見て来た母が首を横に振りながら戻ってきた。

「だめ。中はいっぱいだった。テラスしか空いてない」

「テラスでいいじゃん。ミスト出てるし、日陰で涼しいだろ」

「えー……最近どこにいても汗が止まらないのに」と文句を言いつつ、更年期を憂う母は渋々とテラス席に向かった。暑いから少しでも中にいたい、と言って注文しに行った母がアイスコーヒーを両手に戻ってくるまで、椅子の背にもたれてミストを浴びた。こんな霧が涼しいもんかな、と最初は思っていたが、日陰のせいか雰囲気のおかげか、汗が引いた。

とりあえず二人共、一気にアイスコーヒーを三分の一ほど飲む。一息ついて、往来を眺めていたら、母が口を開いた。

「子どもの頃、あんたも香坂さんたちに会ってるのよ」

「え」

「なんならおうちに泊まらせてもらったこともある」

「あの家に？」

母は頷いた。少し笑ってすらいた。おれは驚愕で開いた口をそのままに、母の顔を見つめる。

「え、なん、なんで」

どうしてどもるのよ、と母は呆れ笑いを浮かべ、言った。

「東京から逃げて来たその日に、桐子さんに拾われたの。困ってるならいらっしゃいって」

「逃げて……」

一番耳についた言葉を復唱すると、母は珍しく弱々しい笑みを見せた。

「あんたのお父さんから。手が出る人だったのよ、お母さんにだけ」

母は、結露したコーヒーグラスを握りしめていた。

「私だけが我慢すればいつか終わるかもと思っていたけど、たぶん、きっと、そうじゃなかった。祐太郎は叩かれてなかったけど、私が叩かれてることに気付き始めてた。覚えてない？」

おれはただ頷く。母は、心底ほっとしたように「そう」と言った。

「ここ、実はお母さんが中学生のとき、数ヶ月住んでたのよ。すぐに引っ越しちゃって、知り合いもいないし土地勘もないいんだけれど。来て本当に良かった」

それから母は、香坂さんに出会った日のことをぽつぽつと語った。もう二〇年前のことともなると母も記憶が曖昧な部分が多く、「……だったかな」「あれ、それからどうしたんだっけ」と話の腰は折れまくった。当のおれは、自分の父親が聞いていたよりはるかに最低だったことが、まだ頭の隅でチカチカと明滅するようにショックだった。母は「叩かれた」という言い方をしたが、逃げ出すほどの暴力だ、そんな表現では済まないものだったのだろう。しかし、今こうして自分が平穏に暮らしている事実は香坂さんの助けがあったからなのだ。霧が晴れるような明るさが胸を満たし、父親についてのショックを和らげていた。

グラスの肌に汗が伝うのを眺めながら、「なんで」と尋ねる。

「今になって話したんだ？　ずっと言わずにいたのに。香坂さんが亡くなったから？」

「まぁ、そう。亡くなったって聞いたときはびっくりして、祐太郎に言うとか言わないとか考えられなかったけど……やっぱりお墓参りくらいはさせてもらいたくて、そうなるとあんたに言わないわけにはいかないから」

「でも、適当に理由をつけて、父さんのことは言わないことだってできた。ここまで黙ってたんだから、言いたくなかったんだろ」

「聞きたくなかった？」

正面から尋ねられて、どきりとした。もしかしたら、自分の父親がＤＶ男だったことは、のちのち、たとえば自分が父親になるときなんかに、じわじわと効いてくるかもしれない。

でも、聞かなければ、母が身一つでおれを抱えて逃げた勇気や、その後の苦労と努力を、知ることはできなかった。そのたくましさに尊敬と自信を得ることはできなかったはずだ。

そんなことを言葉にできるわけはなく、おれはただ短く「いや」と言った。母は、隣のテラス席にやってきたボルゾイ連れの夫婦を目を細めて見ている。

「……香坂さん、桐子さんに言われたの。忘れてしまいなさいって。たしかに、香坂さんに救われたけど、そこでの思い出は私にとっても祐太郎にとってもいいものではなかったから。香坂さんとの出会いもひっくるめてなかったことにしてしまえば、祐太郎も、父親とのことは忘れてくれるって思ったの。実際、あんたはなんにも覚えていないし」

母はそう言って笑ったが、本当は、薄ぼんやりと覚えていた。東京で通っていた幼稚園の園庭にあったお気に入りの遊具のことや、東京の家の玄関の薄暗さとその匂い。それらと一緒に、そこで暮らしていた母ともう一人の存在を。

子どもながらに、母が忘れてほしいと念じていた思いを感じ取っていたのだろうか。強いて思い出さないようにしていた気がする。やがて、本当に思い出さなくなった。でも今こうして改めて考えてみると、やはりおれは父の存在を覚えているのだった。公園で一緒にジャングルジムに登ったことや、おれの手が届かない鉄棒まで身体を持ち上げてくれたこと。

でもその裏では、母に対する暴力があった。はっとして、おれは顔を上げた。

「香坂さん、昔から生徒の親のＤＶ問題に関わったりしてたらしい。母さんのことも、だから声をかけたのかな」

母は「どうだろ」と首を傾げた。

「すごく経験豊富な先生だったって聞いたから、そういうこともあっただろうけど……やっぱり、ただの『先生』だったんじゃない」

どういう意味、とおれは眉根を寄せた。

「お母さんたしかに、あの日はなかなかひどい顔でいたから、桐子さんはすぐに気付いたと思う。でも、だから『私の専門だわ』って声をかけてくれたんじゃなくて、ただ放っておけなかったんじゃないかな。そこまでの意欲というか……お母さんに対する意気込み？　押し付け？　みたいなものがまったくなかったから」

母の言うことはなんとなくわかった。桐子さんの悪く言えば冷たくも見える顔と、淡々とした声の調子は互いに絶妙な距離感を生み出す。母は言葉を探すように、続けた。

「結局あれからやりとりもなくて、桐子さんのことはよく知らないままだったけど。私が思うに、ＤＶが許せないとか女性の立場に敏感とか、そういうタイプの人……フェミニストっていうの？　そういうのじゃなくて、ただ、誰かが不当な扱いを受けてることが許せないのかな、と思った。当事者と一緒のレベルで怒ってくれてるように感じた」

フェミニストというのはまた少し違うような気もしたが、おれはただ、うんうん、と頷いた。なんとなくわかるぞ、と思いながら。

鈴木弁護士との会話を思い出す。

『間違いを許さないのではなくて、どうしたら間違いじゃなくなるかを、一緒に考えてくれるような先生だったと思います』

母はもしかすると、間違えた、間違えてしまった、と思いながら必死で逃げてきたんじゃないだろうか。

父と結婚したこと、仕事に復帰したこと、おれを連れて逃げるタイミングなど、あらゆることを。間違えているのは母ではなく、絶対的に暴力を振るった父なのに。

香坂さんはそんな母になんと言ったのだろう。きっと、たいして諭すような論をぶったりはしなかったのだろう。ただ、母は間違っていないということを示すために粛々と取るべき策を提示して、そして父に対しては、母が持つべき怒りと同じものを持って対峙してくれた。

「なんつーか」

氷が溶けて薄まったコーヒーを口に含み、飲み下す。冷えた息とともに、すっと口からこぼれた。

「かっこいい人だよな」

「うん」

母も即座に同意した。

「そう、すごく、かっこよかった」

でもね、と母は少しの間考えてから、口にした。

「私は百合子さんも、すごく好きだったなぁ」

その名前を聞いて、急に腹がぐうと鳴った。母にも聞こえたらしく、笑いながら「そろそろ行くか」と母は残りのコーヒーを吸い上げた。

墓地までの坂道を登りながら、「いなりずしって、もしかして百合子さんに作ってもらった？昔」と尋ねる。

「ああ、そうよ。え、もしかして覚えてるの？」

「いや、昔のことは全然覚えてないんだけど。実は仕事で初めて会ったときに、もらって食ったんだよな。めちゃくちゃうまくて」

「うそぉ」

思いがけず大きな声で母が叫び、足を止めた。おれもぎょっとして歩みが止まる。

「なにそれ、もっと早く教えてよ。私今日、全然百合子さんのいなりずしが思い出せなくて、ネットの適当なレシピ見て作ったんだけど、絶対に違うのよ」

「うん、見た目からして全然違うわ。百合子さんのはもっと拳みたいに大きくて、あんな強烈な酢の匂いはしないし、どっちかっていうとあげの出汁の香りが濃くて……そうだ、酢飯の中に刻み野菜が混ざってた」

それだ、と母は膝に手をついて頭を垂れた。あまりのリアクションに、今度はおれの方が呆れ笑いしてしまう。

頭を上げた母は、「あーやだ。絶対お空で笑われてる。お供えになんかしなきゃよかった」と嘆きながら、また坂を登り始めた。

「あ、そうだ。あんたが言ってた花見。きっとそれ、香坂さんちのことね。確か二階のお部屋で食事をいただいたことがあったのよ。いなりずしをね」

「やっぱりな」

聞かなくても、どこかでわかっていたような気がする。あの日見た桜の木は、格子の窓は、母と逃げた現実の中に一瞬訪れた淡い夢のような時間だったのだ。

せっかく乾いたTシャツにまた汗がにじむのを感じながら、「おれ、おばあちゃんっていないじゃん」と言う。母方の祖母は、小一の頃に亡くなっていた。

「うん」

「百合子さんに初めて会ったとき、ザ・おばあちゃんって感じがして、こういう人が自分のおばあちゃんだったらいいのになと思ったよ」

下りのときは何も思わなかったのに、上りになると意外と坂がきつい。しゃべりながら登っていると、息が切れる。しかし母は、ふふっと軽やかに笑った。

「祐太郎が昔、香坂さんのお宅で百合子さんに遊んでもらっているときに、お母さんも同じことを思ったよ」

セミがじじじっと羽音を立てた。今年初めて、鳴き声を聞いた気がする。

「でもさ」

みっともなく息を切らして、途切れ途切れの言葉で、おれは続ける。

「たぶん、百合子さんに会った人、みんな、そう思ってるよな」

母は、あはは、と声を上げて笑った。

「そうね、きっと」

参考文献

カール・ブッセ／上田敏訳「山のあなた」
佐藤信『60年代のリアル』ミネルヴァ書房
髙木繁治監修『病気を見きわめる脳のしくみ事典』技術評論社
佐藤直樹監修『心不全がわかる本　命を守るためにできること』講談社
原口隆行・山田廸生監修『ニューワイド学研の図鑑16巻　鉄道・船』Ｇａｋｋｅｎ

作中に、今日では不適切とされる表現が一部含まれていますが、当時の時代性を反映させるために用いたものです。著者に差別を助長する意図はありません。

本書は書下ろしです。

菰野江名（こもの・えな）

一九九三年生まれ。三重県出身、東京都在住。
「つぎはぐ、さんかく」（「つぎはぐ△」より改題）にて
第十一回ポプラ社小説新人賞を受賞し、デビュー。

さいわい住むと人のいう

2024年9月9日　第1刷発行

✲✲✲✲✲✲✲✲✲✲✲✲✲✲✲✲✲✲✲✲✲✲✲✲✲✲✲✲✲✲✲✲✲

著　者　菰野江名
発行者　加藤裕樹
編　集　鈴木実穂
発行所　株式会社ポプラ社
〒141-8210 東京都品川区西五反田3-5-8
JR目黒MARCビル12階
一般書ホームページ　www.webasta.jp
組版・校閲　株式会社鷗来堂
印刷・製本　中央精版印刷株式会社

N.D.C.913/335p/19cm ISBN978-4-591-18296-3

P8008467

✲✲✲✲✲✲✲✲✲✲✲✲✲✲✲✲✲✲✲✲✲✲✲✲✲✲✲✲✲✲✲✲✲